장미와
나이프

TANTEI CLUB

©Keigo Higashino 1990, 2005

First published in Japan in 2005 by KADOKAWA CORPORATION, Tokyo.

Korean translation rights arranged with KADOKAWA CORPORATION, Tokyo through Danny Hong Agency.

이 책의 한국어판 저작권은 대니홍 에이전시를 통한 저작권사와의 독점 계약으로 ㈜오팬하우스에 있습니다. 저작권법에 의해 한국 내에서 보호를 받는 저작물이므로 무단전재와 복제를 금합니다.

일러두기
1. 본문 속 각주는 옮긴이 주입니다.
2. 외래어는 국립국어원의 외래어 표기법을 따랐으나, 일반적으로 통용되는 경우에는 관용에 따라 표기했습니다.

차례

위장의 밤 7

덫의 내부 97

의뢰인의 딸 157

탐정 활용법 213

장미와 나이프 279

옮긴이의 말 341

위장의 밤

1

건배는 긴장감이 감도는 어색한 분위기에서 이루어졌다. 건배사는 뚱보 영업부장이 맡기로 몇 시간 전부터 정해져 있었다. 중책을 무사히 마친 영업부장은 흰 손수건으로 이마에 밴 땀을 닦으며 방석 위에서 자세를 고쳐 앉았다.

"고생하셨습니다."

옆에서 나지막하게 말을 건넨 사람은 서른이 넘은 키 큰 남자다. 은행원이라고 해도 손색없을 만큼 짙은 감색 스리피스 정장을 멋지게 소화하고 있다. 다만 날카로운 눈빛만은 숨길 수가 없다. 남자의 이름은 나리타 신이치, 대기업 규모로 대형 마트를 경영하는 마사키 도지로의 비서였다.

"어땠나? 실수는 없었겠지?"

영업부장이 나리타에게 물었다.

"네, 훌륭하셨습니다. 다빈치의 그림처럼 빈틈 하나 없이 완벽하셨어요."

나리타는 입가에 미소를 떠올렸다.

"고맙네."

영업부장은 만족스러운 표정을 지었다.

2월의 어느 날, 마사키 도지로의 널찍한 다다미방에서 50여 명이 모인 가운데 그의 희수를 축하하는 연회가 성대하게 열렸다. 주최자는 도지로의 사위이자 부사장인 마사키 다카아키였다. 다카아키는 장인 도지로의 옆자리에 딱 붙어 앉아 부지런히 술을 따랐다.

다카아키뿐만 아니라 마사키 일가의 친인척 남자들은 거의 모두 도지로의 회사와 관련된 일을 하고 있었다. 그런 만큼 명실공히 도지로의 독재 체제라고 할 수 있는 이 회사에서 살아남으려면 어떻게든 그의 눈에 들어야 했다.

건배사를 선창한 영업부장도 도지로의 조카다.

"저 높으신 양반들은 이 기회에 사장에게 눈도장을 꽉 찍으려고 아주 작정을 했군."

맨 끝자리에서 맥주를 마시던 젊은 남자가 옆에 앉아 있는 비슷한 연배의 남자에게 자그마한 목소리로 말했다. 두 사람은 각자의 상사를 모시고 이 자리에 참석했다.

"누가 뭐라든 회사의 모든 최종 결정은 사장의 한마디로 좌지우지되니까."

"부사장도 꼼짝 못 한다잖아."

"그럴 수밖에. 부사장 옆에 기모노 입은 여자 보이지? 저 사람이 사장 딸이고 부사장은 데릴사위야."

"전무도 사장 아들이라며?"

"맞아, 그쪽은 친아들. 근데 부사장 부인이랑은 이복 남매야. 두 번째 부인한테서 난 아들이 마사키 도모히로 전무지. 첫 번째 부인은 병으로 돌아가셨다더라고. 분명 사장의 지칠 줄 모르는 기력에 몸이 버텨내질 못했겠지."

두 젊은 남자는 연회석 한쪽에서 마사키 도지로 쪽을 몰래 살펴보았다. 백발에 왜소하고 마른 남자가 마사키 도지로다. 그 옆에 앉아 있는 보통 체격과 키에 배가 툭 튀어나온 남자는 사위 다카아키다. 기름기로 번들거리는 이마가 정력적인 남자라는 인상을 풍겼다.

다카아키의 맞은편 자리에는 흰 드레스를 입은 서른 전후의 여자가 음식을 집어 입으로 가져가며 도지로와 다카아키의 대화에 귀를 기울이고 있었다. 틀어 올린 머리에 가끔씩 보이는 미소와 무심코 하는 몸짓에서 요염한 분위기가 감돌았다.

"누구야, 저 미인은?"

한쪽 남자가 물었다.

"몰랐어? 사장 부인이잖아. 신혼. 그러니까, 세 번째지."

"부인? 나이 차이가 많이 나는데?"

희수를 맞았으니까 도지로는 올해 일흔일곱이다.

"돈의 위력이지. 저 새 부인도 사장 수명이 앞으로 끽해야 10년쯤이라는 계산을 하지 않았겠어?"

"그렇군. 근데 두 번째 부인이 세상을 떠났다는 얘기는 못 들었는데, 이혼했나?"

그러자 상대 남자가 한층 더 목소리를 낮추더니 은밀히 말을 건넸다.

"별거한다는 소문은 작년부터 돌았어. 이혼했다면 위자료도 엄청났을 텐데. 3억, 아니 못해도 5억 엔은 되겠지."

상대 남자가 후유, 하는 소리를 냈다.

"상상도 못 할 액수로군. 하지만 사장 재산으로 보면 몇 분의 1밖에 안 되겠지?"

"그야 그렇겠지. 듣자 하니 사장이 지독한 구두쇠라던데. 그러니 당연히 줘야 할 금액이라고 해도 눈물 날만큼 아까웠을 거야."

"그럼 저 새 신부를 5억 엔에 산 셈이네."

"가치관은 사람마다 다르니까 상관없지만, 5억 엔이나 들였는데 자기 물건이 제 기능을 하지 못하면 억울해서 눈물도 안 나오겠는걸."

"일흔일곱이잖아. 그럴 가능성이 크지."

쿡쿡쿡, 젊은 두 남자는 음흉한 웃음을 흘렸다.

희수연의 진행을 맡은 나리타는 식순을 적은 표와 손목시계를 번갈아 보며 한 치의 오차도 없다는 걸 확인하고는 고개를 끄덕였다. 이런 행사에서 차질이 생긴다는 건 있을 수 없는 일이다.

"수고가 많네."

나리타의 어깨에 손을 턱 올리는 사람이 있었다. 키는 작지만 다부진 몸매의 남자였다. 목소리에도 힘이 있고 강인해 보이는 인상이다. 남자는 나리타 앞으로 돗쿠리*를 내밀었다.

"송구스럽습니다, 마사키 전무님."

나리타는 무릎을 꿇고 앉은 채 마치 각도기로 재기라도 한 듯 깍듯이 고개를 숙이더니 술잔을 들어 마사키 도모히로가 따라주는 술을 받았다.

"매형은 아버지를 꽤나 열심히 보필하는군."

도모히로는 도지로 사장 곁에 꼭 붙어 있는 다카아키를 바라보며 말했다. 비아냥과 질투가 뒤섞인 듯한 말투였다.

---

* 도자기로 된 작은 술병

"부사장님은 항상 열정적이시니까요."

그러자 도모히로가 의미심장한 미소를 지었다.

"항상 열정적이라. 그렇군. 아버지 심사가 조금만 뒤틀려도 부사장이든 전무든 바로 목이 날아갈 수 있으니까."

도모히로는 나리타의 어깨를 한 번 더 툭툭 두드리고는 돗쿠리를 들고 다른 손님들이 있는 쪽으로 자리를 옮겼다.

'그럴지도.'

나리타는 도모히로의 뒷모습을 바라보며 생각했다. 하긴, 도지로 사장이라면 전무쯤은 아무렇지 않게 자를지도 모른다. 도지로는 평소 나리타에게 그 정도를 대신할 사람은 얼마든지 있다고 말하곤 했다. 애초에 지금 간부급 인사들은 죄다 실력으로 살아남은 게 아니라 연줄로 올라온 자들이기 때문이다.

하지만 다카아키는 그들과 달랐다. 마사키 가문과 아무런 연관이 없지만 도지로가 그의 일처리 능력을 인정해 자신의 오른팔 삼아 사위로 맞아들였던 것이다.

'친아들은 도모히로지만 내 뒤를 이을 사람은 다카아키다.'

이건 도지로가 늘 입버릇처럼 하는 말이었다.

도지로의 본처 후미에가 들이닥친 것은 연회의 중반을 지나 어느 정도 분위기가 무르익었을 때였다. 갑자기 끝자리 쪽 미닫이문이 열리더니 기모노로 몸을 감싼 통통한 여인이 노려보듯 연석을 둘러보았다. 후미에의 얼굴을 아는 사람은 물론이고 모르는 사람도 그녀의 당찬 기세에 압도되어 아무 말도 하지 못했다.

후미에는 모두가 마른 침을 삼키며 지켜보는 가운데 천천히 도지로 쪽으로 걸어가기 시작했다. 아들 도모히로가 "어머니!" 하고 불렀지만 거들떠보지 않았다.

후미에는 도지로의 앞까지 다가가 그의 얼굴을 찬찬히 바라보더니 그 자리에 꼿꼿한 자세로 앉았다.

"무슨 일인가?"

도지로는 양반다리를 하고 앉아 술잔을 든 채 묵직한 목소리로 물었다. 눈썹 하나 꿈쩍하지 않는 그 모습은 역시 범상치가 않았다.

후미에는 핸드백 속에서 정갈하게 접힌 종이를 꺼내더니 자신의 앞에 내려놓았다.

"당신이 원하던 거예요. 이걸 드리러 왔어요. 이혼 신고서입니다."

순간 연회장이 술렁이더니 이내 다시 조용해졌다.

"장모님, 왜 하필 지금…."

다카아키가 옆에서 끼어들었지만 도지로가 "괜찮네" 하며 제지했다. 그러고는 "나리타!" 하고 자신의 비서를 부르더니 후미에가 꺼내놓은 종이를 턱으로 가리켰다.

위장의 밤 15

나리타는 조심스럽게 앞으로 나가 종이를 집어 들어 도지로에게 건네주었다. 도지로는 종이를 펼쳐 잠시 훑어보더니 이윽고 납득한 듯 고개를 끄덕이고는 "내일 바로 제출하고 오게"라고 하며 다시 나리타에게 넘겼다. 그리고 후미에에게 말했다.

"잘 가져왔네. 위자료는 틀림없이 자네 계좌로 넣어주지."

"그러시지요."

후미에는 아무런 감정도 드러내지 않는 채 머리를 살짝 숙였다.

"모처럼 왔으니 요리라도 좀 들고 가는 게 어떤가? 오늘은 아주 각별한 요리가 많던데."

"아닙니다, 전 이만…."

"…음, 그럴 텐가?"

후미에는 다시 한번 고개를 숙이고는 자리에서 일어나 모두가 지켜보는 가운데 당당한 걸음걸이로 나아갔다. 미닫이문이 닫히고 그녀의 모습이 사라진 뒤에도 경직된 분위기는 좀처럼 풀리지 않았다.

"나리타."

도지로가 말했다.

"네."

"난 방에서 좀 쉬어야겠네. 연회는 계속하도록 하게. 술도 더 시키고. 오늘은 좀 늦어져도 괜찮으니까 분위기를 띄워보게나. 이깟 일로 안절부절못해서야 쓰겠는가."

"알겠습니다."

나리타는 대답하면서 사장도 꽤 타격을 입은 모양이라고 생각하며 내심 재미있어했다.

후미에의 등장으로 한순간에 흥이 깨졌지만 요리와 술이 더 들어오고 가라오케 반주가 다시 시작되면서 연회장은 서서히 원래의 분위기를 되찾았고, 한 시간가량 지나자 다시 활기를 띠었다. 다카아키가 나리타에게 다가와 이제 슬슬 마무리하는 게 어떠냐고 귓속말을 했다. 나리타가 손목시계를 보니 밤 9시가 다 되어가고 있었다.

"사장님을 모셔오지 않아도 괜찮을까요?"

"아니, 모셔오는 게 좋겠지. 한말씀 부탁드리자고. 미안하지만 자네가 좀 모셔오겠나?"

"네, 알겠습니다."

나리타는 연회장 밖의 긴 복도를 걸어 도지로의 서재로 향했다. 그리고 서재 앞에 서서 문을 두 번 두드렸다. 묵직한 울림이 주먹에서 온몸으로 전해졌다. 그러나 방 안에서는 아무런 대답이 없었다.

'이상하네.'

나리타는 문손잡이를 잡고 돌려보았다. 그러나 문이 열리지 않았다. 안에서 잠긴 거다.

"사장님!"

이번에는 조금 더 큰소리로 불러보았다. 도지로는 최근 작은 소리를 잘 듣지 못했다. 만일 잠이 들었다면 이 정도 소리로는 깨지 않을 것이다.

그래도 대답이 없자 나리타는 연회장으로 돌아왔다. 그러고는 끝날 줄 모르는 노랫소리에 넌더리가 난 표정을 짓고 있는 에리코에게 다가가 상황을 설명했다.

"그렇다니까요. 요즘 잘 못 알아들어서 진짜 짜증 나. 나이는 못 속인다니까."

에리코는 틀어 올린 머리를 손으로 매만지며 나리타를 올려다보았다.

"열쇠는, 갖고 계시죠?"

"그야 갖고 있지만…. 좋아, 나도 같이 갈게요."

에리코는 자리에서 일어나 나리타의 뒤를 따랐다.

"저기."

긴 복도를 걸어가는 도중, 에리코가 나리타의 귓가에 속삭였다.

"그 계획… 어떡할 거야?"

"장소를 좀 가리시죠. 누가 들으면 어쩌려고 그래요."

나리타는 계속 앞을 바라본 채 말했다.

"괜찮아, 아무도 없는데 뭐. 본처와 무사히 이혼하게 되었겠다, 내가 정식 아내가 되면 바로 실행해 줄 거잖아?"

"바로는 안 됩니다. 의심을 살 테니까. 반년, 아니 일 년 정도는 참으시는 게 좋아요. 그쯤 지나면 병사로 위장해서…. 그렇게 생각하고 있어요."

"일 년? 너무 길어."

"그 정도는 참아야죠. 이때만 잘 넘기면 평생 놀고먹을 수 있으니까."

"당신이랑… 같이."

"목소리가 너무 커요."

나리타는 에리코를 나무랐다. 도지로의 방에 거의 다다랐기 때문이다.

"그럼 사모님, 열어주시죠."

나리타는 에리코에게 자리를 비켜주었다. 에리코는 한쪽 눈을 찡긋해 보인 다음 열쇠 구멍에 열쇠를 밀어 넣고 옆으로 돌렸다. 찰칵 문이 열리는 소리가 들렸다.

"여보…."

에리코는 도지로를 부르며 문을 열었지만, 실내로 눈을 돌린 순간 "흡!" 하고 숨이 멎을 듯한 외마디를 짧게 내질렀다. 그와 거의 동시에 나리타도 참으로 괴이한 장면을 보고야 말왔다. 에리코의 몸이 바르르 떨려왔고 이에 유발되기라도 한 듯 나리타의 무릎도 덜덜 떨리기 시작했다.

서재 한가운데 사람 몸이 매달려 있었다. 더구나 그것은 천천히 흔들리다가 이따금 나리타와 에리코 쪽으로 얼굴을 돌리는 게 아닌가.

그때 등 뒤에서 발소리가 가까워지더니 곧이어 다카아키의 목소리가 들려왔다.

"무슨 일이야? 사장님은 아직 쉬고 계시나?"

다카아키는 두 사람의 뒤에 서서 실내를 들여다보았다. 그리고 다음 순간, 차마 소리가 되어 나오지 못한 비명이 목구멍 깊은 곳에서 쥐어짜듯 흘러나왔다.

2

"밖으로 나가시지요."

나리타는 금방이라도 주저앉을 듯한 에리코를 부축하고 아무 말도 하지 못하는 다카아키를 밀며 서재를 나왔다. 그리고 나올 때 서재의 불을 껐다. 누군가 창밖에서 시체를 발견한다면 일어날 수 있는 소동을 막기 위해서다.

"문을 잠그는 게 좋겠어요."

나리타는 에리코에게 열쇠를 받아 문을 잠그고 다시 돌려주었다.

"일단 다른 방으로 가서 대책을 세워봅시다. 여기서 우왕좌왕하다가는 사람들이 이상하게 여길 거예요."

"대책이라면…."

에리코가 간신히 말을 꺼냈다.

"설명은 나중에 하죠. 어디 빈방 없습니까?"

"응접실이 좋겠어. 아무도 오지 않을 거야."

다카아키가 말했다.

"그럼, 얼른 가시지요. 가서 의논하도록 합시다."

나리타는 자신의 진의를 파악하지 못하고 허둥거리는 두 사람의 등을 밀며 발걸음을 재촉했다. 참으로 골치 아픈 일이 벌어지고 말았다.

'뭔가 수를 쓰지 않으면….'

나리타는 재빨리 머리를 굴렸다.

한쪽 소파에 다카아키가, 다른 한쪽에 에리코가 앉고 나자 나리타는 두 사람을 바라볼 수 있는 위치에 자리하고 섰다. 응접실 문은 잠가 두었고, 이곳의 방음 효과는 다카아키가 보장했다.

"왜 사장님이 자살을…."

다카아키가 신음하듯 말을 떼었다.

"최근에 조울증 기미가 있었어요. 아까 사모님과의 일도 있고 하니 충동적으로 그러셨는지도 모릅니다. 그보다…."

나리타는 넋이 나가 있는 두 사람을 보며 말했다.

"어떻게 할까요?"

"어떻게 하다니? 경찰에 알리는 수밖에 없잖은가."

다카아키가 한숨을 내쉬더니 다시 말을 이었다.

"이렇게 된 이상 방법이 없지. 사장이 자살이라니, 그런 추악한 사실은 가능하면 세상에 드러내고 싶지 않지만 말이야."

그러자 에리코가 세차게 고개를 가로저었다.

"안 돼요, 그건. 그것만은 절대로 안 돼."

"어째서?"

다카아키가 물었다.

"난 아직 마사키의 정식 부인이 아니잖아요. 지금 저런 식으로 죽어버리면 내 몫으로 한 푼도 돌아오지 않는다고요."

에리코는 틀어 올렸던 머리칼을 풀어 내리더니 손가락으로 마구 헤집었다. 다카아키는 그런 에리코의 모습을 어찌할 바를 모른 채 바라보다가 이윽고 입술 끝을 실쭉 올리며 슬며시 웃음 지었다.

"어쩔 수 없지. 운이 없다 여기고 포기하는 수밖에. 생각해 보면 자업자득이야. 그렇지만 사장님이 그쪽을 수령인으로 해서 꽤 거액의 생명보험을 들어두었잖아? 액수는 정확히 모르지만 억대는 될 거 아냐. 뭐, 그걸로 수긍해야지."

보험금이 떠올라서인지 에리코의 표정이 조금 부드러워졌다. 수령액은 총 3억 엔. 나리타의 기억으로는 그러했다. 그러나 나리타는 씁쓸한 표정으로 마치 선고를 내리듯 말했다.

"자살인 경우에는 계약 후 일 년이 지나지 않으면 보험금이 나오지 않습니다. 사장님이 에리코 씨를 수령인으로 해서 계약하신 건 작년 생신에서 이삼일 지난 뒤였으니까, 이대로 자살로 처리되면 에리코 씨에게는 한 푼도 돌아가지 않습니다."

아까 나리타가 아주 골치 아프게 됐다고 생각한 건 바로 이 문제 때문이었다.

"그럼 나한테는 유산도 보험금도 없다는 거야?"

에리코가 신경질적으로 소리를 질렀다.

"그렇습니다."

"싫어, 그건 절대로 안 돼."

에리코는 다시 머리칼을 마구 헤집으며 말했다.

"저런 할아버지랑 일 년 가까이 지냈는데 아무것도 받지 못한다니, 너무한 거 아냐?"

"운이 나쁜 거지."

다카아키의 목소리는 싸늘했다.

"아, 그렇지!"

에리코가 매달리는 듯한 눈빛으로 나리타를 바라보았다.

"누군가에게 살해당한 것처럼 꾸밀 수는 없어? 그러면 보험금이 나올 거 아냐!"

"불가능해, 그건."

나리타가 대답하기 전에 다카아키가 끼어들었다.

"그런 짓을 했다가는 경찰이 냄새를 맡아서 오히려 일이 꼬일 거야. 그럴 바에는 사고사로 위장하는 게 낫지. 그렇게만 된다면 마사키 가의 체면도 유지할 수 있고 그쪽한테도 보험금이 들어갈 거야. 흠, 그거 꽤 좋은 방법이군."

"안 됩니다."

이번에는 나리타가 나섰다. 나리타는 두 사람의 얼굴을 번갈아 보더니 침착한 말투로 덧붙였다.

"타살도 사고사도 안 됩니다."

"왜 안 되지?"

"들키고 말 테니까요."

나리타가 다카아키의 얼굴을 똑바로 바라보며 대답했다.

"반드시 들통납니다. 아무리 교묘하게 위장해도 경찰이 스스로 목을 매 죽은 시체를 타살이나 사고사로 판단하는 건 있을 수 없는 일이에요. 로프 흔적을 봐도 명백할 거고 울혈 상태로도 쉽게 판단할 수 있거든요."

"그렇게 쉽게 알아낼 수 있나?"

"쉽습니다. 일반적으로 자살인지 타살인지 판단하기는 어렵지만, 액사인지 교사인지를 판단하는 건 법의학의 기초니까요. 경찰학교 교과서에도 나와 있습니다."

다카아키는 에리코에게 두 손을 벌려 보였다.

"안 된다네."

에리코는 나리타의 설명을 듣고 자신이 낸 아이디어에 대한 기대는 버린 듯했지만, 아무래도 포기할 수 없었는지 나리타를 바라보며 물었다.

"다른 방법이 없을까?"

나리타는 다카아키에게로 날카로운 눈길을 돌렸다.

"에리코 씨의 보험금 문제나 마사키 가의 체면도 그렇지만, 지금 사장님의 죽음을 공표하는 건 부사장님에게도 불리할지 모릅니다."

다카아키는 의아하다는 듯 눈을 가늘게 뜨고는 나리타의 얼굴을 바라보았다.

"불리…하다니?"

"먼저, 유산입니다. 지금 이 상태라면 후미에 사모님이 유산의 2분의 1을 상속받습니다. 그리고 나머지 2분의 1을 부사장님 사모님과 전무님이 나눠 받게 되고요."

"어째서? 이혼했잖아?"

"이혼 신청서를 관공서에 제출해야 이혼으로 인정받을 수 있습니다. 상식이죠."

후미에가 도지로의 이혼 요구를 받아들인 데는 이유가 있었다. 그녀의 오빠가 사업에 실패해서 거액의 빚을 졌기 때문이다. 도지로에게 위자료를 받아 오빠에게 빌려주려 했는데, 도지로가 사망했다는 사실이 밝혀지면 이혼 의사를 철회할 것이 명백했다.

"먼저 유산…이라고 했지?"

다카아키는 신중한 표정으로 나리타에게 물었다.

"그거 말고 또 뭐가 불리하다는 거지?"

나리타는 다카아키를 바라보며 "이건 단순히 기우에 지나지 않을 수도 있지만" 하며 운을 뗐다.

"마음만 먹는다면 후미에 사모님이 회사의 실권을 잡을 수 있습니다. 가령 아드님인 마사키 도모히로 전무님을 사장으로 발탁할 수도 있고요."

"…그렇군."

다카아키는 나리타에게서 고개를 돌리며 낮은 신음 소리를 냈다.

"하긴 그 모자가 장인어른의 재산 가운데 4분의 3을 상속받게 될 테니."

"제 말뜻을 아셨습니까?"

"잘 알았네."

다카아키는 고개를 끄덕였다.

"그렇지만 방법이 없지 않은가. 아니면 자네한테 무슨 묘안이라도 있는 건가?"

나리타는 가볍게 숨을 들이마셨다.

"그런 사태를 피하려면 방법은 한 가지밖에 없습니다. 사장님의 죽음을 늦게 알리는 거지요. 후미에 사모님과 이혼을 성립시킨 다음에 공표하는 겁니다."

"시체를 고의로 숨겼다는 사실이 발각되면 골치 아프지 않겠어?"

"당연히 그렇지요. 그래서 사장님은 내일부터 여행을 떠나시는 걸로 하겠습니다. 그리고 며칠 뒤에 행방불명되는 겁니다. 시체가 발견되는 건 한 달 후쯤이 좋겠고요. 그 정도 시간이 지나면 사망일이 이삼일쯤 차이 나는 건 속일 수 있을 겁니다. 장소는 가루이자와의 별장과 가까운 곳이 좋겠군요. 분명히 깊은 숲이 있었잖습니까?"

"역시 목을 매 자살한 걸로…겠지?"

나리타가 고개를 끄덕였다.

"그렇습니다. 사인을 위장하는 건 위험한 데다, 그럴 필요도 없을 겁니다. 경찰도 세상 사람들도 그때야 비로소 사장님이 혼자 여행을 떠난 이유를 알게 되는 거지요."

다카아키는 팔짱을 끼고 미간을 찌푸린 채 허공을 노려보왔다. 자기 나름대로 이 위험한 도박에 대한 승산을 따져보고 있을지도 모른다.

나리타는 아까부터 멍하니 자신의 이야기를 듣고 있는 에리코를 바라보았다.

"어떻습니까, 에리코 씨?"

에리코는 천천히 나리타의 얼굴을 올려다보았다.

"성공할 수 있을까?"

"확신할 수는 없습니다. 다만 사흘 후의 시점에서 사장님이 살아 있었다는 증거만 조작할 수 있다면, 보험회사에서 조금 캐묻기는 하겠지만 결국 보험금이 나올 겁니다. 남은 문제는 하느냐 마느냐, 그것뿐이지요."

"하겠어요."

에리코가 지체 없이 대답했다.

"실패하면 본전이고, 안 하면 손해잖아."

"부사장님은요?"

나리타가 다카아키에게 물었다. 다카아키는 자신의 둥그스름한 턱을 두세 번 쓰다듬더니 무거운 어조로 대답했다.

"하지 않을 수가 없지."

"그럼 결론은 나왔습니다."

나리타는 애써 침착하게 말했다.

"우선 오늘 밤, 이제부터 어떻게 대처하느냐가 관건입니다.

이대로 그냥 모른 척하는 것도 방법이지만, 마지막으로 사장님을 만난 게 우리 세 사람뿐이라는 사실이 마음에 걸리는군요. 또 한 사람, 누군가를 증인으로 만들어둬야 합니다."

"나는 반대네. 비밀을 공유하는 사람은 적을수록 좋아."

그러자 나리타가 히죽 웃으며 하얀 이를 드러냈다.

"물론 더 이상 공모자를 늘릴 필요는 없습니다. 그래 봐야 아무 의미도 없고요. 제가 하고 싶은 말은 사장님의 생존 사실을 제삼자에게 확인시켜 두자는 겁니다."

"사장님의 생존? 지금 무슨 말을 하는 거야. 아까 봤듯이 사장님은 이미 돌아가셨잖은가."

"그러니까."

나리타는 자신의 관자놀이 부근을 손가락으로 가리켰다.

"머리를 어떻게 쓰느냐에 달렸죠."

응접실을 나선 세 사람은 다시 도지로의 서재로 숨어들었다. 도지로의 메마른 몸이 인형처럼 허공에 매달려 있었다. 에리코는 시체를 보지 않으려 벽 쪽으로 돌아섰다.

"우선 시신을 내리지요."

"같이 하지."

나리타와 다카아키는 힘을 모아 도지로의 몸을 아래로 내렸다. 빨간색과 흰색으로 엮인 화려한 끈이 그의 목에 감겨 있었다. 나리타는 무슨 끈일까, 하고 생각하다가 그만 손이 미끄러져 도지로의 머리를 바닥에 떨구고 말았다.

"조심해, 괜찮은가?"

"괜찮습니다. 죄송합니다."

나리타가 황급히 시체의 머리를 들어 올렸을 때, 바닥에 뭔가 하얀 게 굴러가는 것이 보였다. 그것은 도지로의 앞니, 즉 부분 틀니였다. 나리타는 한 손으로 틀니를 주워 자신의 양복 주머니에 넣었다.

두 사람은 도지로의 몸을 방구석에 있는 침대에 눕히고 담요로 덮었다.

그런 다음 나리타는 도지로의 책상 위 전화기에 설치된 테이프 레코더에 녹음된 소리를 재생했다. 도지로의 목쉰 소리와 어떤 남자의 낮은 목소리가 스피커에서 흘러나왔다. 도지로와 남자는 물품의 유통 경로에 관해 이야기하고 있었다.

"상대는 영업부장이군. 대화 내용은 대충 알겠어."

다카아키가 말했다. 도지로는 중요하다고 생각되는 경우에는 반드시 전화 내용을 녹음하는 습관이 있다.

"그럼 부장님 목소리만 지우겠습니다."

나리타는 신중하게 테이프를 돌리면서 도지로와 얘기하고 있는 영업부장의 목소리를 지웠다. 이제 날조된 테이프에는 도지로의 목소리만이 적당한 간격을 두고 남아 있다. 거기까지 작업을 끝낸 나리타는 수화기를 들고 부엌으로 연결했다. 가사도우미 아사코의 목소리가 귀에 들어왔다.

"아사코 씨, 나리타입니다. 수고스럽겠지만 사장님 방으로 커피 한 잔 갖다주세요. 네, 한 잔이면 됩니다."

나리타는 "바로 가져가겠습니다" 하고 아사코가 대답하는 것을 확인한 뒤 수화기를 내려놓았다.

"곧 아사코 씨가 올 겁니다. 준비하시지요."

준비….

우선 에리코가 도지로의 가운을 걸치고 그가 애용하는 털모자를 머리에 깊이 눌러썼다. 그러고 나서 등받이가 문 쪽으로 향해 있는 소파에 앉아 가운의 팔꿈치 자락이 보일 정도로 자세를 낮췄다.

다카아키는 에리코의 대각선 자리에 마주 앉았다. 문에서 에리코가 앉은 자리까지는 몇 미터 정도 거리가 있어서 입구에서 보면 마치 도지로와 다카아키가 대화를 나누고 있는 것처럼 보일 것이다. 그리고 두 사람의 발밑에는 테이프 레코더를 놓아두었다.

"완벽하네요."

나리타는 만족스러워하며 고개를 끄덕였다. 바로 그때 노크하는 소리가 들렸다. 다카아키가 테이프 레코더의 스위치를 누르자 도지로의 쉰 목소리가 흘러나왔다.

나리타는 심호흡 한 뒤 문을 열었다. 머리를 뒤로 묶고 옅은 화장을 한 아사코의 얼굴이 바로 눈앞에 보였다. 고소한 커피 향내가 피어올랐다.

"커피 가져왔습니다."

"수고했어요."

나리타는 뒤를 돌아보았다. 그곳에서는 테이프 레코더에서 흘러나오는 도지로의 목소리에 맞춰 다카아키가 혼자 열연을 펼치고 있었다.

"아무리 싸다고 해도 품질을 떨어뜨리는 건 용납할 수 없어" 하는 도지로의 목소리가 들려왔다.

"품질은 떨어뜨리지 않을 겁니다. 사업을 확장하는 것뿐입니다"라고 하는 다카아키의 말을 다시 도지로가 맞받았다.

"어쨌든 이번에는 지금까지 하던 대로 하겠네."

나리타는 아사코에게 어쩔 수 없다는 듯이 웃어 보이고는 작은 목소리로 "이건 내가 들고 가지" 하며 아사코가 들고 있는 쟁반 쪽으로 두 손을 내밀었다.

"그럼 부탁드릴게요."

아사코는 살짝 고개를 숙이고는 쟁반을 건네주었다.

아사코가 돌아간 것을 확인한 다음 나리타는 열려 있던 문을 닫았다.

"수고하셨습니다."

두 연기자는 그 말을 신호로 자리에서 일어섰다.

"긴장돼서 혼났어. 실제 목소리하고 꽤 다른걸."

"그 정돈 어쩔 수 없지요. 녹음된 목소리라는 걸 아니까 신경 쓰이는 것뿐이에요. 아사코 씨는 눈치채지 못한 것 같습니다. 빨리 뒷정리를 끝내도록 하지요."

나리타는 에리코에게서 가운과 모자를 받아들어 소파 위에 아무렇게나 올려두었다. 그러는 것이 자연스럽다고 생각했기 때문이다.

에리코는 커피잔을 들더니 아직도 김이 나는 커피를 창문 밖으로 쏟아버렸다.

"크림은 희니까 눈에 띄어."

에리코는 옆에 놓인 티슈 상자에서 한 장을 뽑아들어 크림 피처에 넣고는 안에 있는 내용물을 닦아낸 다음 쓰레기통에 버렸다.

다카아키는 테이프 레코더를 제자리에 돌려놓고 그 안에서 테이프를 꺼낸 뒤 책상 위에 놓여 있던 다른 테이프를 집어넣었다. 그런 다음 각 지역의 지점을 시찰할 때처럼 방 안을 둘러보며 점검했다.

"이상 없는 것 같군."

"창문은요?"

"단단히 잠갔지."

"그럼 일단 방에서 나가시죠."

방을 나온 세 사람은 에리코가 열쇠로 문을 잠그자 바로 응접실로 향했다. 시각은 9시 반이 조금 지나 있었다.

응접실로 들어서자 나리타가 다카아키에게 말했다.

"우리가 한꺼번에 연회장으로 돌아가는 건 이상하니까 일단 부사장님이 먼저 가십시오. 저희는 몇 분 뒤에 돌아가겠습니다. 혹시 누군가와 이야기할 기회가 있으면 사장님이 어떠신지 잠깐 보러 갔다가 뜻하지 않게 사업 이야기를 하게 되었다고 슬쩍 불평 한마디를 흘려두세요. 사장님의 시신 처리는 연회가 끝난 뒤에 하시지요."

"알겠네."

다카아키는 몹시 초조한 듯 고개를 끄덕이더니 문을 열어 조심스레 바깥을 살피고는 밖으로 나갔다. 나리타는 이로써 신임 사장에게 확실히 점수를 땄다고 생각하며 미소를 머금었다. 애당초 나리타는 마사키 가와 연고가 있어서 비서가 된 게 아니었다. 그저 도지로의 눈에 들었을 뿐이다. 임원들 중에는 나리타를 스파이처럼 여기는 사람도 적지 않다. 지금 도지로가 죽으면 가장 입장이 곤란해지는 건 나리타일지도 모른다.

'점수를 땄다기보다는 약점을 쥔 거지.'

나리타로서는 이 위장에 그러한 속셈이 있었던 것이다.

나리타는 방문 쪽으로 걸어가 문을 잠그고는 에리코를 돌아보며 말했다.

"주사위는 던져졌습니다."

에리코는 불안정한 걸음걸이로 나리타에게 다가오더니 마치 아픈 사람처럼 그에게 안겼다.

"괜찮을까?"

"물론 괜찮지요."

나리타는 두 손으로 에리코의 어깨를 다정하게 감쌌다.

"중요한 건 당신의 결단과 용기예요. 거기에 모든 게 달려 있습니다."

"뭘 어떻게 하면 되지?"

"여러 가지가 있겠지요. 어려운 일도 많겠지만."

나리타는 에리코에게서 자신의 몸을 떼어내고는 방 안을 둘러보았다.

"사장님은 내일 아침 일찍 이곳에서 출발하는 걸로 하시죠. 그러려면 오늘 밤 안에 여행 준비를 해둬야 해요."

"연회가 끝나면 바로 시작할게."

"그리고…."

나리타는 말하기 어려운 듯 입을 다물었다가 다시 말을 이었다.

"사장님이 직접 차를 운전해 가신 걸로 할 겁니다. 그러니까 사장님 차가 차고에 남아 있으면 안 되겠죠. 운전할 줄 아시죠?"

"어…."

"미안하지만 차를 가루이자와까지 가져다주시겠어요?"

"그건 할 수 있지만… 혹시…."

에리코의 얼굴에 불안의 그림자가 스쳤다. 나리타는 에리코의 눈을 똑바로 바라보았다.

"맞아요. 그때 사장님 시신도 옮겨줬으면 합니다. 물론 트렁크까지는 제가 옮길 거지만…. 당신은 아무것도 생각하지 말고 운전만 하세요. 그런 다음 차를 거기에 그대로 버려두면 돼요. 뒤처리는 나중에 내가 할 테니까."

에리코의 눈에 당혹감과 망설임, 공포감이 드러났다. 나리타는 가혹한 일이라는 것을 잘 알지만 시선을 돌리지 않았다. 이윽고 에리코는 체념한 듯 천천히 고개를 끄덕였다.

"알았어. 이제 밀고 나가는 수밖에 없겠네."

"잘 부탁해요."

나리타는 다시 한번 에리코를 끌어안았다.

"바쁘신 가운데 이렇게 참석해 주셔서 정말 감사합니다. 덕분에 사장님도 기분 좋은 생일을 맞이하게 되었다고 기뻐하셨습니다. 원래는 이쪽에서 사장님에게 한말씀을 들어야겠지만, 조금 피곤하셔서 먼저 실례해야 될 것 같다고…."

다카아키의 인사말이 끝나고 연회는 막을 내렸다. 시각은 10시. 손님들은 바로 돌아가겠지만 연회 준비 관계자들은 뒷정리가 끝날 때까지 남아 있을 것이다. 나리타는 에리코에게 여행 준비를 하라고 일렀다.

"아무한테도 들키지 않게. 방문은 열쇠로 잠그고요."

"알고 있어."

에리코의 볼이 살짝 발그스름했다.

에리코의 모습이 사라지기를 기다리기라도 한 것처럼 곧바로 다카아키의 아내 료코가 나리타에게로 다가왔다.

"아버지는 좀 어떠셔?"

"제가 보기엔 조금 피로하신 것뿐입니다. 서재 소파에서 쉬고 계시는 것 같은데요…."

"그래?"

료코는 나리타의 얼굴에서 눈길을 돌리더니 도지로의 방이 있는 방향과 반대쪽 복도로 걸어갔다. 다카아키와 료코의 방이 있는 쪽이었다.

나리타는 연회장이 모두 정리되고 아무도 없는 것을 확인한 뒤, 긴 복도를 걸어갔다. 그러고는 응접실 문 앞에 멈춰 서서 소리가 울리지 않도록 조심스레 노크했다. 대답은 없었지만, 대신 문이 빼꼼히 열렸다. 그 틈새로 다카아키가 날카로운 눈을 대고 내다보더니 곧이어 밖으로 나왔다.

"서재 열쇠는?"

다카아키가 주변을 신경 쓰며 물었다.

"여기 있습니다."

나리타는 에리코에게서 받은 열쇠를 다카아키에게 건네주었다.

"그럼 시신을 옮겨볼까."

긴장한 탓인지 다카아키의 목소리가 여느 때보다 높은 톤으로 튀어나왔다.

두 사람이 도지로의 방 쪽으로 걸어가려 할 때였다. 앞쪽에서 문을 두드리는 소리가 들려왔다. 바로 "사장 어르신!" 하는 목소리가 이어졌다.

다카아키와 나리타는 서로의 얼굴을 마주 보았다. 누군가가 도지로의 방문에 노크하고 있었다. 두 사람이 황급히 다가가 보니 가사도우미 아사코가 문손잡이를 찰칵찰칵 돌리며 고개를 갸우뚱하고 있었다. 다카아키가 달려가며 아사코에게 말을 걸었다.

"뭘 하고 있는 거야?"

다카아키의 목소리가 너무 컸기 때문일 것이다. 아사코는 깜짝 놀란 듯 몸이 바짝 얼어붙더니 새파랗게 질린 얼굴로 두 사람을 돌아보았다.

"사장 어르신께 물병을…. 그런데 문이 잠겨 있어서…."

아사코는 쟁반 위에 올려진 물병과 컵을 두 사람에게 보여주었다.

"이만 됐어. 사장님은 피곤하시니까 오늘 밤엔 필요 없어."

다카아키가 오른손바닥을 흔들며 말했다.

아사코는 당혹스러운 표정으로 물병과 두 사람을 번갈아 보더니 다카아키의 명령이라면 망설일 필요 없다고 결론 지은 듯 이렇게 물었다.

"그럼 저는 이만 돌아가도 되겠습니까?"

아사코는 도지로가 친하게 지내는 도매상의 딸로 신부 수업을 할 겸 이 집에 와 있다. 그리고 그녀의 하루 일과 중 마지막이 도지로의 방에 물병을 가져다 두는 일이었다.

"어, 이제 그만 가봐요."

다카아키가 말하자 아사코는 안도의 한숨을 내쉬고는 "그럼 가보겠습니다" 하고 복도를 걸어갔다. 물병과 컵이 달그락하는 소리가 멀어져갔다.

나리타는 불안한 표정으로 다카아키에게 물었다.

"이제 사장님 방을 찾아올 사람은 더 없겠지요?"

"도쿠코라고 이 집에서 더부살이하는 할멈이 있지만 사장님 시중은 들지 않으니 괜찮아."

나리타는 납득한 듯 고개를 끄덕이고 아사코가 사라진 쪽

위장의 밤

을 바라보았다. 우리 두 사람한테서 이상한 낌새를 맡지 않았어야 할 텐데….

그때 나리타의 등 뒤에서 찰칵하는 문소리가 들렸다.

3

다음 날 아침, 마사키 가에서는 큰 소동이 벌어졌다. 식당에 모인 다카아키와 료코 부부, 그들의 장남 다카오, 장녀 유키코, 차녀 히로미, 도지로의 내연의 처 에리코, 비서 나리타, 가사도우미 아사코, 도쿠코 할멈 이렇게 아홉 명은 저마다 복잡한 표정을 짓고 있었다.

"다시 말해서."

료코가 에리코를 노려보며 물었다.

"아버지가 안 계신다는 걸 오늘 아침에서야 알아차렸다는 말인가?"

"네."

에리코도 지지 않고 료코의 눈을 똑바로 마주보며 자세를 바로잡았다.

"어젯밤엔 어땠는데? 연회가 끝난 후에 아버지 방에 가지 않았어?"

"갔더니 문이 잠겨 있었어요. 잠드신 것 같아서 그냥 제 방으로 돌아갔죠."

"그래?"

료코는 잠시 차분한 눈빛으로 에리코를 바라보다가 자신의 남편에게로 시선을 돌렸다.

"당신이 마지막으로 아버지를 만난 건 언제였어?"

다카아키는 의자에 앉아 팔짱을 낀 채 대답했다.

"연회 도중이었어. 마무리 인사로 한말씀 부탁드리러 방에 가봤지. 장인어른은 의자에 앉아 시가를 피우고 계셨어. 인사 말씀을 해달라고 했지만 피곤하니까 적당히 알아서 끝내라고 하시더라고. 그런 다음에 잠시 일 이야기를 나눴어. 나리타와 에리코 씨도 같이 있었고."

"네, 그렇습니다."

다카아키 옆에 서 있던 나리타가 가볍게 고개를 숙이며 말했다.

"그러고 보니 아사코 씨가 커피를 가지고 왔을 때였어요."

나리타가 시선을 돌려 쳐다보자 아사코가 바짝 긴장한 채 "맞습니다" 하고 대답했다.

"제가 갔을 때 사장 어르신과 부사장님이 말씀을 나누고 계셨어요."

"그다음에는 아무도 보지 못했다는 건가?"

위장의 밤

료코가 모두를 둘러보며 말했다. 아무도 대답하지 않았다. 다카아키 부부의 세 자녀는 자신들과는 상관없는 이야기라는 듯 노골적으로 따분해하는 표정을 짓고 있었다. 그들은 어젯밤 연회에도 참석하지 않았다.

료코는 다시 젊은 가사도우미를 쳐다봤다.

"아사코 씨는 항상 물병을 갖다 드리기로 하지 않았나?"

아사코는 잠깐 당황하더니 곧이어 머뭇거리며 대답했다.

"그게, 제가 갔을 땐 방이 잠겨 있었고, 노크를 했는데도 대답이 없으셨어요. 그래서 어떡할까, 하고 있는데 마침 부사장님이 오셔서는 사장 어르신께서 피곤하시니까 오늘은 필요 없다고 하시길래 그대로 돌아갔습니다."

"맞아, 그랬지."

다카아키가 거들었다.

"그렇다면."

료코는 깊은 생각에 잠긴 듯 미간을 찌푸리며 허공을 바라보았다.

"아버지는 연회 중간부터 오늘 아침까지의 사이에 어딘가로 가셨다는 건데. 하지만 대체 어디로…. 에리코 씨는 진짜 짐작 가는 데가 없어?"

"없다니까요."

질책하는 듯한 료코의 말투에 에리코가 발끈하며 대답했다.

"엄마, 우린 이제 가도 되지 않을까?"

그때 장남 다카오가 삼남매를 대표하여 물었다.

"우리는 어젯밤에 할아버지를 만나지도 않았고, 할아버지가 갑자기 어딘가에 가셨다고 해도 뭐, 짚이는 데가 있을 리 없잖아요. 우린 굳이 여기 있을 필요가 없을 것 같은데."

여동생 유키코와 히로미도 그 말이 맞다는 듯 고개를 끄덕였다.

료코는 잠시 아들딸들을 바라보더니 그들이 하는 말도 일리가 있다고 느꼈는지 먼저 가도 좋다고 허락했다.

"경찰에 신고할까요?"

삼남매가 돌아가자 그때까지 말이 없던 도쿠코 할멈이 제안했다. 그녀는 이 집에서 일한 지 30년 가까이 되었다. 그런 만큼 어떤 의미에서는 료코 다음으로 발언권이 있는 존재라고도 할 수 있다.

"지금 당장 일을 크게 만드는 건 별로 좋지 않아. 아버지가 그냥 충동적으로 어딘가에 가신 걸지도 모르니까 조금 더 상황을 지켜보자고요."

료코가 말했다.

"게다가 사장이 행방불명이라는 사실을 직원들이 알게 되면 회사 운영에도 지장이 생길 수 있으니까."

다카아키도 료코의 의견에 동조했다.

위장의 밤　43

결국 오늘 하루만 기다려 보기로 결론을 내리고 모두 그 자리를 떴다.

출근한 다카아키와는 달리 마사키 가에 남은 나리타는 응접실 전화로 도지로가 갈 만한 곳에 일일이 연락해 보았다. 물론 나리타는 이런 노력이 아무 소용없는 일이란 사실을 잘 알고 있다. 하지만 바로 옆에서 툐코가 걱정스러운 얼굴로 지켜보고 있는 데다, 도지로를 찾는 노력을 아무것도 하지 않으면 의심받을 게 뻔하기에 이 연기를 그만둘 수 없었다.

"그렇습니까…. 네, 잘 알겠습니다. 감사합니다."

나리타는 여러 통째의 전화를 끊은 뒤에 툐코에게 고개를 저어 보였다. 툐코는 작게 한숨을 내쉬더니 시선을 아래로 떨궜다.

"사업상 사장님께서 가실 만한 곳은 다 확인해 봤습니다."

"수고 많았어요. 난 지금부터 친척들에게 연락해 볼게요."

나리타는 툐코에게 전화기를 넘겨주고 응접실을 나와 에리코의 방으로 갔다. 에리코는 2층의 방 하나를 쓰고 있었는데, 어쩔 줄 모르는 표정으로 카펫이 깔려 있는 바닥에 주저앉아 있었다.

"아, 나리타 씨."

에리코는 구원을 바라는 듯한 간절한 눈길로 나리타를 올려다보았다.

"예상하지 못했던 일이네요."

나리타는 한숨을 내쉬면서 에리코의 옆에 앉아 담배에 불을 붙였다.

"설마하니 사장님 차가 고장 나 있을 줄은 몰랐습니다. 최근엔 늘 회사 차를 타셨거든요."

"이제 어떡하면 좋아?"

"사장님 여행 가방은 다 쌌어요?"

에리코는 으응, 하고 힘없이 고개를 끄덕였다.

"그럼 이제 당신은 가만히 있어도 괜찮아요. 평소처럼 아무것도 모르는 걸로 하면 됩니다."

"그렇지만 일이 커지고 말았어. 료코 씨가 말하는 걸로 봐서는 아무래도 경찰을 부를 것 같던데, 그렇게 되면 우리 계획이 들통날 거야."

"그 점은 당분간 걱정 안 해도 됩니다. 부사장님이 그렇게 되도록 두지 않을 거예요."

"그건 그렇겠지만."

"당당하셔야 합니다. 돈 안 갖고 싶어요?"

"그야…, 갖고 싶지."

"그렇다면 얘기 나눈 대로 하세요. 전 관공서에 다녀오겠습니다."

우선 이혼을 성립시키는 것. 그게 지금 당장 해야 할 일이었다.

그런데 나리타가 에리코의 방을 나섰을 때, 아사코가 다가와 도모히로에게서 전화가 와 있다고 전해주었다. 나리타는 불길한 예감에 사로잡혔다.

역시나 도모히로의 용건은 이혼 신청서 제출을 보류해 달라는 것이었다.

"왜 그러시는 거지요?"

나리타는 마음을 진정시키며 물었다.

"아니 그게, 어젯밤에 어머니에게 전화해서 정말 이혼해도 괜찮으시겠냐고 끈질기게 물었더니 어머니도 후회하고 있다면서 다시 생각해 보겠다고 하셨어. 이혼 신청서에 서명을 하긴 했지만, 제출하기 전에 마음이 바뀐 거니까 상관없잖아. 관공서에 이혼 신청에 대한 취소 신청서를 내면 이혼 신청서는 수리되지 않는다고 하던데, 자네한테 말해두면 그런 수고를 덜 수 있을 테니까."

"아, 그렇군요."

나리타는 수화기에 대고 말하면서 마른침을 삼켰다.

"알겠습니다."

"그럼 잘 부탁하네."

"네, 끊겠습니다."

수화기를 내려놓은 나리타는 속으로 당했네, 하고 중얼거렸다.

나리타가 전화를 건 회사 관계자들에게 들었는지 아니면 료코한테 전화를 받은 친척들 중 누군가에게 정보를 얻었는지 모르겠지만, 아마 도모히로는 아버지가 행방불명되었다는 사실을 알게 된 듯하다. 행방불명이라면 사망 가능성도 불거질 것이다. 그렇게 되면 후미에와 도모히로 모자에게는 생각지도 않았던 유산을 상속받을 찬스가 되는 게 아닌가. 거기까지 생각하고는 서둘러 이혼 의사를 번복하겠다고 전한 것일 테지.

그렇다면 다카아키에게 점수를 따려 했던 작전은 포기해야 할지도 모르겠다. 이제는 에리코에게 들어올 보험금을 노릴 수밖에 없다.

'그렇게 할 수밖에 없군.'

나리타는 새로운 결의를 다졌다.

그날 밤 마사키 가의 식당에서 다시 가족회의가 열렸다. 아침에 모였던 아홉 명에 더해 도모히로와 그의 아내 스미에가 참석했다.

"아가씨, 역시 경찰에 신고하시는 게 좋을 것 같습니다."

도쿠코 할멈이 료코에게 말했다. 그 말에 다카아키가 반대하고 나섰다.

"상황으로 봐선 사장님이 스스로 자취를 감추셨을 가능성도 있으니 경찰에 신고하는 건 찬성할 수 없어."

"그렇지만 아버지가 그러실 이유가 없잖아. 누군가에게 끌려갔을 가능성이 더 클 것 같은데."

이번엔 도모히로였다. 그로서는 어떤 경로로든 도지로의 생사를 빨리 확인하고 싶을 것이다.

"끌려가다니, 어떻게? 여기가 무슨 아무도 살지 않는 빈집도 아니고."

다카아키가 반박했다.

"억지로 끌고 가진 못하더라도 속여서 밖으로 나가시게 하는 건 가능하지 않을까? 그럴 방법은 얼마든지 있을 거야."

"그렇다면 더더군다나 경찰에 알려선 안 되지. 사장님을 꾀어낸 사람은 집안사람 아니면 상당히 친분이 있는 사람이라는 말이 되니까."

그들이 의견을 주고받는 동안 료코는 아무 말 없이 듣고만 있었다. 경찰에 신고해야 할지 말지를 깊이 고민하는 건지, 아니면 전혀 다른 생각을 하는 건지 알 수 없었다.

"누님, 어떡하실 생각입니까?"

도모히로가 료코에게 다그치는 순간, 인터폰이 울렸다. 몇 사람의 얼굴이 마치 전기라도 통한 듯 놀라며 굳어졌다.

"누구야, 이런 시간에."

다카아키가 짜증스럽게 말하는 소리를 들으면서 도쿠코 할멈이 인터폰 수화기를 들었다. 그리고 잠시 작은 목소리로 이야기를 나누더니 료코에게로 다가가 귀엣말로 무언가를 속삭였다. 그러자 료코가 고개를 끄덕이며 지시했다.

"응접실로 모셔와요."

"료코."

다카아키가 불안한 표정으로 아내를 바라보았다. 료코는 태연했다. 다카아키는 또 무언가를 말하려다가 결국 입을 다물었다.

나리타도 도쿠코 할멈의 뒤를 따라 현관으로 나갔다.

현관 앞에는 거무스름한 양복을 입은 키 큰 남자와 그와 비슷한 색깔의 재킷을 걸친 여자가 서 있었다. 남자는 30대 중반 정도로 보였으며 일본인치고는 이목구비가 뚜렷했다. 나리타는 여자가 20대 후반 정도일 거라고 짐작했다. 새카만 머리칼을 어깨까지 늘어뜨리고 갸름한 눈매에 입술을 앙다물고 있어 분명 미인의 부류에 속하는….

"사모님 계십니까?"

남자가 또랑또랑한 목소리로 물었다. 도쿠코 할멈이 대답하려고 할 때 안쪽에서 료코가 나오며 말했다.

"기다리고 있었어요. 어서 들어오세요."

4

"탐정?"

다카아키가 놀라며 묻자 남자는 "뭐, 그런 셈이죠" 하고 차분한 어조로 대답했다.

"정확히 말하면 회원제 조사기관입니다만, 회원분들은 '탐정 클럽'이라는 애칭으로 부르십니다."

"아버지가 그 클럽의 회원 가운데 한 사람이란 말인가요?"

"네, 그렇습니다. 마사키 사장님도 몇 번 이용하셨습니다. 주로 뒷조사였습니다."

탐정이 도모히로에게 대답했다.

"난 처음 듣는 소리야."

다카아키가 말했다.

"당연합니다. 그렇지 않으면 의미가 없으니까요."

탐정이 무뚝뚝하게 말을 받았다.

"사람을 찾아주기도 하나요?"

료코가 묻자 탐정은 고개를 끄덕였다.

"이번에는 사장님께서 행방불명되셨으니 특히 더 힘을 쏟겠습니다."

"아니, 누님."

도모히로가 질린 표정을 지었다.

"진짜 이 사람들한테 의뢰하려고요? 그럴 바에야 우리끼리 찾는 게 더 나을 것 같은데."

그러자 탐정은 마치 기계 장치 같은 움직임으로 고개를 돌려 도모히로를 바라보며 말했다.

"여러분에게 가장 좋은 방법은 경찰에 신고하는 겁니다. 두 번째로 좋은 방법은 저희에게 맡기시는 거고요. 참고로 말씀드리자면, 최악의 방법은 여러분의 어설픈 판단으로 움직이는 겁니다."

누군가 쿡, 하고 웃음을 흘렸다. 도모히로는 떨떠름한 표정을 지었다.

"그 말씀을 들으니 한결 마음이 놓이는군요. 꼭 좀 부탁드려요."

료코는 무표정한 얼굴로 입가에만 미소를 띠었다.

"나리타 씨."

"네."

"최근 아버지가 어떠셨는지는 나리타 씨가 가장 잘 알 테니까 탐정 선생님과 같이 다니면서 필요한 정보를 알려주세요."

"알겠습니다."

"료코, 진심이야?"

다카아키가 탐정들과 아내를 번갈아 바라보며 말했다. 료코는 그런 다카아키의 시선을 날카로운 눈으로 마주보며 대답했다.

"물론, 진심이야."

나리타는 일이 묘하게 돌아간다고 생각하며 도지로의 방에서 탐정들과 마주 앉았다. 료코와 에리코도 옆에 앉았다. 설마 료코가 이런 사람들을 불러들일 줄은 상상도 하지 못했다. 도지로가 어떤 조사기관과 긴밀한 관계라는 사실은 어렴풋이 짐작하고 있었다. 도지로는 직원들의 부정한 행위, 그중에서도 특히 뇌물 수수에 관해서는 놀랄 만큼 예리하게 감지했으니까. 자신의 행동을 조사했을 가능성도 있다고 생각하자 순간 등줄기가 서늘해지는 느낌이 들었다.

"우선."

탐정은 방 안을 한 번 둘러보고 난 다음 뒷짐을 진 자세로 사람들에게 말했다.

"이 자리에서 여러분에게 꼭 말씀드려야 할 건 남겨진 모든 단서를 고려한 결과, 도지로 씨는 자신의 의지로 저택을 나간 게 아니라 누군가에게 끌려갔다는 사실입니다."

나리타의 옆에서 료코가 깊은 숨을 들이마시며 자세를 바로잡았다. 탐정은 그녀의 반응을 다소 의식하는 듯했지만 조금도 변함없는 목소리로 말을 이었다.

"그 근거는 나중에 설명해 드리겠습니다. 어쨌든 지금 생각해 봐야 할 점은 언제, 누가, 무슨 목적으로, 그리고 어디로 도지로 씨를 데려갔느냐는 거지요. 먼저 '언제'에 관해서 추리해 보죠."

탐정은 오른손을 앞으로 쭉 뻗더니 검지로 에리코를 가리켰다.

"당신이라면 어떻게 추리하겠습니까? 도지로 씨가 '언제' 끌려갔는지…."

느닷없이 지목된 에리코는 눈가가 빨개질 정도로 당황했지만 간신히 자세를 고쳐 앉으며 대답했다.

"그건 아마도… 늦은 밤이 아니었을까요?"

탐정은 그렇군, 하는 표정으로 고개를 끄덕이고는 여자 조수에게 물었다.

"어젯밤과 오늘 아침의 문단속 상태는 어땠지?"

나리타는 아까부터 이 검은 재킷 차림의 조수가 자꾸 신경 쓰였다. 탐정이 이야기하고 있는 동안에도 줄곧 방 안 구석구석을 관찰하고 있었기 때문이다. 지금도 어젯밤부터 벽면 선반에 놓여 있던 커피잔을 쳐다보고 있다.

조수는 갑작스러운 질문을 받고도 침착한 손놀림으로 수첩을 들춰 또박또박 읽어 내려갔다.

"아까 도쿠코 씨에게 물어본 바로는 어젯밤 10시경에 모든 문을 잠갔고 오늘 아침까지 그 상태 그대로였다고 합니다."

"그중 바깥쪽에서 잠글 수 있는 곳은?"

"현관뿐입니다. 나머지 문은 모두 안쪽에서만 잠글 수 있습니다."

"알았네."

조수는 탐정의 대답을 신호로 다시 관찰을 시작했다.

"이 방 창문도 모두 잠겨 있으니까 만약 도지로 씨를 밤중에 데리고 나가려면 현관을 통해야만 합니다. 하지만 그건 아무리 대담무쌍한 범인이라도 무리겠지요. 그렇다면 범행은 어젯밤 10시 이전에 이루어졌다고 봐야 할 것 같습니다."

"연회에 참석한 손님들이 돌아가던 때로군요. 손님들 중에는 차를 가지고 온 사람도 많았으니까… 혹시 그 사람들 중에 범인이…."

료코가 말했다.

"타당한 말씀입니다. 사람을 끌고 갈 경우, 자동차는 가장 유용한 수단이니까요."

"실례지만."

나리타는 탐정의 무표정한 얼굴을 쳐다보며 말을 꺼냈다.

"거기까지는 아마추어라도 알 수 있을 텐데요. 아무도 외부에서 침입한 사람이 사장님을 납치했을 거라고 생각하진 않습니다."

그러나 탐정은 여전히 감정 없는 목소리로 "순서대로 이야기하는 중입니다" 하며 사건의 경위를 설명할 뿐이었다.

"마지막으로 도지로 씨가 여러분 앞에 모습을 보인 것이 9시 반쯤이었다고 하니, 그때부터 약 30분 사이에 범행이 이루어진 겁니다. 그러나 도지로 씨를 방문으로 데리고 나가는 건 불가능하겠지요. 아 물론, 불가능하지는 않더라도 위험한 일인 건 분명합니다. 범인이 그런 방법을 선택했을 리 없습니다. 그러니까 도지로 씨는 창문으로 끌려갔다고 봐야겠지요. 그렇다면 도지로 씨가 어떤 상태였는지 대충 짐작이 갑니다. 의식을 잃었거나 손발이 묶여 있었거나, 어떻든지 간에 저항할 수 없는 상태였을 거라고 상상할 수 있겠네요. 이번에는 범인이 어젯밤에 어떤 행동을 취했는지 추리해 보겠습니다."

탐정은 천천히 문 쪽으로 걸어가더니 몸을 휙 돌렸다.

"범인이 연회장에 있었다고 합시다. 9시 반이 지날 무렵, 범인은 이 서재로 와서 도지로 씨를 만납니다. 두 사람 사이에 어떤 대화가 오갔는지는 모르겠지만 대화를 나누는 동안 도지로 씨가 방심했던 것만은 확실합니다. 범인은 그 틈을 타서 클로로포름을 맡게 하는 등의 방법으로 도지로 씨를 꼼짝 못하게 한 다음 창문을 통해 밖으로 끌어냅니다. 그 후 창문과 문을 잠그고 나서 태연하게 연회장으로 돌아간 것이지요. 다만, 문제는 문 열쇠인데…."

탐정이 여기까지 말했을 때 료코가 뭔가를 떠올렸는지 자리에서 일어나더니 별안간 도지로의 책상 서랍을 뒤지기 시작했다. 나리타는 그런 료코의 모습을 곁눈질로 지켜봤다.

"없네, 역시."

"뭐가 말입니까?"

탐정이 물었다.

"키홀더요. 아버지 열쇠는 모두 거기 달려 있는데…."

"거기에는 이 방 열쇠도 달려 있었겠군요?"

"네, 물론입니다."

탐정은 고개를 끄덕이더니 조수에게 눈짓했다. 조수는 바로 뭔가를 메모했다.

나리타는 내심 안도했다. 키홀더를 숨겨두길 잘했다고 생각했다. 만일 키홀더가 거기 그대로 있었더라면 범인이 어떤 방법으로 이 방을 빠져나갔느냐는 큰 의문이 생길 뻔했다.

"열쇠 문제가 해결되었으니 다음으로 넘어가겠습니다."

탐정은 무슨 효과라도 노리려는 건지 가볍게 헛기침했다.

"만일 공범이 있다면 그가 창밖으로 끌어낸 도지로 씨를 차에 실었을 테고, 단독 범행이라면 범인 자신이 현관에서 뒤뜰로 나가 도지로 씨를 차에 실었을 겁니다. 어느 쪽이든 범인은 다른 연회 손님들과 섞여서 이 저택을 빠져나갔겠지요."

탐정은 질문 없느냐고 묻는 듯한 눈길로 의뢰인들의 반응을 살폈다. 어느 사이엔가 조수도 탐정 옆에 서서 세 사람을 내려다보고 있었다.

나리타가 나섰다.

"추리는 좋군요. 아마도 그런 수단을 사용했을 겁니다. 하지만 그걸로 범인을 찾아낼 수 있을까요?"

그러자 탐정이 웬일인지 입가에 미소를 머금으며 말했다.

"전 쓸데없는 일은 하지 말자는 주의입니다. 지금까지의 추리로 범인을 어느 정도 한정할 수 있습니다. 우선 밤 9시 반에서 10시 사이에 연회장과 이 서재를 오간 사람, 그다음에는 차를 이용한 사람, 마지막으로 도지로 씨와 상당히 친밀한 관계인 사람이 되겠군요."

5

다음 날 점심 이후 나리타가 사장실에서 서류를 정리하고 있을 때 안내 데스크에서 손님이 왔다는 연락이 왔다. 접수 담당 여직원이 목소리를 낮추어 말했다.

"검은 양복을 입은 키 큰 남자분입니다. 클럽에서 온 사람이라고 말하면 아실 거라고…."

나리타는 넌더리가 났지만 곧 갈 테니 손님을 응접실로 모시라고 지시했다.

커튼으로 칸을 구분해 간단히 마련해 놓은 응접실에는 어젯밤에 다녀간 탐정이 혼자 무표정하게 앉아 있었다. 조수는 보이지 않았다. 나리타는 그 사실에 조금 불안했지만 애써 아무렇지 않은 척 입을 열었다.

"뭔가 좀 알아내셨습니까?"

테이블을 사이에 두고 탐정과 마주 앉자마자 나리타가 물었다. 탐정은 나리타의 얼굴을 2~3초 정도 바라보더니 "네, 뭐" 하고 의미심장하게 끄덕거리며 곁에 둔 가방 안에서 수첩을 꺼내 들었다. 조수가 갖고 있던 수첩과 같은 것이다.

"오전에 '하나오카'라는 케이터링 업체에 다녀왔습니다. 어젯밤 연회 요리를 준비한 곳이지요. 그리고 그곳 점원에게서 흥미로운 얘기를 들었습니다."

"흥미로운 얘기요?"

나리타는 몸이 살짝 굳어졌다.

"네. 그 점원이 어젯밤 9시가 지나서 식기를 회수하러 갔다고 합니다. 9시쯤 연회가 끝날 거라고 료코 부인에게 들었고요. 그런데 연회가 길어지는 것 같아서 복도에서 기다리게 되었답니다."

"그래서요?"

나리타가 재촉했다. 그러고 보니 눈에 익은 핫피*를 걸쳐 입은 남자가 두 명 정도 복도에 서 있었던 것 같다.

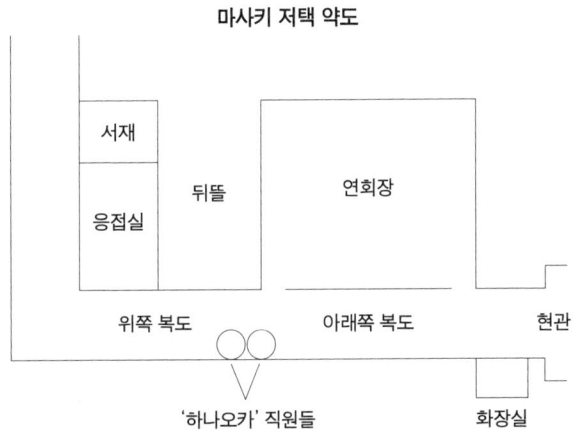

"점원 말로는 연회장 아래쪽 복도에서 대기하고 있으면 화장실을 오가는 사람들에게 방해가 될 것 같아서 위쪽 복도에서 기다렸다더군요. 잘 아시겠지만 복도 위쪽으로 걸어가면 응접실이 나오고 거기서 조금 더 가면 도지로 씨의 서재가 있습니다."

"그러니까…."

나리타가 탐정의 말을 자르며 끼어들었다.

"연회장을 나와 사장님 방으로 간 사람이 있다면 반드시 그

- 등 또는 소맷부리에 음식점 이름이나 상징 문양을 그려 넣은 일본 전통 윗도리

위장의 밤　59

들의 눈에 띄었을 거라는 얘기군요."

"맞습니다."

"그래서 그 사람들이 뭐라고 하던가요?"

그러자 탐정이 오른손을 들어 나리타의 얼굴 앞에서 손바닥을 쫙 펼쳐 보였다. 뼈마디가 튀어나온 큼직한 손이었다.

"모두 다섯 명이 지나갔다고 합니다. 점원은 두 사람이었는데, 두 사람의 기억이 일치한다는 건 드문 일이지요."

"모두 다섯 명…."

나리타가 머릿속으로 재빨리 숫자를 헤아리려는데 탐정이 앞질러 설명을 시작했다.

"가사도우미 아사코 씨가 왕복했습니다. 이로써 두 명인 셈이고요. 그다음 다카아키 씨가 지나가고 잠시 후에 30대로 보이는 남녀가 지나갔다고 합니다. 그 남녀의 정체는 모르겠다고 했는데, 나리타 씨와 에리코 씨일 거라고 추측됩니다."

"말씀하신 대로입니다. 사장님 방에서 돌아오는 것을 봤을 테지요."

나리타가 비아냥거리며 말했지만 탐정의 표정은 조금도 흐트러지지 않았다. 탐정은 감정을 드러내지 않은 채 나리타 쪽으로 몸을 내밀었다.

"이 증언을 그대로 믿는다면 말입니다. 그날 밤 9시 반부터 10시 사이에는 아무도 연회장에서 도지로 씨의 방으로 가지 않았다는 게 되거든요."

"아, 그렇게 되겠군요."

나리타는 내심 당황했지만 탐정에 못지않게 감정을 억누른 목소리로 말했다.

"당신의 추리와 모순되네요. 하지만 그건 큰 문제가 아니지 않습니까? 범인이 굳이 위험하게 복도를 이용할 필요는 없지요. 현관으로 나가서 뒤뜰 쪽으로 침입하는 방법도 있으니까요. 도쿠코 할멈이 문단속을 시작한 게 10시 이후라고 하니까 어딘가 잠겨 있지 않은 곳이 있었던 게 아닐까요?"

나리타는 "큰 문제는 아닙니다" 하고 반복해서 말했다.

"물리적으로는 충분히 납득이 갑니다."

탐정이 설명을 이어나갔다.

"하지만 심적으로는 있을 수 없는 일이라는 생각이 드는군요. 어디가 열려 있는지 찾아다니는 수고를 해야 하는데다가 그런 곳이 있는지 없는지조차 불분명하니까요. 게다가 도쿠코 씨가 문을 잠그기 시작한다면 손쓸 방법이 없습니다. 범행에 성공하려면 복도를 지날 수밖에 없으니 케이터링 직원들의 시선이 신경 쓰였다면 계획을 중단했을 겁니다."

"그럼 어떤 방법을 썼다는 겁니까?"

나리타는 저도 모르게 큰소리를 내고 말았다. 대체 왜 자신이 이 탐정을 상대하고 있어야 하는지, 화가 치밀어 올랐던 것이다.

"그걸 모르겠단 말이죠."

탐정은 나리타와 반대로 지금까지보다 더 억양 없는 목소리로 대답했다.

"그래서 관점을 바꿔 왜 도지로 씨가 끌려갔는가, 하는 점부터 공략해 보려고 합니다."

"그 이유에 관해서는 저도 짐작 가는 게 없어요. 어제도 말씀드렸지만."

"알고 있습니다. 그래서 지금부터 여러 가지 데이터를 모아 볼 생각입니다만…."

탐정은 그렇게 말하더니 가방 안에서 검고 자그마한 상자를 꺼냈다. 소형 테이프 레코더였다.

"도지로 씨는 서재 전화에 테이프 레코더를 설치해 두셨더군요. 중요한 대화를 녹음해 두기 위해서라고 들었습니다."

"네…, 그렇습니다."

나리타는 심장 고동이 빨라지는 것을 느꼈다. 손바닥에 땀이 배어 나왔다.

"그래서 도지로 씨가 최근에 누구랑 어떤 대화를 나누었는지 알아보려고 료코 부인에게 허락받아 테이프를 들어보았습니다."

나리타는 탐정의 말에 안도의 숨을 내쉬었다. 아무래도 트릭을 꿰뚫어본 것 같지는 않았다.

 탐정은 나리타의 감정 변화를 눈치채지 못한 듯 테이프 레코더의 스위치를 눌렀다. 그러자 귀에 익은 목소리가 담담한 말투로 흘러나왔다. 중간중간 호응하는 목소리는 틀림없이 도지로였다.

"전무님 목소리군요. 판매 계획 추진 회의 일정에 관해 논의하는 것 같습니다."

 나리타가 말했다.

"이 다음을 들어보시죠."

 탐정이 테이프 레코더를 가리켰다.

"…그러니까 추진 회의는 다음 주 10일 화요일에 하는 것이 가장 효율적이라 생각합니다."

 탐정은 여기까지 듣고 스위치를 껐다. 그러고는 테이프를 되감으며 확인했다.

"10일 화요일이라고 했지요. 10일이 화요일인 가장 가까운 달은 두 달 전입니다. 도지로 씨는 왜 이제 와서 이 테이프를 들으려 했을까요?"

 아차 싶었다. 테이프의 내용을 확인해 두었어야 했다. 그렇지만 그럴 시간적 여유가 없었다.

"글쎄요."

 나리타는 목을 움츠려 보였다.

"저야 모르죠. 사장님께 여쭤보지 않고서는."

그러자 탐정은 테이프 레코더에서 테이프를 꺼내 나리타 앞에 내려놓으며 말했다.

"번거로우시겠지만 나리타 씨가 직접 이 테이프를 들어보시겠어요? 여기에 뭔가 실마리가 숨겨져 있을지도 모릅니다만, 저희로서는 판단할 수가 없어서요."

"알겠습니다."

나리타는 테이프를 집어 들어 양복 안주머니에 넣었다. 역시 이 탐정은 아직 트릭에 대해서는 눈치채지 못한 게 틀림없다.

"빨리 들어보고 뭔가 알게 되면 연락드리겠습니다."

"부탁드립니다."

탐정은 자리에서 일어나 시간을 빼앗았다며 사과하고는 몸을 돌려 재빨리 응접실을 나갔다. 나리타는 응접실에서 나와 접수 담당 여직원을 만났다. 여직원은 의례적인 미소를 지어 보였다.

"아까 그분, 좀 특이한 사람 같아요."

"그렇게 보였어? 정확히 봤군."

"네, 나리타 씨를 불러달라고 한 다음에 저한테 묘한 걸 물어보더라고요. 사장님께 커피를 갖다드리는 일은 누가 하느냐고요."

"커피?"

"네. 그래서 커피는 건너편 커피숍에서 배달시킨다고 알려 줬어요. 그랬더니 이번에는 사장님이 블랙으로 마시는지 아니면 크림을 넣는지 물었어요. 그걸 제가 어떻게 안다고…."

나리타는 퇴근 시간이 다 되어갈 즈음 료코에게서 걸려 온 전화를 받았다. 탐정이 알려줄 게 있으니 오늘 밤에 모여달라고 했다는 내용이었다.

"사장님 계신 곳을 알아냈다고 하던가요?"

"그건 아닌 것 같아. 그렇지만 아주 중요한 일이라고…. 어쨌든 와줘요."

"알겠습니다."

나리타는 수화기를 내려놓고 잠시 허공을 노려본 다음 다시 수화기를 들고는 에리코의 방으로 전화를 걸었다.

"아, 나리타 씨. 탐정이 뭔가 알아낸 모양이야."

"그런 것 같네요. 뭘 알아냈는지는 모르시나요?"

"모르겠어. 하지만 조수가 아사코 씨에게 자꾸만 뭔가를 물어보더라고. 그래서 아사코 씨한테 슬쩍 물어봤더니 그날 밤 정말 도지로 사장님이 방에 있었는지 아닌지를 물어보더래."

"그래서 뭐라고 했대요?"

"분명히 있었다고 대답했대. 그렇지만 아직 의심하는 것 같아…. 어떡하면 좋지?"

"당황하면 안 됩니다. 괜찮아요. 결정적인 건 아무것도 없을 겁니다. 아참, 사장님은 커피를 블랙으로 마셨나요? 아니면 크림을 넣어서 마셨나요?"

"커피? 아, 크림을 넣어서 마셨어."

"그때 분명 크림을 제대로 버렸죠?"

"어, 크림?"

수화기 건너편에서 에리코가 침묵했다.

'역시 버리는 걸 깜빡한 건가.'

나리타는 입술을 깨물었다.

그러나 에리코는 "버렸어. 분명히" 하고 대답했다.

"아, 정말입니까?"

"정말이야. 기억해."

"그렇다면 문제없어요."

나리타는 에리코에게 무조건 아무것도 모르는 척하라고 당부한 다음 수화기를 내려놓았다.

료코, 다카아키, 에리코, 그리고 나리타. 이날 밤 모인 사람은 이 네 명뿐이었다. 도모히로 부부와 자녀들은 보이지 않았다. 그 사실이 나리타에게 불길한 예감을 불러일으켰다.

장소는 도지로의 방이었고, 료코가 사건 이후 아무도 손대지 않았다는 것을 다시금 보증했다.

"녹음테이프에 단서가 될 만한 내용은 없었습니까?"

나리타가 소파에 앉는 것을 보고 조수가 물었다.

"네, 아쉽게도 없었습니다."

나리타는 주머니에서 테이프를 꺼내 조수에게 건네주었다.

"그런가요."

조수는 테이프를 받아들더니 조심스럽게 자신의 주머니에 넣었다. 그런 모습을 보자 불안한 마음이 다소 옅어졌다.

탐정은 모두가 나란히 자리에 앉는 걸 확인하고는 입구로 가 문을 잠그고 나서 네 명을 마주 보고 앉았다. 조수는 조금 떨어진 자리에 서 있다.

"오늘 밤 모이시라고 한 이유는."

탐정은 거기서 말을 끊고는 네 명의 얼굴을 차례대로 천천히 바라보았다.

"여러분에게 진실을 듣고 싶어서입니다."

"진실? 그건 또 무슨 말인가?"

다카아키가 눈썹을 치켜세우며 물었다.

"그러니까, 있는 그대로의 사실 말입니다."

그러더니 탐정은 예의 그 수첩을 꺼내 페이지를 넘기며 타이르는 듯한 투로 말했다.

"그날 밤 9시 반경 여러분은 도지로 씨를 만났다고 하셨습니다. 그렇다면 범인은 이 방 안으로 몰래 숨어들 기회가 없었다는 말이 됩니다. 여기서 생각할 수 있는 건 두 가지. 범인은 이 방으로 숨어들지 않았다, 혹은 여러분이 범인이다."

"무슨 말 같지도 않은 소리를! 왜 우리가 사장님을 납치한단 말인가? 어이가 없군."

다카아키가 입술 끝을 일그러뜨리며 내뱉듯이 말했다.

"그럴 만한 동기가 있을까요?"

료코가 다카아키와는 대조적으로 침착하게 물었다.

"도지로 씨를 납치할 동기는 찾지 못했습니다."

탐정은 태연하게 대답하더니 곧바로 말을 이었다.

"이를테면 다카아키 씨는 지금 도지로 씨가 행방불명되면 곤란할 겁니다. 도지로 씨와 전 부인의 이혼 문제가 정리되지 않았으니까요. 유산 상속 면에서도 불리하겠지요."

다카아키는 뚱한 표정을 지은 채 탐정의 말에 긍정도 부정도 하지 않았다.

"에리코 씨의 경우는 더욱 명백합니다. 정식으로 호적에 올라가지 못한 상태에서 도지로 씨가 행방불명된다면 애써 신분 상승을 꾀한 보람이 없어질 테니까요."

탐정은 에리코가 재산을 노리고 이 집에 들어온 것이라고 단정 지었다. 하지만 그 말에 관해서는 당사자조차 반론하지 않았다. 괜히 분위기만 어색하게 만들 거라는 걸 잘 알고 있을 터였다.

"나리타 씨 입장을 생각해 봐도 주인이 사라져서 이득을 볼 거라고는 생각할 수 없습니다."

"거 보라고! 되는 대로 떠벌리는 거잖아!"

다카아키는 경멸 섞인 눈길로 탐정을 쏘아보았다.

"그러나 한 가지 조건만 주어진다면 이 세 분이 협력해서 도지로 씨를 숨길 이유가 충분합니다."

"뭘까요, 그 조건이란 게?"

탐정은 명백히 긴장한 표정을 드러내는 료코를 보고 미간을 살짝 찌푸렸다. 중대한 발언을 하기 전에 그가 내보이는 유일한 표정 변화였다.

"그건 바로 도지로 씨가 죽어 있었을 경우입니다."

탐정이 선고하듯 말하자 료코의 몸이 미세하게 흔들렸다. 겉으로 드러난 감정 변화도 그것뿐이었다.

오히려 딸꾹질을 하는 듯한 소리를 낸 에리코의 반응이 탐정의 시선을 끌었다. 에리코는 곧바로 고개를 숙였지만 탐정은 잠시 홍조를 띤 그녀의 얼굴을 빤히 응시했다.

"무슨 소릴 하는 거야, 진짜!"

다카아키는 억지로 웃음 지었지만, "계속해 주세요" 하는 료코의 단호한 말투에 압도되기라도 한 듯 표정이 굳어버렸다.

탐정은 다시 이야기를 이어나갔다.

위장의 밤

"심장발작이든 뇌출혈이든, 아무튼 도지로 씨가 이 방에서 숨을 거두고 난 뒤에 세 분이 나타났을 경우를 상정해 보겠습니다. 도지로 씨의 죽음을 공표하는 게 득이 되는 방책일지 아닐지는 조금 생각해 보면 알 수 있었겠지요. 세 사람은 도지로 씨의 시체를 숨겨 수수께끼 같은 실종 형태로 시간을 번 다음에 전 부인과의 이혼, 에리코 씨의 입적을 실현하려는 계획을 세운 거 아닙니까? 이혼은 둘째 치고 입적이 가능할지도 모르겠습니다만."

탐정의 말투는 맨 처음 모두의 앞에서 말하던 때와 다름없었으나 나리타를 포함한 세 사람에게는 자신만만해하는 것처럼 느껴졌다.

"어이가 없군."

다카아키는 아까와 같은 말을 되풀이했지만 이번에는 목소리가 살짝 떨렸다.

"무슨 증거로 그런 엉터리 소릴 하는 거야! 우선, 그때 사장님을 본 건 우리뿐만이 아니야. 가사도우미도 커피를 가지고 왔을 때 사장님을 봤다고. 그녀도 공범이라고 말할 셈인가?"

하지만 탐정은 다카아키의 말을 무시하듯 에리코 쪽으로 몸을 돌렸다.

"아사코 씨가 커피를 가져왔을 때 당신은 어디 계셨지요?"

에리코는 실망스럽다는 듯 부루퉁한 표정으로 탐정을 바라보더니 소파 뒤쪽 벽을 가리켰다.

"벽 쪽에 서 있었어요."

탐정은 알았다는 듯이 고개를 끄덕였다.

"그렇군요. 그 위치라면 문 밖에 서 있는 아사코 씨에게는 보이지 않았겠네요. 그러나 아직 의문은 남아 있습니다. 아사코 씨가 커피를 가져왔을 때 도지로 씨와 다카아키 씨가 대화에 열중하고 있어서 나리타 씨가 쟁반을 받아들었다고 하셨는데, 왜 에리코 씨가 받지 않았지요? 이렇게 말하는 건 실례일지도 모르지만, 보통 그런 일은 여자가 하지 않습니까?"

"그건 보통, 얘기죠…."

이런 논란은 역효과라는 걸 잘 알지만 나리타는 반론을 하고 말았다.

"그때 제가 우연히 문 가까이에 있다가 받은 것뿐입니다."

"우연히… 말입니까? 듣기로는 사업에 대한 이야기를 하고 계셨다던데요. 비서인 나리타 씨는 평소 같으면 도지로 씨 곁에 있었을 것 같은데…. 뭐, 그건 그렇다고 칩시다."

탐정은 더 이상 이 문제를 거론하지 않고 말없이 벽 쪽 선반으로 다가갔다. 거기에는 커피잔을 올려둔 쟁반이 그날 밤 그대로 놓여 있었다.

"에리코 씨에게 묻겠습니다."

탐정의 말에 에리코는 순간 몸을 움찔했다.

"도지로 씨는 커피를 마실 때 블랙으로 마십니까? 아니면 크림을 넣습니까?"

나리타는 에리코 쪽으로 살짝 얼굴을 돌렸다. 괜찮아, 하고 에리코가 눈으로 신호를 보내는 기색이 느껴졌다. 에리코는 단호하게 대답했다.

"크림을 넣어요. 그게 건강에 좋다면서요."

"그러시군요."

탐정은 커피잔과 크림 피처를 들여다보며 말했다.

"확실히 피처가 비어 있네요."

"당연히 그렇겠죠."

에리코가 의기양양하게 말했다.

"다만."

탐정이 스푼을 들어 올렸다.

"스푼을 사용한 흔적이 없네요. 이상하군요. 크림을 넣는다면 보통 스푼으로 저을 텐데."

앗, 하는 소리가 나리타의 입속에서 맴돌았다. 그와 동시에 에리코도 뭔가 우물거렸다. 다카아키만이 질책하듯이 에리코를 노려봤다.

"이상한 점은 그것 말고도 또 있습니다."

탐정은 도지로의 책상으로 다가가 서랍을 열었다.

"범인은 이 서랍에서 전에 말한 그 키홀더를 집어 갔을 텐데요, 꽤 찾기 어려운 구석에 들어 있었는데도 뒤진 흔적이 없어요. 다시 말해, 처음부터 키홀더가 어디에 들어 있는지 정확히 알고 있었다고 볼 수 있습니다."

"공론일 뿐이야."

논할 가치도 없다고 말하려는 듯이 다카아키는 입가에 옅은 미소를 떠올렸다.

"당신이 하는 말은 하나하나 다 그럴싸하게 들려. 하지만 결정적인 걸 잊은 거 아닌가? 가사도우미가 사장님과 내가 나누는 대화를 들었다고."

나리타는 탐정의 눈을 바라보았다. 어쩌면 테이프 레코더의 트릭을 간파하고 있는지도 모른다. 하지만 그렇다고 하더라도 증거가 없으면 어떻게든 발뺌할 수 있다. 나리타는 탐정이 얼마나 자신 있어 하는지 살펴보려 했지만, 탐정의 눈빛은 여전히 무색이었다.

탐정은 그 무색의 눈을 조수에게로 돌렸다. 조수는 주머니에서 테이프를 꺼내 테이프 레코더에 넣었다. 아까 나리타가 되돌려준 테이프였다.

"아사코 씨가 본 건 도지로 씨의 가운 소맷자락뿐이었고, 목소리만 들었던 거지요. 그렇다면 테이프 레코더를 사용했을 가능성이 나옵니다."

탐정이 말을 끝내자마자 조수가 스위치를 눌렀다. 점심때 탐정이 나리타에게 들려주었던 대화가 흘러나왔다. 같은 목소리. 도지로의 대화 상대는 도모히로다.

이게 뭐, 하고 말을 꺼내려던 순간, 바로 그 부분의 내용이 들려왔다.

"…그러니까 추진 회의는 다음 주 10일 화요일에 하는 것이 가장 효율적이라 생각합니다."

그런데 그 다음, 갑자기 도모히로의 목소리가 사라졌다. 잠시 침묵이 흐른 뒤 다시 도지로의 목소리가 나왔다. 또 한 번 소리가 끊겼다가 다시 도지로의 목소리가 들렸다. 탐정은 나리타와 다카아키의 안색을 살피며 만족했는지 조수에게 스위치를 끄라고 지시했다.

"이런 식으로 도지로 씨의 목소리만 남겨서 재생하고 그 목소리에 맞춰 상대가 대답한다면 주변 사람에게는 평범한 대화처럼 들릴 겁니다."

탐정은 나리타에게 말했다.

"이 테이프가 들어 있던 건 도지로 씨가 듣고 있었기 때문이 아니라 당신들이 트릭으로 사용한 테이프를 대신해 넣어두었기 때문이지요. 따라서 나리타 씨는 이 테이프 내용에 아무 의미가 없다는 걸 알고 있었습니다. 그래서 제게 테이프를 건네받고도 들어보지 않은 거겠죠. 만일 들어봤다면 우리가 이렇게 조작해 두었다는 걸 알아차렸을 테니까요."

나리타는 자신의 얼굴에서 싸악 소리를 내며 핏기가 가시는 듯한 느낌에 사로잡혔다. 실제로 그의 얼굴은 창백해졌을 것이다. 탐정이 왜 이 테이프를 자신에게 맡겼는지, 그 이유를 이제야 비로소 알게 되었다.

"어떻게 된 일이야, 나리타 씨?"

지금까지 정신을 잃은 것처럼 아무 말이 없던 료코가 간신히 짜낸 듯한 목소리로 다그쳤다. 나리타가 대답했다.

"저희가 방으로 왔을 때, 사장님은 목을 매 자살하신 뒤였습니다."

"나리타!"

다카아키가 소리를 질렀지만 곧바로 소파에 푹 주저앉았다. 아무래도 체념한 듯했다.

료코는 눈 하나 깜빡이지 않고 나리타의 입가를 응시했다. 그러더니 마침내 놀라울 만큼 차분한 어조로 물었다.

"왜, 아버지가 자살을?"

"모르겠습니다."

나리타는 고개를 저으며 말을 이었다.

"다만 저는 후미에 사모님과 그런 일이 있었기에 충동적으로 그러신 게 아닌가, 하고 판단했습니다. 그리고 그때는 자살 동기보다 앞으로 어떻게 할 것인가 하는 데만 온통 정신을 빼앗겼어요. 시신을 숨기자고 제안한 사람은 접니다. 그

위장의 밤　75

이유는 아까 탐정 선생님이 말씀하신 대로입니다. 저로서는 앞으로의 일을 생각해서 부사장님께 점수를 따둬야겠다는 속셈이 있었던 게 사실입니다."

나리타는 자신과 에리코의 관계는 물론이고 에리코가 받을 거라고 기대한 보험금에 관해서는 털어놓지 않았다.

"그래서 어디로 옮긴 거지? 아버지 시신은."

료코가 진지한 표정으로 물었다. 나리타는 잠시 료코의 눈동자를 바라보다가 대답했다.

"그걸 모르겠습니다."

"모른다고?"

"네, 그렇습니다. 저희가 사장님 시신을 처리하려고 다시 이 방으로 돌아왔을 때, 시신은 이미 사라지고 없었습니다."

6

그날 밤.

아사코를 돌려보낸 후 도지로의 방으로 들어온 나리타와 다카아키는 침대 위에 눕혀놓았던 시체가 사라진 것을 알았다. 그 순간 두 사람은 에리코가 어떻게 한 게 아닌가 하고 생각했다. 그래서 내선 전화로 에리코에게 상황을 물어보았지만, 그녀 역시 시체의 행방에 관해서는 아무것도 몰랐다. 나리타가 묻는 말의 의미조차 파악하지 못할 정도였다.

시체가 사라진 방에서 나리타, 다카아키, 에리코 세 사람은 멍하니 서 있었다.

"도대체 어떻게 된 거야, 이게."

다카아키가 마치 누군가에게 화풀이라도 하듯 말했다. 하지만 나리타와 에리코는 이 물음에 대답할 수 없었다.

시체가 사라진 상황 자체도 기묘했지만, 방의 상태도 이해할 수 없었다. 창문이 안쪽에서 잠겨 있어 완전한 밀실이었던 것이다.

"누군가가 시체를 빼돌렸다고밖에 생각할 수가 없는데…."

나리타는 말꼬리를 흐렸다. 시체를 밖으로 옮긴다고 해도, 도대체 어떻게 이 방에서 빼내 갔단 말인가?

"이 방 열쇠는 하나밖에 없나?"

다카아키가 묻자 에리코가 살래살래 머리를 흔들었다.

"아마 책상 서랍에 또 하나가 들어 있을 거예요."

에리코는 도지로의 책상 서랍을 열어 잠시 찾아보더니 금세 검은 가죽으로 된 키홀더를 꺼냈다.

"여기 있어요. 이 방의 열쇠는 내가 가지고 있는 거하고 이것뿐일 거예요."

"그렇다면… 어떻게 밖으로 빼돌렸을까? 게다가… 그렇잖아, 뭘 위해서 사장님 시신을 빼돌린 거지?"

"지금으로선 어떤 질문에도 대답할 수가 없습니다."

나리타는 가슴을 진정시키기 위해 여러 번 숨을 고른 뒤 다카아키와 에리코를 번갈아 보며 말했다.

"어쨌든 지금은 앞으로 어떻게 해야 할지를 의논하는 게 좋을 것 같습니다."

세 사람 모두 복잡한 표정을 지었다. 시체가 사라진 건 그렇다 쳐도 범인의 의도를 종잡을 수 없는 만큼 당황하지 않을 수 없었다.

"이렇게 하는 건 어떨까?"

다카아키가 꺼낸 제안은 일단 지금까지 계획한 대로 행동하자는 것이었다. 범인이 뭘 노리고 있는 건지 분명치 않지만, 시간만 벌 수 있으면 되기 때문이다.

"그렇지만 만일 범인이 잡힌다면 자살한 날이 밝혀질 거고, 나한테는 보험금이 나오지 않을 거예요."

에리코는 동조하지 않았다.

"그러니까 괜히 경찰에 신고해서 일을 크게 벌이면 안 된다는 거야. 괜찮아. 내가 그렇게 내버려두지 않을 테니까."

"범인이 어떻게 나올 것인가가 문제입니다."

"그때도 가능하면 은밀히 일을 끝낼 수 있도록 해보자고."

결국 다카아키의 제안대로 계획을 그대로 실행하기로 했

다. 그런데 다음 날 아침에 예상치 못한 일이 벌어졌다. 도지로의 차가 고장 나 있었던 것이다. 세 사람은 어쩔 수 없이 계획을 중단할 수밖에 없었다.

"모두 나리타가 말한 그대로야."

다카아키는 진흙탕물이라도 마신 것처럼 괴로운 얼굴로 인정했다.

"사장님의 죽음을 고의로 숨기려 한 건 사실이야. 그건 사과하지. 하지만 실제로 숨긴 건 우리가 아니라고. 그런 의미에서 사태는 무엇 하나도 해결되지 않았어. 게임에 비유하자면 출발점으로 되돌아온 셈이야."

"죄송합니다. 저는 잠시 쉬어야겠어요."

료코가 자리에서 일어나다가 살짝 비틀거렸다. 연달아 충격적인 이야기를 들었으니 정신적으로 많이 지쳤을 것이다. 료코는 휘청거리는 걸음으로 슬리퍼를 끌다시피 하며 방을 나갔다.

문이 닫히는 것을 확인한 뒤 탐정이 말했다.

"지금까지의 이야기를 정리하면 이렇게 되는군요. 9시경 도지로 씨가 목을 매 죽어 있는 것을 확인했고, 10시 반쯤 시체가 사라졌다…."

"그렇습니다."

나리타가 대답했다.

"그렇다면 생각을 근본부터 바꿔야겠군요. 이를테면 범인은 문을 통해 서재로 들어갈 필요가 없습니다. 방 안에 살아있는 사람이 없으니까 창으로 들어가면 되지요. 아마도 범인은 어떤 계기로 창밖에서 시체를 발견하고 창으로 침입해서 시체를 가지고 나갔을 겁니다. 시체니까 어떤 방법으로 옮기든 상관없었을 테고요. 차 트렁크에 넣어 옮기는 게 가장 손쉽고 빠르겠지만요."

"창이 잠겨 있었을 텐데요."

다카아키가 무겁게 입을 열었다.

"창만이 아니야. 문도 잠겨 있었어. 범인은 대체 어디로 어떻게 드나든 걸까?"

모두가 물러간 다음 나리타는 탐정들과 함께 도지로의 방에 남았다. 탐정이 왜 자신을 지목했는지 그 진의는 알 수 없었다.

"그렇다면 도지로 씨는…."

탐정은 방 한가운데 있는 테이블 위에 올라서서 오른손으로 샹들리에를 잡으며 물었다.

"여기에 끈을 걸고 목을 매달았다는 거지요?"

"그렇습니다."

"그때 도지로 씨의 발과 테이블 사이의 간격은 얼마나 됐습니까?"

나리타는 탐정이 왜 그런 질문을 하는지 몰랐지만 두 팔을 벌려 30센티미터 정도를 만들어 보이며 대답했다.

"이 정도입니다."

탐정은 고개를 끄덕이고 조수에게 눈짓했다. 조수는 수첩에 메모했다.

"끈은 어떤 것이었나요?"

나리타는 방구석에 있는 선반을 가리켰다. 거기에는 전국 각지의 민예품이 진열되어 있었다. 도지로는 향토색 짙은 전통 장식물에 무척 관심이 많았다. 나리타가 가리킨 것은 다양한 장식품으로 꾸며진 40센티미터 정도 크기의 목각 소였다.

"금송아지라고, 이와테현 하나마키시의 특산물인데 복을 가져다준다는 속설이 있어요. 빨간색과 흰색으로 엮인 끈이 걸려 있었을 텐데, 그게 없어졌습니다."

"그 줄을 사용했다는 건가요?"

"틀림없습니다."

나리타가 자신의 기억을 더듬으며 말했다. 도지로의 목에 감겨 있던 건 분명 빨간색과 흰색이 섞인 끈이었다.

"그런데."

탐정이 소파에 앉았다. 그러고는 목소리를 낮춰 물었다.

"자살 동기 말입니다, 충동적이었다고 생각하시나요?"

"그게 좀…."

나리타는 말꼬리를 흐렸다.

"지금은 그렇게 생각하지 않는다는 건가요?"

탐정은 나리타의 얼굴을 살피듯이 들여다보았다. 탐정의 옆에서는 조수가 마찬가지로 눈을 치켜뜬 채 나리타를 바라보고 있다.

"네, 지금은 그렇게 생각하지 않습니다."

나리타는 두 사람을 번갈아 보며 대답했다.

"조울증 기미가 있기는 했지만, 사장님은 어떤 상황에서도 결코 충동적으로 행동하실 분이 아니거든요."

"그렇군요."

탐정은 소파에 앉아 무릎 위에 올린 손을 마주잡은 채 가만히 무언가를 생각했다. 뭔가 하고 싶은 말이 있는 듯했고, 그 말을 꺼낼 타이밍을 살피는 것 같은 표정이었다.

"나리타 씨."

탐정의 목소리가 묘하게 진지하고 무게감 있게 들렸다.

"시체를 발견하고 나서 사라졌다는 걸 알게 되었을 때까지의 일을 가능한 한 정확하고 세세하게 말씀해 주시겠어요? 아무래도 일이 좀 복잡해질 것 같습니다."

7

 다음 날 탐정은 나리타 앞에 모습을 드러내지 않았다. 나리타뿐만이 아니라 마사키 가의 사람들 모두가 오늘은 탐정을 보지 못했다고 했다. 료코는 자기 방에 틀어박힌 채 탐정은 물론이고 어느 누구와도 만나지 않았다.

 도지로 사장 사건은 아직 경찰에 신고하지 않았다. 범인이 조만간 어떤 움직임을 보일 터이니 그다음에 신고해도 늦지 않다는 다카아키의 의견에 따른 것이었지만, 어차피 도지로는 죽었으니까 딱히 걱정할 일은 아니라는 게 당사자들의 본심이었다.

 이러한 상황을 알고 나서 가장 안절부절못한 사람은 도모히로였다. 도지로의 죽음이 확인되면 자신의 어머니인 후미에에게 유산이 굴러들어 오기 때문이다. 하지만 지금 이대로는 사망을 확인할 단서가 전혀 없다. 지금 그가 바라는 건 단 1분 1초라도 빨리 도지로의 시체가 발견되는 일이었다. 따라서 경찰에 신고하자고 가장 강력히 주장하는 사람도 도모히로였다.

 직원들에게는 사장이 해외 시찰 중이라고 설명해 두었다. 언젠가는 드러날 거짓말이지만 일단 혼란한 상황을 만들지 말자는 것이 다카아키의 생각이었다. 사업은 그가 대행하고 있어 별다른 어려움이 없었다.

나리타는 부사장실에서 다카아키에게 도지로의 업무에 관해 설명할 것이 많았지만, 그 일을 할 때 말고는 아무도 없는 사장실에서 혼자 지냈다. 사장의 출장에 비서가 동행하지 않은 까닭을 묻는 사람이 가끔 있었지만, 그 문제에 대해서는 능숙하게 둘러댔다.

나리타는 사장실로 돌아와 자신의 책상에 앉아 담배를 피웠다. 우윳빛 연기 너머로 목을 맨 도지로의 시체가 흔들린다. 나리타는 어제 탐정에게 들은 말을 떠올렸다.

'이 사건은 두 가지 '왜'가 풀리면 해결될 것 같습니다. 우선, 왜 범인은 도지로 씨의 시체가 필요했는가? 그리고 왜 현장이 밀실이었는가?'

탐정은 분명 무언가 통찰한 사실을 감추고 있다. 그게 과연 뭘까?

나리타는 주인 잃은 사장의 책상을 바라보며 도지로의 시체를 숨겨야 할 필요가 있는 사람이 누구인지 생각해 보았다.

우선 료코가 있다. 다카아키와 마찬가지로 도지로의 이혼이 성립할 때까지는 그가 죽으면 안 된다고 생각할 것이다. 게다가 마사키 가문의 체면이 있다. 자살은 체면을 더럽히기에 충분한 사인이다.

유산상속이라는 의미에서는 다카아키의 세 자녀에게도 동

기가 존재한다. 다만 그들에게 그만한 행동력이 있을지는 의문이었다. 나리타는 그들에 대해 혼자서는 아무것도 할 수 없는 멍청이들이라고 생각하고 있다.

집안의 체면에 신경을 쓴다는 점에서 도쿠코 할멈도 수상쩍다. 마사키 가를 지켜야 한다는 의지가 누구보다 강할지 모른다. 그러나 과연 노파의 힘으로 시체를 옮길 수 있을까? 그건 아무리 생각해도 무리일 것 같다.

나리타는 밀실에 대해서도 생각해 보았다. 도대체 범인은 어떻게 자물쇠가 잠긴 방에서 시체를 빼내고 다시 문을 잠글 수 있었을까? 연기처럼 몸을 없앨 수단이 있다면 이야기는 달라지겠지만, 그런 방법이 있을 리 없다.

'탐정은….'

그날 밤 일을 정확하게 설명해 달라고 했고, 나리타는 다 이야기했다. 료코에게는 비밀로 해달라는 조건으로 에리코가 받게 될 보험금에 관해서도 털어놓았다.

탐정과 조수는 나리타의 이야기를 메모했다. 그들이 작성한 메모에는 각자가 나눈 잡다한 대화는 물론이고 그때의 신체 움직임까지도 (나리타가 기억하는 범위 내에서) 상세히 기록되어 있을 것이다.

'탐정은 내가 들려준 이야기 속에서 어떤 실마리를 잡아냈을까?'

그건 알 수 없었다. 탐정이 나리타에게 말해준 것은 두 가지 '왜'라는 말뿐이었다.

다음 날 아침, 탐정과 조수가 느닷없이 나리타의 아파트로 찾아왔다.

"여길 용케도 알아내셨군요."

나리타가 감탄하며 말하자 조수는 당연하다고 말하고 싶은 듯 엷은 미소를 머금었다. 탐정은 마치 감정이라도 하는 것처럼 무표정하게 실내를 둘러봤다.

"자, 들어오시죠."

그러나 탐정은 오른손을 내밀며 가볍게 고개를 저었다.

"오늘은 이 사건에서 손을 뗀다고 말씀드리기 위해 찾아왔습니다."

"손을 떼신다고요?"

"그렇습니다."

탐정은 조수가 옆에서 내민 커다란 갈색 봉투를 받아 나리타에게 건넸다.

"봉투 안에는 이번 사건에 관한 자료가 들어 있습니다. 미리 말씀드리지만, 모두 실제 데이터와 사실을 기록한 겁니다. 추측이나 억측은 전부 배제했어요. 조사 결과에 대한 저희의 소견도 없습니다."

나리타는 탐정이 건넨 봉투를 받아들었다. 꽤 묵직했다. 나리타가 물었다.

"이걸 왜 저에게?"

"당신을 선택한 특별한 이유는 없습니다. 굳이 말하자면 당신은 마사키 가문과 관계가 없기 때문입니다."

탐정이 대답하고는 곧바로 말을 이었다.

"이 자료를 저희 나름대로 분석한 결과, 더는 이 사건에 관여해서는 안 된다고 판단했습니다. 사건의 결말은 당신들이 정하셔야 할 것 같습니다. 그래서 이걸 전해드리는 겁니다. 이 자료를 보면 아마 당신도 저희와 같은 결론에 이르지 않을까 싶습니다. 그 결론을 당신이 어떻게 처리하든 그건 자유입니다."

"알 수가 없군요. 결론이 나왔다면 당신들이 직접 료코 부인에게 이야기하면 되지 않나요? 저에게 판단을 맡길 필요가 있습니까?"

"의문이 있을 겁니다."

탐정의 억양 없는 말투는 여전했지만, 지금까지 그가 이렇게 애매모호하게 말한 적은 없었다.

"일단 이 자료를 읽어보세요. 그럼 분명 저희가 왜 이런 태도를 취할 수밖에 없는지 이해하실 겁니다."

탐정은 정중하게 머리 숙여 인사했다. 조수도 탐정을 따라

고개를 숙였다. 나리타는 아무 말 없이 봉투와 두 사람의 뒷모습을 번갈아 바라보았다.

8

한 달이 지났다.

나리타는 평소처럼 사장실을 향해 잰걸음으로 걸어가고 있었다. 복도를 기세 좋게 돌아드는데 뚱보 영업부장과 딱 맞닥뜨렸다.

"여전히 바빠 보이는구먼."

"덕분입니다."

"자네도 여러 가지로 힘들었겠지만, 잘 되어가고 있으니 다행이야. 한동안은 고생 좀 할 테지만 힘내야지 뭐."

"감사합니다."

나리타는 고개 숙여 인사하고는 영업부장과 헤어졌다. 그리고 다시 걸음을 빨리하며 자신도 모르게 웃음이 나려는 걸 꾹 참았다.

'잘 되어가고 있다….'

완전히 맞는 말이다. 그때 자칫 잘못 선택했더라면 지금의 자신은 없었을지도 모른다.

그런 의미에서 탐정이 건네준 자료는 무척이나 귀중했다.

그날 탐정이 돌아간 후 나리타는 혼자 자료를 읽었다. 여러 장의 서류가 묶여 있었고 첫 페이지에는 '마사키 도지로 씨의 자살에 관하여'라는 제목이 적혀 있었다. 그리고 다음과 같은 내용이 쓰여 있었다.

- 도지로 씨가 자살한 동기에 관해서는 관계자 모두 짐작하는 바가 없다.
- 나리타 씨의 증언에 따르면, 도지로 씨의 발은 테이블에서 떨어져 흔들리고 있었다. 즉 도지로 씨가 목을 매 자살했을 경우, 테이블 위에 올려놓은 받침대에 올라가 로프를 걸고 그 로프 고리에 목을 집어넣은 다음 받침대를 발로 차는 방법을 택했다고 봐야 한다. 하지만 현장에는 받침대 역할을 했을 법한 물건이 없었다.

그 페이지에 적힌 내용은 그뿐이었다. 하지만 나리타는 그것만으로 탐정이 하고자 하는 말의 의미를 이해했다.

탐정들은 도지로 사장이 자살했다는 사실에 의문을 품은 것이다.

'누군가가 사장을 죽인 뒤에 목을 매고 자살한 것처럼 위장했다….'

그렇다면 시체를, 하고 생각하며 페이지를 넘기자 그 의문에 대답하듯 이러한 제목이 눈에 들어왔다.

'범인은 왜 시체를 가져갔을까?'

그리고 그 아래에는 탐정이 갖고 있던 수첩 한 장을 뜯은 것 같은 종이가 붙어 있었다. 메모에는 다음과 같이 쓰여 있었다.

- 시체 발견 후의 나리타 씨, 에리코 씨, 다카아키 씨의 대화 (응접실에서)

  에리코 : 타살로 위장할 수 없나? 타살이라면 보험금이 나온다.

  다카아키 : 경찰이 움직이면 곤란하다. 사고사 쪽이 좋다. 보험금도 나오고 마사키 가문의 체면도 살릴 수 있다.

  나리타 : 타살도 사고사도 안 된다. 로프의 흔적이나 울혈 상태를 보면 위장은 쉽게 탄로 난다.

  다카아키 : 그렇게 쉬운가?

  나리타 : 쉽다. 법의학의 기초다.

나리타는 서류를 든 손이 떨리는 것을 멈출 수 없었다. 도지로 사장을 죽인 사람은 다카아키였다. 그는 도지로를 살해

한 후 목을 맨 자살로 위장할 작정이었지만, 이때의 대화로 그것이 불가능하다는 사실을 알고 시체를 회수해야 했던 것이다.

그렇게 생각하니 도중까지는 도지로의 자살을 경찰에 신고해야 한다고 주장하던 다카아키가 슬그머니 위장 공작에 찬성한 이유도 알 수 있었다.

나리타는 손바닥과 이마에 땀을 흘리면서 페이지를 넘겼다. 다음은 '왜 밀실 상태가 되어 있었나?'였다.

여기에도 수첩 메모가 붙어 있었다.

- 도지로 씨의 방에서 위장 공작을 마친 후
  나리타 : 창문은요?
  다카아키 : 단단히 잠갔지.

나리타는 수긍이 갔다. 그때 다카아키는 나중에 자신이 다시 숨어들 요량으로 창을 잠그지 않았던 것이다.

'하지만 방에서 나간 다음에는 어떻게 한 거지? 그때는 분명 창문이 잠겨 있었는데.'

그 의문에 대답하듯 다음과 같은 메모가 있었다.

- 도지로 씨의 방으로 들어갈 때 문을 연 건 다카아키였다.

- 나리타 씨는 아사코 씨가 떠난 방향을 보고 있었다.
- 나리타 씨는 찰각하는 소리를 듣고 열쇠로 문을 여는 소리라고 판단했다.

'그러고 보니 그때 다카아키의 손끝을 본 것은 아니다. 찰각하는 소리를 듣고 문을 여는 소리라고 생각했다. 하지만 그런 소리쯤은 뭘 사용하든 얼마든지 낼 수 있다. 가령 열쇠를 반쯤 돌렸다가 세차게 원위치로 되돌려 놓는다거나….'

하지만, 하며 나리타는 고개를 저었다. 문이 잠겨 있는 것을 확인한 사람이 있다. 가사도우미 아사코다. 그녀는 분명히 말했다. 문이 잠겨 있다고….

나리타는 다음 페이지를 넘겼다. 하지만 거기서부터는 지금까지와 분위기가 달랐다. 목을 맨 사실이나 밀실에 대한 내용은 적혀 있지 않았다. 그 부분부터는 탐정 사무실에서 흔히 하는 남녀의 뒷조사였다. 첫 장에 붙어 있는 큰 사진에는 러브호텔을 나서는 남녀가 찍혀 있었다. 처음에 나리타는 실수로 다른 건의 조사 보고서가 잘못 섞여 들어왔나, 하고 생각했다. 하지만 사진에 찍혀 있는 두 사람의 얼굴을 보자 모든 의문이 풀렸다.

남녀는 다카아키와 아사코였다.

경찰에 체포된 다카아키의 자백에 따르면, 연회 도중 자리에서 일어난 도지로가 다카아키에게 자신의 방으로 오라고 귓속말을 했다고 한다. 사장의 방으로 갔더니 도지로가 어떤 자료를 보여주었다. 탐정 클럽이 수집한 다카아키의 뇌물 수수 관련 증거 자료였다. 대표적인 예로 최근 오픈한 세 지점의 건설 공사에 관련된 특정 업자와 비밀리에 만나는 현장을 찍은 사진이 첨부되어 있었다. 재미있는 건 뇌물 수수 외에 '참고'라는 서류가 있었는데, 거기에는 다카아키와 아사코의 밀회 장면을 찍은 사진이 붙어 있고 탐정의 소견으로 '뇌물 수수와는 관련 없는 일로 사료됨'이라고 적혀 있었다는 점이다.

도지로는 별달리 화를 내지 않고 조용한 어투로 료코와 헤어지라고 말했다.

"지금까지 보살펴줬더니만 키우던 개한테 물리다니, 내 체면이 말이 아니로군."

"사장님…."

"아무 말도 하지 말고 조용히 이 집에서 나가게나."

도지로는 낮고 단호한 목소리로 말했다. 그리고 다음 순간, 다카아키는 두 손으로 도지로의 목을 잡고 있었다.

추리소설 같은 건 한 번도 읽어본 적 없는 다카아키는 목에 끈을 감아 위에 매달아 놓으면 스스로 목을 매 자살한 것으로 위장할 수 있다고 믿었다. 그리고 창을 통해 방에서 빠져

나가 연회장으로 돌아갔다.

자살로 위장하는 일이 불가능하다는 것을 알게 된 다카아키는 우연히 나리타가 제안한 계획에 동조할 수밖에 없었다. 그래서 그는 창문을 열어두어 포석으로 삼았다.

일단 연회장으로 돌아왔다가 잠시 후 현관으로 나가 뒤뜰로 돌아가서는 창문을 넘어 다시 도지로의 방으로 숨어들었다. 그러고는 시체를 메고 창으로 나와 자신의 차 트렁크에 숨겼다.

이때 다카아키는 현관으로 돌아갈 수 없었다. 그냥 가면 창문이 열려 있으므로 창을 잠그지 않았다는 사실이 드러나기 때문이다. 다카아키는 창을 통해 다시 방 안으로 들어가 창문을 잠그고 방문으로 나와 응접실로 들어갔다. 이때 도지로의 방문은 잠겨 있지 않았다.

그때 나리타가 와서 같이 방으로 갔다. 그 전에 다카아키와 미리 짠 아사코가 방문이 잠겨 있는 것처럼 연극을 한다는 시나리오였다.

시체는 다음 날 다카아키가 회사까지 옮겨 골판지박스에 넣은 다음 창고 구석에 감추었다. 기회를 봐서 바다 같은 데 버리러 갈 생각이었지만 좀처럼 그럴 기회를 잡을 수 없었다고, 후에 다카아키가 진술했다.

나리타는 탐정 클럽에서 받은 자료로 사건의 진상을 파악했다. 남은 일은 이걸 료코에게 이야기하느냐 아니면 입을 다무느냐, 하는 선택의 문제였다.

하지만 그의 마음은 정해졌다. 사건은 결국 밝혀지고 경찰이 움직일 것이다. 그러면 사건의 진상이 전부 드러날 게 분명하다. 그때까지 시간을 벌기 위해 이 일에 관해서는 잠자코 있는 편이 좋다. 그리고 그 사이에 자신은 다음 주인에게 확실히 눈도장을 찍어두면 된다. 새 주인에게 바칠 선물은 충분하다. 다카아키와 아사코의 밀회 사진도 마음에 들어 하겠지.

그러나 만일 경찰이 제대로 사건을 파헤치지 못한다면?

그럴 경우는 어쩔 수 없다. 특기인 위장 전술로 경찰의 눈길이 다카아키에게로 향하게 하는 수밖에.

나리타는 사장실 문에 노크했다. 도모히로의 패기 있는 목소리가 되돌아온다. 한 달 전부터 나리타의 주인은 도모히로다. 그리고 주인이 될 뻔했던 다카아키는 얼마 전에 경찰에 체포되었다.

경찰은 나리타가 걱정한 대로 수사에 꽤 애를 먹었다. 하지만 어떤 일을 계기로 수사가 급진전되어 해결에 이르렀다.

결정적인 증거는 다카아키의 차 트렁크에서 발견된 도지로의 틀니 조각이었다.

덫의
내부

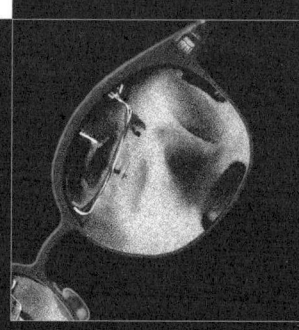

1

 어두컴컴한 방에 세 남자가 모여 테이블을 둘러싼 채 심각한 표정을 맞대고 있다. 테이블 한가운데에 놓인 재떨이는 아무리 비워내도 금세 다시 담배꽁초로 수북해졌다.
"역시."
세 사람 중 최연장자가 입을 열었다.
"어떻게든 사고로 위장했으면 해. 살인이라는 게 명백해지면 경찰이 바로 수사본부를 설치하고 본격적으로 움직일 거야. 그러면 어디선가 허점이 드러나고 말 거라고."
"그 자식들, 아주 집요하니까."
 이번에는 가장 젊은 남자가 얼굴을 잔뜩 찌푸렸다. 그렇다고 해서 그가 경찰에 쫓긴 경험이 있는 건 아니다. 텔레비전

드라마를 보면서 느꼈던 인상을 말한 것뿐이다.

"그건 마찬가지 아닐까?"

지금까지 아무 말 없던 남자가 말을 꺼냈다. 새하얀 얼굴에 금테 안경을 끼고 있어서 무척 예민해 보인다. 사실, 그런 면이 있기도 하다.

"아무리 감쪽같이 위장한 것 같아도 경찰이 과학수사를 하면 바로 들통나고 말아. 그렇게 되면 그 속임수가 오히려 치명타가 될 수 있어. 어쨌든 위장 공작은 위험해."

젊은 남자가 제안했다.

"자살로 꾸미는 건 어때? 독을 써도 괜찮고 가스를 이용하는 방법도 있어. 유서도 그럴듯하게 준비하고 말이지."

"그건 안 돼."

최연장자가 내뱉었다.

"어째서? 자살이라고 판명되면 경찰도 그렇게 끈질기게 조사하진 않을 텐데."

"동기가 없잖아. 그 사람은 건강한 데다 돈도 남부럽지 않게 있어. 고민거리도 딱히 없어 보이고. 그런 사람이 왜 느닷없이 자살을 하겠냐고. 무엇보다 어떻게 유서를 쓰게 할 건데? 써 달라고 본인한테 부탁이라도 해? 필적이 다르면 금방 탄로 날 게 뻔하고, 컴퓨터로 작성하면 의심받을 거야."

"자살은 안 되겠네. 역시 다른 수단이 좋겠어."

얼굴 하얀 남자도 옆에서 거들었다.

"사고사로 가자고. 자살과 달리 이유가 필요 없으니까. 완벽하게만 한다면 경찰도 집요하게 파고들진 않을 거야."

최연장자가 말했다.

"그건 어려울 것 같은데."

얼굴 하얀 남자가 안경을 밀어 올렸다. 그러고는 벌써 몇 개비째인지 모를 담배에 불을 붙였다.

"그러니까 완벽하게 해야지."

최연장자가 받아쳤다.

"누가 봐도 정말 불운한 사고였어, 라고 할 정도로 말이야. 치밀하게 손을 써두고 우리끼리 말을 맞춰놓으면 돼."

"위험한데. 썩 내키질 않아."

"지금 그런 말을 할 처지가 아닐 텐데? 그 사람이 살아 있으면 가장 곤란한 건 너잖아."

"…."

"그러니까 이건 과감하게 하는 게 좋아. 그래서 나도 일부러 온 거니까. 세 사람이 모이면 부처님의 지혜가 나온다고 하잖아."

"근데, 사고사라고 해도 여러 가지가 있잖아. 어떤 사고로 위장할 생각인데?"

가장 젊은 남자는 최연장자의 의견에 동의하는 듯했다.

"교통사고?"

최연장자가 고개를 저었다.

"교통사고는 위험하지. 잘 아는 사람이 직접 사고 낼 수는 없고, 그렇다고 누군가한테 차로 치라고 할 수도 없어. 남은 건 자동차에 손을 대는 방법인데, 그건 조사하면 금방 알아차릴 거야."

"가스중독이나 실수로 독극물을 마시게 하는 건?"

"안 돼."

이렇게 말한 사람은 얼굴 하얀 남자였다.

"옛날 도시가스라면 일산화탄소중독이 가능하지만, 요즘은 천연가스라서 중독을 일으키지 않아. 게다가 가스누출 경보음이 울릴 거고. 독을 쓰는 방법도 어려워. 그런 독이 가까이 있었다는 상황 자체가 부자연스러우니까. 경찰이 의심할 게 뻔하지."

"위에서 뭔가가 떨어지는 건 어떨까?"

최연장자가 얼굴 하얀 남자에게 물었다. 사고사로 위장하자는 의견에 얼굴 하얀 남자가 찬성한 걸로 간주한 것이다.

"이를테면 샹들리에 같은 거 말이야. 아주 커다란 게 하나 천장에 매달려 있잖아. 그런 게 머리에 떨어지면 한 방에 갈 거 아냐."

하지만 얼굴 하얀 남자는 천천히 고개를 가로저었다.

"머리에 맞으면 즉사하겠지만 어떻게 명중시키려고? 손대서 조작하는 방법은 안 돼."

"쳇, 그럼 뭐, 다 안 되는 거잖아?"

젊은 남자는 짜증이 난다는 듯 머리칼을 마구 헝클어뜨렸다. 그러고는 제멋대로 자라기 시작한 수염을 문지르며 말을 이었다.

"우리의 적은 집 밖으로 거의 나가지 않으니까 어디선가 추락할 일도 없을 거고…. 물론 물에 빠져 죽을 일도 없겠지."

최연장자의 눈썹이 꿈틀했다.

"익사라…."

"나쁘지 않은데."

얼굴 하얀 남자가 고개를 살살 끄덕였다.

"익사라는 게 꼭 강이나 바다란 법은 없지. 세면기에 차 있는 물에도 빠져 죽을 수 있어."

"욕실이다!"

최연장자가 말했다.

"욕조에서 잠들었다가 익사하는 건 어때? 전에 한번 신문에서 읽은 적이 있어. 좀 비참한 죽음이지만."

"흐음."

얼굴 하얀 남자가 담배를 쭈욱 빨아들이더니 하얀 연기를 힘껏 내뿜었다. 그러고는 미간을 찌푸리며 두세 번 고개를 가로저였다.

"역시 그것도 안 되겠어. 잠들게 하려면 수면제가 있어야 하는데, 그런 건 쉽게 검출될 거야. 잠들었다고 해서 꼭 익사한다는 보장도 없고. 오히려 죽지 않을 확률이 더 높아."

"뭐야, 이것도 안 되는 거야?"

젊은 남자가 한숨을 내쉬었다.

"아니, 그래도 욕실에서 죽는다는 건 아주 좋은데?"

얼굴 하얀 남자가 의미심장한 말투로 말하자 다른 두 사람이 그의 얼굴을 바라보았다. 얼굴 하얀 남자가 말을 이었다.

"욕실은 혼자 있을 수 있는 몇 안 되는 장소니까 다른 데서 불가능한 일을 가능하게 할 수 있어. 예를 들면 일부러 가스를 누출시켜서 욕실만 폭발시키는 거지. 욕조에 들어가 있던 사람은 꼼짝없이 당할 수밖에 없어."

"안 돼, 그런 건. 불을 사용하는 건 안 되지. 만일의 경우를 생각해야 하니까."

최연장자가 당황하며 반대했다.

"단지 예를 든 것뿐이야. 그거 말고도 방법은 있어."

"예를 들면?"

"예를 들면."

얼굴 하얀 남자가 목소리를 한층 더 낮춰 자신의 생각을 말하기 시작했다.

2

"자기 외삼촌은 어떤 분이셔?"

유리코가 조수석에서 걱정스러운 표정으로 물었다. 핸들을 쥐고 운전하던 도시히코는 앞을 바라본 채 고개를 살짝 갸웃거리며 대답했다.

"한마디로 말하긴 어려운데. 뭐, 보통 사람은 아니지. 부동산업을 하면서 은밀히 사채놀이도 하는 사람이야. 그래서 돈은 많지만 평판이 그다지 좋은 편은 아니고."

"왠지 무서운 분일 것 같아."

유리코가 불안 섞인 목소리로 말하자 도시히코는 소리 내어 웃었다.

"하는 일이 그렇다 보니 어느 정도 사람들한테 미움받는 건 어쩔 수 없어. 그렇지만 나한테는 잘해주셔. 학생 때부터 보살펴주고 있는 데다 취직자리도 알아봐 주셨는걸. 돈에 좀 깐깐한 거야 뭐, 그러려니 하고 있지만."

야마가미 고조의 저택은 조용하고 공기 맑은 고급주택지 안에 자리 잡고 있었다. 주차장도 넓어서 고조의 벤츠 말고도 세 대를 더 댈 수 있다. 그 주차장이 만차를 이루게 된 것은 벚꽃이 지고 몇 주가 지난 어느 날 저녁이었다.

하마모토 도시히코와 다카다 유리코, 두 사람이 이날 야마가미 가를 방문한 마지막 손님이었다. 두 사람이 현관으로 들어서자 가사도우미 다마에와 함께 고조와 그의 아내 미치요가 나와서 맞아주었다.

"어서 와. 마침 다들 왜 안 오나, 하고 궁금해하던 참이야. 주인공이 안 와서야 쓰나."

고조는 불룩 튀어나온 배를 흔들며 호탕하게 웃었다.

"미안, 갑자기 급히 처리해야 할 업무가 생기는 바람에. 그래도 서둘러서 온 거야."

"이런 날까지 일하지 않아도 될 텐데. 그보다 이분이…?"

"다카다 유리코야."

도시히코가 소개하자 유리코는 꾸벅 고개를 숙였다.

"그래요. 난 도시히코의 외삼촌 고조입니다. 잘 부탁해요. 이 녀석, 의외로 손이 많이 가거든."

고조가 큰 소리로 웃자 옆에 있던 미치요가 남편의 옆구리를 쿡 찔렀다.

"여보, 여기서 이러지 말고…."

"아, 그렇지. 어서 들어와요."

고조가 유리코의 등을 밀 듯이 하며 거실 쪽으로 향했고, 조금 뒤처져 도시히코가 따라 들어갔다. 그러자 도시히코의 뒤에 있던 미치요가 그의 옆으로 다가서더니 "미인이네" 하고 속삭였다. 그 말에 도시히코가 미치요의 얼굴을 쳐다보자 미치요는 "자, 얼른 들어가자고" 하며 잰걸음으로 앞서갔다.

일곱 명의 남녀가 거실에 놓인 길쭉한 테이블에 앉아 도시히코와 유리코를 기다리고 있었다. 젊은 두 사람이 모습을 드러내자 박수가 터져 나왔다.

도시히코와 유리코는 빈자리에 나란히 앉았다. 두 사람이 앉는 것을 확인한 뒤 고조와 미치요도 자리에 앉았다.

고조는 맥주가 든 글라스를 들어 올리고 모두의 얼굴을 쭉 둘러보았다.

"자, 마침내 주인공이 왔으니 시작합시다. 여기 오신 분은 도시히코의 여자친구 다카다 유리코 씨야. 예비 신부라고 하는 게 좋겠군. 굉장한 미인이고, 솔직히 말해서 난 한눈에 마음에 들었어. 부모 역할을 대신해 온 나는 이로써 어깨의 짐을 하나 내려놓은 심정이야. 이제 두 사람이 건강하고 사이좋게 살기를 바라네. 그럼 건배!"

"건배!" 하며 다른 사람들도 글라스를 맞부딪혔다. 도시히코와 유리코는 일어나 고개 숙여 인사한 뒤 다시 의자에 앉았다. 이렇게 젊은 커플을 축복하는 파티가 시작되었다.

이 파티를 먼저 제안한 사람은 고조였다. 도시히코는 고조의 누나 아들인데, 누나와 매형이 병으로 세상을 떠났기에 그가 친부모를 대신해 보살펴왔다. 고조에게는 자식이 없었다.

식사가 시작되자 간단한 자기소개가 이루어졌다.

오늘은 야마가미 가의 일가친척이 모두 모였다. 먼저 미치요의 남동생인 아오키 노부오와 아내 기쿠코, 이들 부부의 아들 유키오와 딸 데쓰코, 그리고 고조의 여동생 부부인 나카야마 지로와 마키에, 이들의 아들 아쓰시였다. 각자 짧게 유리코에게 자신을 소개했다.

술잔이 돌고 얼마간의 시간이 지나자 다들 꽤 말이 많아졌다. 어느 정도 도시히코와 유리코를 놀리는 데도 싫증이 났는지 고조가 처남 노부오에게로 대화의 화살을 돌렸다.

"요즘 경기는 좀 어떤가?"

도시히코는 노부오가 볼의 근육을 살짝 실룩거리는 것을 놓치지 않았다.

고조가 말을 이었다.

"요즘 땅값이 너무 올라서 집을 지을 수 있는 사람이 많지 않을 것 같은데."

"정말 그렇다니까요."

노부오는 아첨 섞인 웃음을 지으며 대답했다.

"작은 회사끼리 서로 일을 빼앗는 상황인데, 어떻게 해야 할지 참 골치가 아프네요."

"노부오 씨는 설계 사무실을 운영하고 있어."

도시히코가 작은 목소리로 유리코에게 알려주자 그녀는 살짝 고개를 끄덕였다.

"제약회사 쪽은 어때?"

고조는 다음으로 나카야마 부부를 보며 물었다. 매제 지로가 씁쓸하게 웃었다.

"말도 못 합니다. 회사 주식은 오르고 있지만 실상은 전혀 달라요. 확실히 회사 경기가 영 좋지 않습니다."

지로는 제약회사에 다닌다.

"경기가 좋은 건 오빠 회사뿐이라니까. 좋겠다, 돈이 끝도 없이 들어와서."

와인을 마셔서 말이 술술 나오는 건지 여동생 마키에가 시비라도 거는 듯한 말투로 고조에게 말했다.

"뭘 몰라도 한참 모르는군. 세금은 계속해서 오르지, 최근엔 빌려준 돈이 만기일까지 제대로 회수될지 불안해서 못 견딜 지경이야. 빌릴 때는 간이라도 빼줄 것처럼 굽실거리고는 막상 갚을 때가 되면 배 째라는 식으로 뻔뻔하게 나온다니까. 하여간 이만저만 힘든 게 아냐."

그렇게 말하면서도 고조는 기분이 좋아 보였다.

"두 분은 사내 연애시죠?"

도시히코와 유리코의 대각선 방향에 앉아 있던 지로의 아들 아쓰시가 말을 건넸다. 아쓰시는 탄탄하고 다부진 용모를 지닌 스포츠맨 타입으로, 현재 국립대학교 3학년이다.

도시히코와 유리코가 그렇다고 하자 아쓰시는 신기하다는

듯한 표정을 지었다.

"이렇게 예쁘신 분이 도시히코 형을 만나기 전까지 싱글이었다니, 믿을 수가 없네."

"어이, 너 그거 무슨 뜻이냐?"

도시히코가 웃으면서 아쓰시를 살짝 흘겨보았다.

"유리코는 너하곤 달라서 대학 시절에 열심히 공부했거든. 놀 시간이 없었던 거지."

"뭐야, 너무하네. 요즘 대학생들도 공부하거든!"

"당연히 그래야지. 내년에 취직해야 하잖아? 이제 슬슬 진지하게 생각해야 돼. 앞으로는 대졸도 취업하기 힘들다고 하니까."

"맞아, 그래서 대학원에 갈까 생각 중이야."

"오호."

정말 대단하다고 말하려는 순간 도시히코의 옆에서 쨍그랑하는 소리가 났다. 노부오의 아들 유키오가 나이프를 난폭하게 집어 던진 소리였다.

"오빠, 왜 그래?"

유키오의 옆자리에 앉아 있던 데쓰코가 인상을 찌푸리며 물었다.

"맘에 안 들어."

유키오가 낮은 소리로 내뱉었다.

"대학, 대학, 잘난 척하고 말이야. 게다가 또 대학원에 가서 놀겠단 거야?"

"오빠."

아쓰시도 표정이 험악해졌다.

"야, 말이 너무 지나친 거 아냐? 성격이 아주 꼬였네."

"뭐야, 이 새끼가!"

누군가가 말릴 틈도 없었다. 어느새 유키오가 아쓰시의 멱살을 잡고 있었다. 그리고 그대로 같이 바닥에 뒹굴었다.

"아니, 너희들 뭐 하는 짓이야!"

고조가 소리쳤지만 두 사람의 귀에는 들리지 않는 듯했다. 두 사람은 서로 뒤엉킨 채 카펫 위에서 치고받으며 싸우기 시작했다.

"그만두지 못해!"

도시히코가 사이에 끼어들어 아쓰시의 몸을 떼어놓았다. 억지로 몸이 떨어진 유키오가 그 자리에 주저앉았다.

"대체 무슨 일이야?"

유키오의 어머니 기쿠코가 달려와 물었지만 유키오는 부루퉁한 표정으로 아무 대답도 하지 않았다. 그러자 도시히코가 두 사람이 싸우게 된 자초지종을 설명했다.

"뭘 그깟 일로 화를 내고 그러냐."

노부오가 유키오를 내려다보며 내뱉었다.

덫의 내부   111

"대학에 안 가겠다고 한 건 너잖아. 그래놓고 왜 이제 와서…. 머리 좀 식히고 와!"

"그래, 머리 좀 식히는 게 좋을 것 같군."

고조가 넌더리난다는 듯한 표정으로 말했다.

"둘 다 세수 좀 하고 오는 게 어떠냐. 다마에!"

"네."

가사도우미 다마에가 대답했다.

"두 사람을 세면실로 데리고 가. 다친 데 있으면 처치도 좀 해주고."

"네, 알겠습니다."

다마에는 씩씩거리며 일어선 아쓰시와 유키오를 데리고 복도로 나갔다. 다마에는 오랜 세월 고조의 집안일을 돌봐온 터라 이 정도 소동에는 눈 하나 깜짝하지 않는 모양새였다.

"죄송합니다, 아들놈이 소란을 일으켜서."

노부오가 나카야마 부부에게 머리를 조아렸다. 아유, 아닙니다, 하며 지로가 손사래를 쳤다.

"아쓰시도 말투가 곱지 않았죠. 저 녀석, 성질이 좀 급한 데가 있어서 말입니다. 정말 면목 없습니다."

"도시히코도 엉뚱하게 이 무슨 봉변이냐."

고조가 도시히코의 옷을 바라보며 말했다. 셔츠가 흠뻑 젖어 있었다. 두 사람을 말리다가 맥주를 뒤집어쓴 것이다.

"벗어. 다마에한테 빨아달라고 할 테니까."

미치요가 셔츠 단추를 풀려고 하자 도시히코가 그 손을 뿌리쳤다.

"괜찮아요. 제가 갖다줄게요. 그나저나 참 난감하네. 내일 사람 만날 일이 있어서 이 셔츠를 입고 가려고 했는데."

"내일 아침까지는 마를 거야."

미치요가 대답했을 때 복도 쪽에서 쿵 하고 큰 소리가 들렸다. 그와 동시에 다마에가 뛰어 들어왔다.

"큰일 났습니다. 또 싸움이 붙었어요."

"뭐라고?"

고조가 소리쳤다.

"세면실에서 또 싸움을…."

"이 녀석들, 도대체 뭐 하는 거야!"

고조가 복도로 나가자 도시히코와 유리코도 뒤를 따랐다.

세면실에 가보니 아쓰시가 거친 숨을 몰아쉬며 서 있었고, 유키오는 옆에 있는 세탁기에 기대어 있었다. 유키오의 몸이 부딪힌 듯 세탁기가 크게 기울어져 있다. 아까 난 큰 소리는 아무래도 세탁기와 부딪힐 때의 소리였던 모양이다.

"대체 이게 무슨 일이야?"

지로가 아들 아쓰시에게 물었다.

"몰라. 이 자식이 갑자기 또 시비를 걸잖아. 그래서 조금 밀

쳐냈을 뿐이야."

"유키오!"

노부오의 목소리가 튀어나갔다.

"왜 싸우고 그러냐, 어린애도 아니고!"

유키오는 고개를 옆으로 돌리고는 심통 난 표정을 지었다. 노부오가 고조와 지로 쪽으로 돌아서더니 머리를 숙였다.

"죄송합니다. 오늘은 이만 이 못난 놈을 데리고 돌아가야겠어요. 머리 좀 식히게 하고 나서 나중에 사죄드리러 보내겠습니다."

"혼자 갈 수 있어."

유키오는 그렇게 말하더니 고조와 노부오 사이를 빠져나가 현관으로 향했다.

"유키오! 죄송하다는 말은 하고 가야지!"

노부오가 아들의 등에 대고 소리치며 따라가려고 했지만 고조가 말렸다.

"그냥 둬. 나름대로 이유가 있겠지. 오늘은 혼자 내버려두는 게 좋겠네."

"그런가요…. 정말 죄송합니다."

노부오는 고조뿐만 아니라 그 자리에 있는 모두에게 머리를 조아렸다. 아쓰시의 아버지 지로도 매우 미안해하는 모습이었다.

"유키오는 고등학교 졸업 후에 자기 아버지 회사에서 일하고 있어. 그래서 콤플렉스가 좀 생긴 것 같아. 전혀 그럴 필요 없는데."

거실로 돌아와 소파에서 다시 술을 마시며 도시히코가 유리코에게 말했다. 맞은편에는 흥분이 가라앉은 아쓰시와 데쓰코가 앉아 있다.

"애초에 오빠는 공부하기 싫다고 대학을 안 간 거야. 그래 놓고 이제 와서 저렇게 말하다니, 남자답지 못하다니까."

데쓰코가 마치 어른인 양 술잔을 기울였다. 그 옆에서 아쓰시가 자꾸만 고개를 갸우뚱거렸다.

"그래도 평소엔 저러지 않았는데. 술기운 탓도 있겠지만… 좀 이상한걸."

"그냥 기분이 안 좋았던 것뿐이겠지. 신경 안 써도 돼."

그 말대로 데쓰코는 전혀 신경 쓰지 않는 것 같았다.

그러고 나서 얼마 후에 다마에가 도시히코의 셔츠를 가지러 왔다. 다마에는 서둘러 세탁해서 말리면 내일 입을 수 있을 거라고 말했다.

"아, 세탁은 제가 할게요."

유리코가 나서자 다마에는 미소 지으며 고개를 저었다.

"손님에게 그런 일을 시킬 순 없어요."

다마에는 그렇게 말하고는 파자마를 두고 갔다. 새것이었고, 도시히코가 입어보니 몸에 딱 맞았다.

"꼭 자기한테 주려고 사둔 것 같네."

유리코가 놀라워하며 말했다.

"예전에 여기서 살았던 적이 있어. 그때 사둔 건지도 몰라."

도시히코가 파자마 단추를 채우며 말했다.

고조는 집 한쪽 구석에 있는 홈 바에서 지로, 노부오와 함께 술을 마시고 있었다. 대화가 한창 무르익은 듯 아까부터 고조의 큰 웃음소리가 여러 차례 들려왔다. 지로와 노부오는 한 손에 술잔을 들고 고조가 하는 이야기를 들으며 고개를 끄덕였다. 기쿠코와 마키에는 미치요의 방으로 간 듯했다.

"자, 그러면…."

얼마 후 고조가 자리에서 일어나 도시히코가 있는 쪽으로 다가왔다.

"난 먼저 씻을 테니까 천천히 놀아. 배고프면 다마에한테 말하고. 뭐든 만들어줄 거야."

"꽤 많이 마신 모양이네."

카운터에 늘어선 술병을 바라보며 도시히코가 말했다.

"예전에 비하면 아무것도 아니지. 역시 나이는 못 속여."

고조는 자조 섞인 웃음을 지었다. 실제로 젊은 시절 그의 주량은 굉장했다.

"그리고 유리코 씨."

고조가 유리코를 불렀다.

"오늘 소란스런 모습을 보여서 정말 미안해요. 다음에 내가 꼭 보상하도록 하지."

유리코는 입가에 미소를 지으며 "아니에요" 하고 작은 소리로 대답했다.

"그럼 난 이만 실례하겠네."

"괜찮아? 심장이 약하잖아. 술을 좀 깬 다음에 들어가는 게 좋지 않겠어?" 하고 도시히코가 걱정스레 물었다.

"괜찮아. 그 정도론 안 마셨어."

고조는 그 말대로 꽤 똑바른 걸음걸이로 거실을 나갔다.

"외삼촌은 정말 배려심이 많은 분이시네."

유리코가 도시히코의 귓가에 대고 조심스럽게 말했다. 유리코는 내성적인 면이 있어서 사람들 앞에서는 말을 잘 하지 못하는 편이었다.

"근데 또 그렇지도 않다니까."

이렇게 대답한 사람은 맞은편에 앉아 있던 데쓰코였다. 유리코가 하는 말이 들린 모양이다.

"사람을 잘 돌봐주기는 하지만, 돈에 관련된 일이라면 또 다르거든. 일가친척들한테도 꼬박 이자를 쳐서 받고 상환 기한을 봐주는 법이 없어."

"그건 당연한 거야."

옆에 있던 아쓰시가 맥주를 마시고 나서 말했다.

"친척이라고 특별취급하면 한도 끝도 없지. 오히려 그런 철저한 사고관이 오늘날 성공의 비결이라고 생각해. 도시히코 형도 그렇게 생각하지?"

"응, 뭐, 나야 외삼촌한테 돈을 빌린 적이 없어서 잘 모르겠지만."

도시히코는 모호한 표정을 지었다.

고조가 자리를 뜨자 사람들은 정원으로 나가기도 하고 전화를 걸기도 하며 제각각 행동했다. 미치요의 방에 있던 여자들도 가끔 거실로 나왔다.

그렇게 한 시간가량 지났을 때 갑자기 다마에가 거실로 뛰어 들어왔다. 다마에는 순간 어떻게 할까 망설이는 듯하더니 이윽고 가장 가까운 소파에 앉아 있던 도시히코 쪽으로 다가왔다.

"큰일 났어요. 어르신께서…."

다마에는 다급하게 외쳤지만 말을 제대로 잇지 못했다. 그녀가 이런 모습을 보이는 건 좀처럼 없는 일이었다.

"무슨 일이야?"

도시히코가 다마에의 양쪽 어깨를 붙잡으며 말했다. 다마에는 천천히 침을 한 번 삼키더니 다시 도시히코의 얼굴을 바라보았다.

"욕실에 너무 오래 계시는 것 같아서 괜찮으시냐고 여쭤봤는데 대답이 없으세요. 욕실 문은 안에서 잠겨 있고….”

도시히코는 순간 쿵 하고 심장이 크게 날뛰는 느낌에 사로잡혔다.

"잠든 게 아닐까?"

도시히코는 애써 침착한 표정을 지으며 물었다. 하지만 다마에는 세차게 고개를 가로저었다.

"몇 번이나 불러도 대답이 없으세요.”

방 안은 잠시 침묵으로 뒤덮였다. 그 자리에 있던 모두가 서로의 얼굴을 바라보았다.

가장 먼저 행동한 사람은 지로였다. "큰일났네!" 하며 복도로 달려 나갔다. 그 모습을 보고 노부오도 놀란 듯 눈을 동그랗게 뜨고는 지로의 뒤를 쫓았다. 그리고 아쓰시, 도시히코가 그 뒤를 따랐다.

모두 욕실로 향했다. 욕실 앞 세면실에서는 전자동 세탁기가 돌아가고 있었다. 아마도 도시히코의 셔츠가 들어 있을 것이다. 그 바로 옆에 있는 욕실 문은 꼭 닫혀 있었다.

아쓰시는 세탁기의 작동을 멈추려고 했지만 조작 방법을 몰라 결국 콘센트를 뽑아버렸다. 순간 정적이 덮쳐왔고, 욕실 안에서는 아무 소리도 들리지 않았다.

지로가 문을 두드렸지만 아무런 대답이 없었다. 다마에의 말처럼 문은 안에서 잠겨 있었다.

"욕실 열쇠는?"

"여기 있어요."

소동이 일어난 것을 알고 달려온 미치요가 작은 열쇠를 내밀었다. 지로가 그 열쇠로 문을 열었다.

여자들은 비명을 질렀고 남자들의 입에서는 신음이 새어 나왔다. 욕조에 몸을 담근 고조가 감정 없는 눈으로 멀거니 허공을 바라보고 있었다.

3

"선생님, 늦은 시각에 고생 많으셨습니다."

미치요가 문 앞에서 의사 다나카에게 몇 번이고 머리를 조아렸다. 다나카는 숱 적은 머리칼을 올백으로 넘긴 초로의 남자였다. 그는 고개를 끄덕이더니 안타까워하며 말했다.

"조심하시라고 그렇게 말씀드렸는데. 아무쪼록 마음 잘 추스르십시오."

"저기… 경찰이 부검을 하겠다는 것 같던데요."

"아마 그럴 테지요. 그렇지만 꼭 원상태로 돌려줄 겁니다."

다나카는 미치요가 남편의 시신에 손상이 갈까봐 걱정하는 거라고 해석한 모양이다.

미치요는 다나카가 흰색 벤츠에 올라타 떠나는 것을 본 뒤 저택 안으로 들어왔다. 미치요의 눈은 어떤 결의를 감추고 있는 듯이 빛났다.

거실에는 그날 온 손님이 다 모여 있었다. 시체가 발견된 지 두 시간이 지났다. 모두 피로로 지친 기색이 역력했다.

"미치요 씨."

지로가 뚱뚱한 몸을 의자에서 일으키며 말했다. 그러나 그다음에 무슨 말을 해야 할지 모르겠는지 뭔가 목에 걸리기라도 한 것처럼 입을 꾹 다물었다.

"모두 모이셨지요?"

미치요가 지로의 말에 대답하지 않고 거실을 둘러보았다. 모두 술 마실 때와 거의 같은 자리에 앉아 있었다.

"중요한 이야기가 있습니다."

미치요가 나지막하지만 단호한 목소리로 말했다. 방금 전에 남편을 잃은 여자의 목소리라고는 전혀 생각할 수 없을 정도였다. 몇몇이 움찔하며 등을 쭉 펴고 바로 앉았다.

"남편이 세상을 떠났습니다. 이런저런 문제가 많은 사람이었지만, 야마가미 가를 지켜온 분이니 제대로 명복을 빌어드리고 싶습니다."

도시히코를 비롯한 모든 사람이 당혹스러운 눈길로 야마가

미 가의 안주인을 바라보았다. 미치요가 무슨 말을, 또 무엇을 하려는지 알 수 없었기 때문이다.

"장례식은 신성하게 치를 생각입니다."

미치요는 차분하지만 약간 떨리는 목소리로 말을 이었다.

"그러니 만약 이 가운데 그 신성한 의식에 어울리지 않는 사람이 있다면, 오늘 밤 안에 스스로 밝혀주시기 바랍니다."

"잠깐만, 누나."

노부오가 당황하며 말했다.

"그게 무슨 뜻이야? 종교적인 건 좀 별론데."

"물론 그런 뜻은 아닙니다."

미치요의 목소리는 침착했다.

"야마가미 고조의 죽음에 관련해서 켕기는 게 있는 사람은 이 자리에서 말해달라는 겁니다."

"켕기는 거?"

노부오가 다시 물었다.

"그게 무슨 말이야? 매형은 자연사한 거니까 누가 켕기고 자시고 할 것도 없잖아?"

노부오의 의견에 몇몇이 고개를 끄덕였다.

"아닙니다. 자연사가 아니에요."

이때 미치요의 목소리가 날카롭게 튀어 올랐다. 그리고 미치요는 모두를 경계하는 눈빛으로 바라보았다.

"남편은 살해당한 겁니다."

4

"그럴 리가 없을 텐데요."

노부오의 아내 기쿠코가 머뭇거리며 말했다.

"의사 선생님이 심장마비라고 했다면서요? 그렇다면 병사잖아요."

"아니, 그렇게 단정할 수 없을지도 몰라."

데쓰코가 건방진 말투로 중얼거렸다. 모두의 시선이 그녀에게로 향했다.

데쓰코가 말을 이었다.

"그렇잖아. 사인이 심장마비라는 것뿐이지 거기에 제삼자의 의도가 작용하지 않았다고는 할 수 없지 않나?"

"의도적으로 심장마비를 일으켰다는 거야? 그건 좀 무리가 있지 않아?"

아쓰시가 명쾌한 말투로 말했다. 데쓰코도 아쓰시도 고조의 죽음을 슬퍼하는 기색은 보이지 않았다.

"미치요 씨는 도대체 왜 그런 말을 하시는 거죠?"

지로가 난처한 듯 인상을 찌푸리며 물었다. 미치요는 깊은 숨을 들이쉬더니 천천히 뱉어냈다.

"이해할 수 없는 일이 몇 가지 있어서 그래요. 우선 욕실 문이 잠겨 있었다는 겁니다. 남편은 지금까지 욕실 문을 잠근 적이 단 한 번도 없거든요. 남편의 머리카락이 젖지 않았다는 것도 석연치 않아요. 욕조에 들어가기 전에 반드시 머리를 감는 게 그 사람 습관이니까요."

한순간 모든 사람의 숨이 멈춘 듯했다. 욕실 문이 잠겨 있었다는 사실은 모두 부자연스럽다고 느꼈던 것이다.

"문은 그렇다 치고 머리가 젖지 않은 건 술에 취해 있었기 때문이 아닐까요?"

도시히코가 물었다.

미치요는 단호하게 부정했다.

"아닙니다. 그럴 리가 없어요. 그 사람은 반드시 머리부터 감아요. 어떤 경우에도요."

너무나도 자신에 차 있는 미치요의 말투에 아무도 반론할 수 없었다.

"노부오."

미치요가 남동생을 불렀다. 노부오는 움찔하며 고개를 들었다.

"네가 운영하는 설계 사무실, 지금 꽤 궁지에 몰렸다고 했지? 그래서 몇 번이나 매형한테 융자를 부탁한 모양인데, 갚을 가능성이 없어 보인다고 전부 거절당했잖아. 아무리 처남이라고 해도 절대 봐주지 않는 게 그 사람 방식이니까. 그래서 네가 매형을 원망하고 있었다는 건 알고 있어."

"누나, 지금 날 의심하는 거야?"

노부오가 당황한 표정으로 물었다.

"동생인 나를?"

"동생이니까 먼저 지목한 거야."

미치요의 목소리에는 위엄마저 느껴졌다.

"만약 계획적으로 심장마비를 일으키려고 했다면 입욕 전에 술을 실컷 마시게 하는 것도 방법이지."

아쓰시가 마치 잡담이라도 하는 듯한 가벼운 말투로 끼어들었다.

"외삼촌은 심장이 약했으니까 독한 술이 들어가면 심장마비가 일어날 확률이 높아. 그러니 평소 마시는 술을 따르는 척하면서 보드카 같은 걸 섞는 건 의외로 좋은 수법일지 몰라."

"어이, 아쓰시."

노부오가 아쓰시를 노려보았다.

"매형과 술을 마신 사람은 나만이 아냐. 너희 아버지도 같이 있었다고."

"아, 그런가."

아쓰시는 주눅 드는 기색 없이 목을 살짝 치올렸다.

덫의 내부　　125

"무슨 소릴 하는 거요. 난 관계없어."

지로가 불쾌한 표정을 지었다.

"난 자네만큼 형님한테 술을 권하지 않았고, 동기도 없어."

"그렇게 단정할 순 없지요."

미치요가 말하자 다시 모두의 시선이 그녀에게로 쏠렸다. 지금은 미치요의 한마디가 절대적인 힘을 가진 것 같다.

"자세한 건 모르겠지만 남편의 금고에 지로 씨가 빌려간 500만 엔에 대한 차용증이 들어 있어요. 변제 기한이 상당히 오래 지났던데요."

"그거 말인가요."

지로가 찡그린 얼굴을 쓰윽 문지르며 말했다.

"그건 주식 문제로 꼭 필요해서 조금 빌린 겁니다."

"당신, 나한테는 그런 말 전혀 없었잖아…."

마키에가 남편을 노려보며 말했다. 지로는 고개를 돌려 외면했다.

"굳이 말할 필요 없을 것 같아서 그랬지. 금방 갚을 생각이었거든."

"그렇지만 기한이…."

미치요가 말했다.

"기한은 지났지만 조금 더 기다려 주겠다고 하셨어요."

"그 사람이 그렇게 말했다고요? 그 야마가미 고조가 기다려 주겠다고 했다고?"

미치요가 의심스럽다는 듯이 지로의 축 처진 얼굴을 바라보았다.

그러고는 믿을 수 없어, 하고 덧붙였다. 남편이 그런 말을 했다고는 생각할 수 없었다. 아무리 친척 간이라고 해도 공과 사는 확실히 구분해야 한다고 늘 말했기 때문이다.

"지금 당장은 갚을 수가 없는데 어쩌겠어요."

지로가 하는 말을 듣던 데쓰코가 풋 하고 웃음을 터뜨렸다.

"고모부가 그랬잖아. 빌릴 땐 간이라도 빼줄 듯이 굽실거리고는 막상 갚을 때가 되면 배 째라는 식으로 나오는 사람이 있다고."

지로는 얼굴이 시뻘게져서는 자리에서 벌떡 일어서려다가 아내 마키에가 말리자 도로 의자에 앉았다.

"진정하세요."

도시히코가 애써 차분한 말투로 말을 꺼냈다.

"애초에 술을 마시게 했다고 해서 그렇게 쉽게 심장마비가 일어날까요? 그건 그다지 확실한 방법이라고는 할 수 없지 않겠어요?"

지로와 노부오가 고개를 끄덕였다. 하지만 데쓰코가 또 끼어들었다.

"확실하지 않아도 상관없지 않나? 상대가 꼭 죽어야 하는 상황도 아니잖아? 실패해도 아무런 증거가 남지 않을 거고. 죽으면 좋을 텐데, 하는 정도의…. 뭐라고 해야 하나 이걸."

"미필적 고의."

아쓰시가 덧붙였다. 두 사람은 희한하게도 호흡이 잘 맞는 것 같다.

"맞아, 그거. 미필적 고의라면 심장이 약한 사람에게 술을 마시게 한 뒤에 목욕하도록 하는 건 좋은 방법일 거야. 별로 죄책감도 들지 않을 테고."

한순간 사람들이 아무 말도 하지 못한 것은 데쓰코의 말에 타당성을 느껴서일지도 모른다.

미치요가 데쓰코를 보며 말했다.

"추리가 아주 훌륭해, 데쓰코. 하지만 그것만으로는 부족해. 의사 선생님 말로는 욕조에 들어간 후에 강한 충격을 받았을 거래. 이를테면 뭔가에 몹시 놀랐다거나 갑자기 찬물을 뒤집어썼다거나…."

"그렇다면 그 충격을 준 사람이 범인인 거네."

도시히코가 무심코 내뱉었다.

"아쓰시, 너 아까 외삼촌이 욕실에 있을 때 정원 쪽으로 나갔었지?"

기쿠코가 별안간 물었다. 노부오도 기쿠코의 말을 받아서 덧붙였다.

"맞아! 분명 밖으로 나갔어. 그 길로 욕실 창문 쪽에 가서 뭔 짓을 한 거 아냐?"

"말도 안 돼. 내가 왜 그런 짓을 해요!"

아쓰시는 공격의 화살이 갑자기 자신에게로 날아오자 당황한 듯했다.

"너한텐 동기가 없을지 몰라도 말이야, 누군가에게 부탁을 받았을 수도 있지. 그 누군가가 매형한테 술을 마시게 하고 네가 입욕 중에 충격을 가한다면 기막힌 합작이 아닌가!"

"이봐, 그건 또 무슨 소리야!"

지로가 큰 소리를 내자 노부오가 자리에서 일어섰다. 분위기가 험악해지고 일촉즉발의 긴장감이 팽팽해진 바로 그때 "잠깐만요" 하며 미치요가 나섰다.

"이렇게 다툰다고 사태가 해결되진 않아요. 일단 자리에 앉으세요."

미치요는 두 사람이 자리에 앉는 것을 확인한 뒤 말을 계속 이었다.

"감정만 앞세워 말하지 마시고요. 충격을 준다는 건 말이 쉽지 상당히 어려운 일입니다. 어떤 방법이 있을지 같이 생각해 보죠. 그러면 범인이 밝혀질 거고 어쩌면 공범도 알아낼 수 있을지 몰라요."

"좋습니다."

지로가 노부오 부부 쪽을 바라보며 고개를 끄덕였다.

노부오도 "좋아요" 하고 대답했다.

하지만 이 충격을 주는 방법이라는 게 어려운 문제였다.

특히 창에 방충망이 설치되어 있다는 사실이 발상의 폭을 제한했다. 바깥에서 힘을 가할 수는 없다. 방충망을 통과할 수 있는 건 직경 3밀리미터 정도인 물건이기 때문이다.

이런 조건에서 비교적 납득할 만한 아이디어를 낸 사람은 데쓰코였다. 창밖에서 고조에게 찬물을 끼얹은 건 아닐까, 하는 발상이었다. 물이라면 방충망이 있어도 상관없다.

도시히코가 말했다.

"실행할 순 있겠지만 위험해. 만약 성공하지 못하면 어떡할 건데? 외삼촌은 범인을 추궁할 거야. 그건 분명 장난이라는 말로 얼렁뚱땅 넘어갈 일이 아니지."

"창밖에서 외삼촌을 놀라게 할 만한 뭔가를 보여주는 방법은 어때?"

아쓰시도 의견을 냈다.

"귀신 가면 같은 걸 보여주는 거지. 그거라면 장난이라고 둘러댈 수 있지 않겠어?"

"독특한 발상이긴 하지만, 그건 아냐."

이렇게 말한 사람은 미치요였다.

"그 사람은 그런 정도로는 놀라지 않아. 게다가 그 시각이면 밖이 깜깜해서 아무것도 안 보였을 거야."

그렇겠네, 하며 아쓰시도 포기한 듯했다.

그러고 나서는 아무도 의견을 내지 않았다. 확실히 이런 발상은 젊은 쪽이 더 기발하다. 데쓰코와 아쓰시가 입을 다물자 더 이상 아무 말도 나오지 않았다.

"오늘 밤은 이쯤에서 그만하는 게 어때?"

노부오가 지친 목소리로 미치요에게 제안했다.

"다들 피곤할 테고 더는 좋은 생각도 안 나올 거 같아. 설령 범인이 이 가운데 있다고 해도 도망치지는 않겠지."

노부오에게 날을 세우던 지로도 이 의견에는 찬성인 듯 두세 번 고개를 끄덕였다.

"그렇겠네. 그럼 오늘 밤은 이쯤에서 끝내지요."

미치요는 모두를 둘러보며 한숨을 내쉬었다.

이게 무슨 일이야, 하는 표정으로 몇몇이 자리에서 일어났다. 허리를 두드리는 사람도 있다. 그러고 보니 꽤 오랜 시간을 이 방에서 보낸 셈이다.

"잠깐만요."

이때 누군가 사람들을 불러 세웠다. 순간 아무도 그게 누구 목소리인지 알지 못했다. 도시히코도 마찬가지였다. 잠시 후 그 목소리의 주인공이 유리코라는 사실을 깨닫자 모두 의외라는 표정을 지었다.

"저기, 실은 저도 생각난 게 있는데 말씀드려도 될까요?"

유리코는 미치요에게 말한 것 같았다. 자신의 방으로 돌아가려던 미치요가 "꼭 듣고 싶네요" 하고 대답했다.

유리코는 모두의 얼굴을 둘러본 다음 마지막으로 도시히코를 바라보며 말했다.

"전기가 아닐까 싶어요."

"전기?"

도시히코가 되물었다.

"전기 충격을 가한 게 아닐까요? 두 개의 코드를 욕조에 넣고 전기를 흘려보내면 심장이 약하지 않은 사람이라도 심장마비를 일으킬 거예요."

"그럴 수도 있겠네. 문제는 코드를 어떻게 넣느냐는 건데."

아쓰시가 두 손바닥을 마주치며 말했다.

"하나씩이라면 방충망을 통과시킬 수 있을 거예요. 문제는 어떻게 외삼촌이 눈치채지 않도록 하느냐지만요."

"욕실로 가보죠."

미치요가 잰걸음으로 복도를 걸어가자 모두 그녀의 뒤를 따랐다.

욕실로 가 보니 전기 코드를 어떻게 숨겼는지 금방 알 수 있었다. 창 바로 옆에 욕조 뚜껑이 세워져 있어서 그 뒤로 코드를 빼내 욕조에 집어넣었을 거라고 추측할 수 있었다.

또한 방충망 한쪽에 뭔가를 억지로 끼워 넣었던 듯한 흔적이 두 군데 있었다.

"틀림없군. 이야, 대단하네요, 유리코 씨."

노부오가 어깨를 툭툭 두드리자 유리코가 부끄러워했다.

"잠깐만."

이때 아쓰시가 팔짱을 끼고 미간을 찌푸리며 말했다.

"만일 이런 장치를 꾸민다면, 대체 누가 할 수 있을까?"

"매형이 욕실에 들어가기 전에 설치했다는 말인데."

노부오가 잠시 생각하더니 곧바로 얼굴을 들었다.

"남자들은 모두 거실에 있었어. 여자들은 어디에 있었나?"

기쿠코가 마키에와 미치요의 얼굴을 쳐다보고는 대답했다.

"미치요 형님 방에 있었어."

"그렇다면…."

미치요가 화들짝 놀라며 주위 사람들의 얼굴을 쭉 둘러보았다.

"다마에 씨는 어디 갔지?"

"없네. 아까까지 있었는데…."

지로가 대답했다.

"방이야!"

미치요는 사람들을 밀치며 복도를 뛰어갔다. 다리가 꼬인 탓에 계단에서 몇 번이나 넘어질 뻔했다. 다마에의 방은 2층에 있다. 방문을 열자 다마에의 몸이 허공에 매달려 있는 것이 보였다.

5

 사건이 일어난 지 열흘이 지났다. 갑작스러운 고조의 죽음과 다마에의 자살로 소란스러웠던 야마가미 가는 가까스로 예전과 같은 생활 리듬을 되찾기 시작했다.
 도시히코는 유리코와 결혼할 때까지 이 집에서 지내기로 했다. 너무 불안하니 그렇게 해달라고 미치요가 부탁했기 때문이다.
 이날 오후 도시히코는 낯선 방문객 두 명을 맞이했다. 30대 중반 정도로 보이는 남자와 그보다 열 살 정도 어려 보이는 여자였다.
 남자는 키가 컸고 검은색 양복을 말쑥하게 차려 입었다. 어딘지 모르게 외국인이 연상될 정도로 윤곽이 짙은 얼굴이었다. 여자도 거무스름한 색의 원피스를 입고 있었는데 마찬가지로 일본인 같지 않은 체격이었다. 도시히코는 길고 검은 머리칼이 인상적이라고 생각했다.
 "클럽에서 나왔습니다. 사모님 계신가요?"

남자가 도시히코에게 물었다.

"클럽…이라고요?"

도시히코는 의아하다는 듯이 두 명의 방문객을 올려다보며 되물었다.

"혹시… 라이온스클럽 관계자이신가요?"

남자는 도시히코의 얼굴을 가만히 내려다보더니 천천히 고개를 끄덕였다.

"뭐, 그거랑 비슷한 겁니다. 그렇게 전하시면 사모님이 아실 거예요."

도시히코는 석연치 않았지만 더 이상 캐묻기도 뭣해서 미치요에게 상황을 전달했다. 그러자 갑자기 미치요의 표정에 긴장감이 떠올랐다.

"탐정 클럽이야. 부자들 전용 탐정이지. 회원제라서 멤버들이 의뢰한 일만 받아."

"탐정에게 뭘 의뢰하려고?"

도시히코가 물었다.

"별거 아냐. 나중에 얘기해 줄게. 들어오시라고 해."

미치요는 그렇게 말하고 나서 크게 심호흡했다.

집으로 들어온 두 남녀와 미치요는 응접실에서 얼굴을 마주하고 앉았다. 미치요는 상대의 반응을 살피며 조심스럽게 확인했다.

"탐정 클럽에서 오신 분들이죠?"

"그렇습니다."

대답한 사람은 남자였다. 억양 없이 메마른 목소리였다.

"무슨 용건이신가요?"

미치요는 짧은 숨을 토해냈다. 어쩐지 마음이 놓였던 것이다. 탐정 클럽에 관해서는 고조에게 들어 알고 있었으나 자신이 이용하기는 처음이다. 혹시 어설픈 사람들일지도 몰라 우려했지만 이렇게 만나 보니 믿어도 좋을 것 같았다.

"상의드리고 싶은 건 얼마 전 세상을 떠난 남편에 관한 일이에요."

미치요가 마음을 굳게 먹고 말을 꺼냈다. 남자는 가볍게 고개를 끄덕였다.

"열흘 전의 일입니다. 제 남편이 심장마비로 갑자기 세상을 떠났어요."

"욕실에서 그러셨다고요."

탐정은 확인하는 듯한 어조로 말했다. 그들이 고조의 죽음에 관해 이미 알고 있다는 사실에 미치요는 한층 더 신뢰가 갔다. 고객을 찾아오면서 아무런 사전 정보도 알아보지 않았다면 일을 맡길 수 없다고 생각했다.

"겉으로 보기에는 그렇습니다. 남편 심장이 건강한 편이 아니었다는 건 모두 알고 있었기 때문에 많은 분이 애석하게 여기고 있어요."

"하지만 실제로는 그렇지 않다는 말씀이군요?"

이번에는 여자가 질문했다. 아나운서처럼 발음이 또렷하고 부드러운 목소리였다. 탐정의 조수인 모양이다.

"심장마비인 건 분명합니다. 다만 우연한 사고가 아니라는 거지요."

미치요가 말했다.

"그 말씀은, 자살한 가사도우미의 범행이었다는 말이죠?"

미치요는 탐정 쪽으로 몸을 돌리며 말했다.

"역시 잘 알고 계시네요."

"아, 과찬이십니다" 하며 탐정이 고개를 숙였다.

"다마에라는 가사도우미가 남편을 죽인 겁니다."

미치요는 전기 코드를 사용한 트릭과 다마에가 자살한 경위를 설명했다. 탐정은 흥미롭게 이야기를 듣다가 미치요가 말을 마치자 "그렇군요" 하며 고개를 끄덕였다. 그러고는 팔짱 끼고 있던 손을 풀더니 검은색 양복 안주머니에서 수첩을 꺼냈다.

"가사도우미는 범행이 드러나자 자살했다는 거고요. 그래서 저희는 뭘 하면 될까요?"

"한마디로 말해서…."

미치요는 탐정과 조수의 얼굴을 한 차례 번갈아 보고는 말

덫의 내부

을 이었다.

"진상을 규명해 주세요."

탐정이 의아한 듯 눈을 가늘게 떴다.

"무슨 뜻이지요?"

"아직 이해할 수 없는 부분이 많아요. 가령 남편이 머리를 감지 않고 욕조에 들어간 사실과 욕실 문이 잠겨 있던 점 말입니다. 그리고 다마에가 남편을 죽인 동기도 찾을 수가 없어요."

"다마에 씨가 남편분을 죽였다는 것만은 사실이라는 말씀이시죠?"

"아마 사실일 겁니다. 달리 자살할 이유가 없으니까요."

"그렇지만 따로 진상이 있을 거라고 생각하신다는 건가요?"

"네. 뭔가가 마음에 걸려요. 단지 기분 탓이라면 어쩔 수 없지만요."

"그러시군요."

탐정은 무표정한 얼굴로 고개를 끄덕였다.

"알겠습니다. 다마에 씨가 왜 남편분을 살해했는지, 그 동기를 밝혀야 할 것 같군요. 이 방향으로 조사하면 되겠습니까?"

"네, 좋습니다."

미치요는 그날 밤에 찾아온 사람들의 이름을 떠올리며 탐정에게 말해주었다. 친척 관계도 다 알려주었다. 탐정은 그 내용을 재빠르게 메모하고 물었다.

"그 파티에 관해서도 자세히 말씀해 주시겠어요?"

미치요가 파티 이야기를 시작했고 아쓰시와 유키오가 싸운 일을 말하자 탐정의 눈이 날카로워졌다.

"두 사람은 평소에도 사이가 좋지 않았나요?"

"아니요, 그렇진 않았어요. 아쓰시가 성격이 급한 면이 있지만, 그렇게 싸우는 건 드문 일입니다."

"그런가요."

탐정은 볼펜으로 테이블을 두드리며 고개를 끄덕였다.

"그런데 그 욕실 말입니다."

탐정은 미치요의 얼굴을 똑바로 바라보며 말했다.

"한번 보여주시겠어요? 어느 정도의 밀실인지 살펴보고자 합니다."

"알겠습니다."

욕실은 깨끗이 청소되어 있었다. 미치요는 사건 이후 며칠 동안 도저히 욕실에 들어갈 마음이 생기지 않았지만, 최근에는 대중목욕탕을 다니기 번거로워서 다시 사용하고 있다.

"욕실에 이렇게 단단한 잠금장치를 다는 건 흔치 않은데요. 이유가 있습니까?"

탐정이 손잡이를 잡으며 물었다.

"예전에 젊은 가사도우미를 고용하려고 할 때 욕실 문을 잠그지 못하는 건 싫다고 말하더군요. 그때 달았습니다."

"열쇠는 사모님이?"

"네. 제 방에 보관하고 있었어요. 아무한테도 건네준 적 없습니다."

탐정은 고개를 끄덕이고 나서 욕실 안으로 들어갔다. 어른 한 사람이 편안하게 누울 수 있는 욕조가 있고 그 위에 자그마한 창이 나 있었다.

"이 창은 어떻게 되어 있었나요?"

"열려 있었습니다. 그렇지만 바깥쪽에 방충망이 설치되어 있잖아요? 그건 안쪽이 나사로 고정되어 있어서 바깥쪽에서는 떼어낼 수 없어요."

"네, 그런 것 같네요."

탐정은 신중한 눈길로 방충망을 살펴보았다.

"그럼 보고는 사흘에 한 번씩 올리겠습니다."

응접실로 돌아와서 탐정이 말했다.

"그리고 밀실 수수께끼는 그리 어렵지 않습니다."

"그래요?"

"네, 간단합니다. 생각할 수 있는 건 한 가지밖에 없어요. 남편분께서 스스로 자물쇠를 채운 겁니다. 물론 그럴 이유가 있었겠지요. 그게 아마도 이번 사건의 진상과 관련되어 있을 겁니다."

6

탐정 클럽은 약속한 대로 사흘째 밤에 보고했다. 전화를 걸어온 사람은 조수였다.

"다마에 씨한테 따님이 있더군요. 그리고 그 딸에게는 올해 두 살된 아이가 있습니다."

"들은 적 있어요."

미치요가 대답했다.

다마에는 자신의 가족 이야기를 별로 하지 않았지만, 확실히 그런 이야기를 들은 적이 있다.

"다마에 씨 손주의 심장에 이상이 생겨서 시급히 수술을 해야 한다고 합니다."

미치요는 처음 듣는 말이었다.

"그래서요?"

"수술 비용이 꽤 거액이라는데, 다마에 씨가 딸에게 돈을 마련해 주겠다고 했답니다."

"다마에 씨가요?"

"혹시 다마에 씨가 어디서 돈을 마련하려고 했는지 알고 계십니까?"

"모르겠어요. 딱히 저축한 돈이 많았을 것 같지도 않고요."

미치요는 수화기를 귀에 댄 채 고개를 가로저었다.

"그런가요?"

그런 다음 조수는 유키오가 야쿠자에게 쫓겨 모습을 감추었다는 사실을 보고했다. 그건 미치요도 이미 알고 있었다. 야쿠자의 여자에게 손을 댔다가 발각되어 돈을 갈취당하고 있다고 한다. 조만간 미치요에게 돈을 빌리러 오겠지만 아직은 어머니인 기쿠코가 세상의 눈을 신경 쓰며 체면을 차리고 있기 때문인지 나타나지 않았다.

미치요는 이러한 보고를 받고 나서 전화를 끊었다.

수화기를 내려놓고 돌아보니 바로 등 뒤에 도시히코가 서 있었다. 미치요는 살짝 놀라더니 바로 미소를 띠었다.

"깜짝 놀랐네. 무슨 일이야?"

"탐정한테서 온 전화야?"

"맞아."

"벌써 끝난 사건인데."

그러자 미치요는 미소를 띤 채로 도시히코의 셔츠에 달라붙은 실밥을 떼어냈다.

"납득할 수 없는 일이 너무 많아서 그래. 이 사건에는 뭔가 다른 내막이 숨겨져 있는 것 같아. 그게 확실히 밝혀질 때까지 사건은 끝난 게 아니야."

"기분 탓이야. 모든 게 다 해결되었잖아."

"글쎄, 과연 그럴까."

미치요는 도시히코의 어깨에 손을 올렸다.

"오늘 유리코 씨 만났어?"

"아니…."

"그래? 젊을 때는 매일 만나는 게 좋지."

미치요가 도시히코의 가슴에 이마를 살짝 기댔다. 도시히코는 크게 숨을 내쉬며 미치요의 몸을 밀어냈다.

"내 방으로 돌아갈게."

"나중에 그리로 가도 될까?"

"미안. 해야 할 업무가 있어."

"그래."

도시히코는 미치요 앞에서 물러나 천천히 계단을 올라갔다. 미치요는 도시히코의 뒷모습을 바라보며 몇 년 전 어느 날을 떠올렸다.

도시히코가 이 집으로 들어와 살게 된 지 얼마 지나지 않았을 때였다. 미치요는 자신을 보는 도시히코의 눈빛에서 외숙모를 대하는 단순한 시선 이외의 것을 느끼기 시작했다. 그 눈길에 어떤 기대를 품지 않았다면 거짓말이다. 오히려 무언가를 기다리고 있었다고 해야 할 것이다. 고조와의 부부 생활에도 권태감을 느끼고 있었다. 그런 만큼 도시히코가 젊은 기운에 충동적으로 다가왔을 때 그녀의 저항은 실로 미미했다. 기다리고 있었다. 이것이 솔직한 감정이었다.

덫의 내부

두 사람의 비밀스런 관계는 그 후로도 아주 드문드문하게 이어졌다. 그 간격이 더 길어졌다고 생각했을 때 미치요는 도시히코에게 애인이 생겼다는 사실을 알았다.

외로움과 질투. 나이에 어울리지 않는 감정이 미치요의 가슴을 가득 채웠다. 그러나 미치요의 마음 어딘가에 자신이 도시히코의 첫 여자였다는 자부심이 자리 잡았다. 그 사실이 그녀를 지탱해 주고 있다고도 할 수 있다. 그가 자신을 잊을 리 없다고.

7

다시 사흘이 지난 후, 탐정 클럽의 두 사람이 야마가미 가를 찾아왔다. 미치요는 불안한 마음을 억누르지 못한 채 그들과 마주했다.

"알아내셨나요?"

미치요가 두 사람을 번갈아 보며 물었다.

"어느 정도는요."

탐정은 가볍게 고개를 숙였다.

"이번 사건의 진상이 거의 드러난 것 같습니다."

후우, 하며 미치요가 숨을 토해냈다. 긴장과 불안이 뒤섞인 한숨이었다.

"어서 말씀해 주세요."

미치요는 탐정들을 응접실로 안내했다.

탐정이 미치요에게 보고서 묶음을 건넸다.

"우선 저희가 주목한 점은 다마에 씨가 그런 살해 방법을 선택했다는 사실입니다. 그런 방법이란, 욕실 방충망 그물눈 틈새로 전기 코드를 통과시켜 욕조에 넣고 전류를 흘려보내 고조 씨에게 전기 충격을 가하는 것입니다."

"그 방법에 의문이 있나요?"

미치요는 머릿속으로 그 장면을 떠올려 보며 물었다.

"아닙니다. 방법 자체에는 문제가 없습니다. 다만 다마에 씨가 그 방법을 썼다는 게 주목할 만한 일이지요. 다마에 씨는 쉰한 살입니다. 과학 지식이 보편화되었다고는 하지만, 그녀의 나이를 생각하면 그런 방법을 떠올렸다는 게 부자연스럽습니다."

미치요는 저도 모르게 앗, 하고 소리를 냈다. 지금까지 그 점은 생각해 본 적이 없었다. 듣고 보니 확실히 석연치 않다.

"그래서 저희는 생각했습니다. 이 살해 방법을 고안한 사람은 다마에 씨가 아니라 다른 사람이 아닐까 하고."

"다른 사람이요? 그럼, 그날 참석한 사람 가운데 공범이 있다는 말인가요?"

"그렇다고 보는 것이 타당하겠지요."

탐정은 가볍게 헛기침했다.

"그렇다면 과연 누가 다마에 씨에게 그런 살해 방법을 실행하라고 지시했느냐 하는 건데요. 이건 다시 말하면 살인을 명령하는 일이니까 다마에 씨에게 상당한 영향력을 미칠 수 있는 인물일 겁니다."

"영향력."

미치요는 그 말을 되뇌었다. 평소에는 별로 사용하지 않는 신기한 울림이 있는 말이었다.

"그게 누구인가 하는 문제입니다만."

탐정은 보고서의 첫 장을 가리켰다. 거기에는 다마에의 손주에 관한 조사 결과가 적혀 있었다.

"다마에 씨는 어떻게 해서든 돈을 구해야 했어요. 조사에 따르면 돈을 빌려줄 사람이 있었던 것 같습니다."

"그런 모양이군요."

"그래서 추리할 수 있는 건, 그 돈을 내어줄 수 있는 인물이야말로 다마에 씨에게 큰 영향력을 가진 사람이라는 사실이지요."

"큰돈을 내어줄 수 있는 사람…."

미치요는 여러 사람의 얼굴을 떠올려 보았다. 아오키 노부오, 나카야마 지로….

미치요는 고개를 가로저었다.

"아무리 생각해도 그런 거금을 내줄 만한 사람이 없어요."

탐정은 의미심장한 표정으로 입꼬리를 씰룩거렸다.

"한 사람을 잊고 계신 것 같군요."

"한 사람?"

미치요는 다시 모든 사람의 얼굴을 차례로 떠올려 보았다. 빠뜨린 사람은 없을 터였다. 도시히코나 아쓰시가 거금을 갖고 있을 리도 없다.

"짐작이 안 돼요. 우리 일가친척 중에서 돈이 많은 사람이라면 남편 정도…."

미치요의 말이 어중간하게 끊겼다. 조수가 살짝 웃는 것 같았다.

"설마…" 하고 미치요가 갈라진 목소리로 중얼거렸다.

"설마 남편이…."

"바로 그 설마입니다. 그것 말고는 생각할 수가 없습니다."

탐정이 말했다.

"그렇지만 살해당한 사람은 남편이잖아요. 자신을 죽여달라고 지시했다는 건가요?"

그렇게 말하면서 미치요는 화들짝 놀랐다.

"자살…?"

"예."

탐정이 고개를 끄덕였다.

"그렇게 가정하면 여러 면에서 앞뒤가 다 맞아떨어집니다. 이를테면 전기 코드 설치 말입니다. 고조 씨가 욕조에 들어가기 전에 설치되었던 게 아니라 들어가고 나서 밖에 있는 사람, 즉 다마에 씨와 함께 설치했다고 생각하면 어떨까요? 다마에 씨가 밖에서 전기 코드를 밀어 넣고 욕실에 있던 고조 씨가 그 코드를 받아서 욕조 안까지 끌어다 넣는 거지요. 만일 그때 누군가가, 가령 사모님이나 다른 누군가가 들어오면 큰일이니까 욕실 문을 잠갔고요. 그리고 자살할 거니까 머리도 감지 않았겠지요."

미치요는 넋 나간 표정으로 탐정이 하는 말을 들었다.

"자살이었던 건가요?"

그러나 탐정은 바로 고개를 가로저었다.

"아닙니다. 분명 앞뒤가 잘 맞아떨어지지만, 그건 무리라는 결론에 이르렀습니다. 자존심 강한 사람이 자살은 수치스러우니까 타살로 위장해 스스로 목숨을 끊는 경우가 종종 있긴 하지만, 저희가 조사한 바로는 고조 씨에게 자살할 만한 동기가 없었거든요."

그렇겠지요, 하고 미치요가 말했다. 그리고 조금 안도했다.

탐정이 말을 이었다.

"하지만 저희는 고조 씨가 전기 코드 장치를 지시했다는 생각을 지울 수가 없었습니다. 그래서 완전히 다른 식으로 생각해 보았지요. 그러니까 고조 씨는 자신 이외에 다른 누군가를 죽이려고 그런 장치를 해둔 게 아닐까… 하고요."

"자신 이외의 누군가를요?"

"그렇습니다. 그런데 도중에 다마에 씨가 배신을 하는 바람에 오히려 자신이 살해당하고 만 게 아닐지…."

"남편이 죽이려 했다는 사람이, 혹시…."

"그렇습니다."

탐정은 눈을 감고 고개를 끄덕였다.

"바로 당신입니다, 사모님."

8

남편이 나를 죽이려고 했다….

미치요는 가벼운 현기증을 느꼈다. 상상도 해보지 못한 일이었다.

"조사 결과, 고조 씨에게 여자가 있었다는 사실이 밝혀졌습니다."

탐정은 보고서의 다음 페이지를 펼쳤다. 거기에는 젊은 여자의 상반신을 찍은 사진이 붙어 있었다.

"룸살롱 호스티스입니다. 고조 씨는 꽤 진지했던 것 같아요. 관계자들의 말을 종합해 보면 결혼하고 싶어 했던 모양입니다."

보고서를 든 미치요의 손이 떨렸다.

"나를 죽이고 그 여자와…."

"동기는 있는 셈입니다."

미치요의 격앙된 모습에 아랑곳없이 탐정의 말투는 극히 사무적이었다.

"요컨대 이렇게 추리할 수 있습니다. 우선 고조 씨는 다마에 씨가 돈을 필요로 한다는 데 착안해서 부인을 살해할 것을 제의합니다. 당연히 대가는 손주의 치료비지요. 아까 말한 전기 코드를 사용한 방법으로 죽인다는 계획이었습니다. 그런데 다마에 씨는 고조 씨가 시키는 대로 할 생각이 없었습니다. 아마도 고조 씨가 죽고 부인에게 재산이 상속되면 사정을 얘기하고 치료비를 빌릴 수 있을 거라고 생각했겠지요. 어차피 누군가를 죽여야 한다면 평소 신세를 진 부인보다는 고조 씨를 선택한 거고요. 고조 씨는 아무것도 모르고 욕조에 전기 코드를 설치했습니다. 그리고 설치하는 도중에 다마에 씨가 다른 한쪽 코드를 콘센트에 꽂은 겁니다."

"그러니까."

미치요가 중얼거렸다.

"머리 감을 여유 따위는 없었던 거네요."

"다만."

탐정은 목소리의 톤을 낮췄다.

"그래도 아직 의문이 남아 있습니다. 만일 다마에 씨가 배신하지 않고 부인이 욕조에서 숨을 거두었다면 의사는 뭐라고 했을까요? 고조 씨는 심장이 약했으니까 의심받지 않았지만, 부인이 심장마비를 일으키면 상당히 의심할 겁니다. 감전사라는 걸 바로 알아차릴지도 모르죠."

"그렇겠네요…"

"그 점을 어떻게 처리할 작정이었는지 생각해 보았습니다. 그 결과, 아주 교묘한 덫이 설치되어 있었다는 사실을 알았습니다."

"덫?"

"그렇습니다. 범인들은 당신을 감전사시키고 그 시체를 의사나 경찰이 조사해도 수상하게 여기지 않을 만한 상황을 만들어 뒀습니다."

"범인…들?"

미치요는 무슨 말인지 통 알아들을 수가 없었다. 다마에와 고조를 말하는 걸까?

"바로 세탁기입니다."

탐정은 무언가를 선고하듯이 말했다.

"감전사한 부인의 시체가 욕조에 떠 있으면 경찰이 의심할 가능성이 크겠지요. 그런데 만일 시체가 세탁기 옆에 쓰러져 있다면, 그리고 그 세탁기가 누전되어 있었다면 어떨까요. 경찰이 단순한 사고로 처리하지 않을까요?"

미치요는 싸악 하고 온몸에 소름이 돋는 것을 느꼈다.

"범인들은 당신을 욕조에서 감전사시킨 다음 시체를 세탁기 옆으로 옮길 계획이었습니다."

"그렇지만… 우리 집 세탁기는 누전되지 않았는데."

"하지만 세탁기 옆에 감전사한 사람이 쓰러져 있으면 경찰은 반드시 물어볼 겁니다. 최근 이 세탁기에 무슨 이상이 없었느냐고."

"이상 없었다고 대답하겠지요."

"그럴까요? 아마도 그 질문에 누군가가 대답할 텐데요. 그날 저녁때 젊은이들이 싸우다가 세탁기를 쓰러뜨렸다고 말입니다."

"아…."

"그리고 필시 범인들은 감전 방지용 접지선도 빼놓았을 겁니다. 그러면 완벽합니다. 경찰은 세탁기를 조사하겠지만, 현재 누전되지 않았다고 해서 과거에도 그렇지 않았다고는 단언할 수 없죠. 아마도 싸울 때 세탁기가 넘어가면서 일시적으로 어딘가에서 누전이 일어났다고 간주할 겁니다. 그럼 아무도 의심하지 않을 거고요."

"그날 싸운 사람은 아쓰시와 유키오…. 두 사람도 공범이었군요."

그러고 보니 그날 정말 별것 아닌 일로 싸움이 시작되었다.

"아뇨, 아마 공범은 유키오 씨뿐일 겁니다. 아쓰시 씨는 괜한 시비에 말려든 거고요. 유키오 씨는 야쿠자의 여자에게 손을 댄 바람에 돈이 필요해져서 고조 씨에게 고용된 거지요."

"그렇다면…."

미치요는 깊은 한숨을 내쉬더니 머리칼을 쓸어 올렸다.

"남편과 다마에와 유키오, 이 세 사람이 한패가 되어서 저를 죽이려 했군요."

그러나 탐정은 바로 대답하지 않고 고개를 오른쪽으로 살짝 갸웃거렸다. 미치요는 탐정이 이렇게 모호한 태도를 보인 적이 없었기에 의아했다.

"사실은 공범이 또 한 명 있는 것 같습니다."

탐정이 말했다.

"참여한 사람들과 그 성격으로 봤을 때 도무지 이번 계획을 세웠다고는 생각할 수가 없거든요. 또 한 명, 브레인 역할을 한 사람이 있었을 겁니다."

"브레인?"

"그래서 떠올린 건 입욕할 때 세탁기가 작동하고 있었다는 점입니다. 범인들은 사모님이 목욕한 후 욕실에서 나오다가 세탁기 누전 사고로 죽은 걸로 만들고 싶었으니까 당연히 세탁기 전원이 켜져 있어야 했지요. 하지만 왜 그 시각에 세탁기 전원이 켜져 있었을까요? 그건 어떤 인물이 의도적으로 세탁기가 작동하게끔 꾸몄기 때문입니다."

"도시히코가?"

도시히코는 싸움을 말리다가 맥주를 뒤집어쓰는 바람에 셔츠가 젖었다고 했다. 그리고 내일 그 셔츠를 입고 사람을 만나야 하니 오늘 중으로 세탁해야 한다는 식으로 말했다.

"도시히코가."

미치요가 되풀이했다. 어떤 의미에서는 남편 고조가 자신을 죽이려 했다는 것을 알았을 때보다 더 큰 충격이었다.

"도시히코 씨의 성격으로 보면 얼마든지 이런 치밀한 계획을 세울 수 있을 것 같군요. 그가 브레인이었다고 단언해도 좋을 겁니다. 다만 한 가지, 저희도 알 수 없는 부분이 있습니다. 그건 도시히코 씨가 사모님을 죽이려 한 동기입니다. 왜 고조 씨의 제안에 동조했을까. 그것만은 모르겠습니다."

고조는….

미치요는 아마 고조가 자신과 도시히코의 관계를 알고 있었을 거라고 생각했다. 그리고 고조는 도시히코가 미치요와의 관계를 청산하고 싶어 했다는 사실도 알았을 것이다.

미치요는 탐정이 작성한 보고서를 물끄러미 쳐다보았다. 거기에는 도시히코의 사진도 붙어 있었다.

도시히코는 새하얀 얼굴에 금테 안경을 끼고 있었다.

의뢰인의 딸

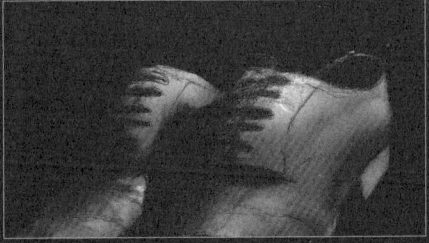

1

 8월의 화창한 어느 날, 미유키가 동아리 활동을 마치고 집 앞에 왔을 때 집 안에서 묘한 분위기가 감돌고 있다는 느낌을 받았다.
 미유키는 문 앞에 멈춰 서서 집을 바라보았다. 가짜가 지니고 있는 무드였다. 집 전체가 모조리 가짜로 바뀌어 버린 듯한 분위기를 풍기고 있다.
 하지만 그런 일은 불가능했다. 미유키는 살짝 고개를 갸웃하다가 어깨를 으쓱 치올리고는 집 안으로 들어갔다. 현관문은 잠겨 있지 않았다.
 "다녀왔어요."
 미유키가 신발을 벗으며 말했다. 그런데 우물 속에 대고 외친 것처럼 목소리가 계속 남아 있는 것 같았다. 아무런 대답이 없었다.

"아무도 없는 거야?"

한 번 더 불렀을 때 자신이 벗어놓은 신발 옆에 낯익은 가죽 구두가 놓여 있는 것이 보였다. 낯익은 게 당연했다. 그건 아버지 요스케의 신발이었다.

요스케의 구두는 가지런히 놓여 있었다.

"아빠 있어? 엄마는?"

미유키는 복도를 걸어 들어갔다. 거실 문이 열려 있고 그곳에서 불빛이 새어 나오고 있다.

"누구 없…."

방 안으로 발을 들여놓은 순간, 미유키는 숨을 들이마셨다. 소파 위에 앉은 사람의 그림자가 시야에 들어왔기 때문이다. 요스케의 뒷모습이었다. 하얀 반소매 셔츠를 입은 그의 등이 바위처럼 웅크려져 있었다.

"왜 그러고 있어?"

미유키가 물었다. 요스케의 왼쪽 손가락에는 불을 붙인 담배가 끼워져 있었고, 하얀 연기가 하늘하늘 피어올랐다. 잠시 정적이 흐른 뒤 요스케는 천천히 고개를 돌려 미유키 쪽을 바라보았다. 그러더니 생각났다는 듯 담뱃재를 재떨이에 떨었다.

"미유키구나."

쉬고 갈라진 듯한, 무척이나 무겁게 가라앉은 목소리였다.

"사실은…."

그다음 말을 이으려 할 때 현관 초인종이 울렸다. 요스케는 몸을 움찔하더니 말을 끊고는 현관 쪽으로 시선을 돌렸다.

"왜 그러는데?"

미유키가 물었다. 하지만 요스케는 고통스러운 듯이 뺨을 부르르 떨 뿐이었다.

그러고는 딸에게서 고개를 돌리고 휘청거리는 걸음걸이로 복도를 달려갔다. 요스케가 현관문을 열자 제복 차림을 한 경찰관들이 있었다.

무덤가에 서 있는 토기 인형처럼 표정이 없는 두 남자였다. 그중 한 명이 요스케에게 물었다.

"시체는요?"

시체?

요스케는 경찰관에게 쉿, 하며 미유키 쪽을 돌아보았다.

그 순간 미유키는 어떤 사태가 벌어졌는지 알아차렸다. 그리고 자신도 모르게 다리가 움직이기 시작했다.

"앗, 2층에 가면 안 돼!"

미유키가 계단으로 뛰어올랐을 때 요스케가 소리쳤다.

그러나 그 목소리는 미유키의 발걸음을 붙잡지 못했다. 오히려 그녀의 직감을 단단하게 뒷받침할 뿐이었다.

미유키는 조금도 망설이지 않고 안방 문을 열어젖혔다. 그리고 그곳에서 엄마의 모습을 보았다. 엄마는 죽어 있었다.

2

8월의 어느 날, 미유키가 집에 돌아와 보니 엄마가 죽어 있었다.

더구나 피투성이가 된 채로 죽어 있었다.

하얀 침대 커버에 그려진 문양이 그때의 어마어마한 출혈을 말해주고 있었지만, 미유키의 기억에 남은 장면은 거기까지였다. 정신을 차려보니 자기 방 침대에 누워 있었다.

발밑 언저리가 무거워 쳐다보니 언니 교코가 엎드려 있었다. 교코는 침대 곁에 주저앉아 두 팔을 미유키의 발 쪽에 올려놓고 그 위에 이마를 대고 있었다.

교코는 꼼짝도 하지 않았다. 미유키가 몸을 일으키자 그에 반응하듯 교코도 얼굴을 들었다.

"정신이 들었구나."

교코가 말했다. 열병에 걸린 것 같은 목소리였다.

미유키는 자신의 뺨을 어루만지며 말했다.

"나, 꿈꾼 건가."

교코가 아주 무겁게 고개를 저었다.

"안타깝지만… 꿈이 아냐."

미유키는 입을 다물었다. 무언가가 아랫배 쪽에서 치밀어 올랐다.

"엄마가 말이지."

교코가 말하다 말고 미유키를 똑바로 쳐다보았다. 그러고는 말을 이었다.

"돌아가셨어."

침묵이 흘렀다.

"살해당했어."

"…."

미유키는 뭔가 대답하려고 했다. 하지만 입이 제대로 벌어질 것 같지 않고 목소리도 제대로 나오지 않을 것 같았다. 심장만이 거세게 날뛰었다.

"살해당한 거야."

교코가 다시 한번 말했다. 여동생이 아직 사태를 제대로 파악하지 못했다고 여기는 듯했다.

"누구…한테?"

미유키의 입에서는 간신히 그 말만 나왔다.

"아직 몰라. 지금 경찰이 와서 이것저것 조사하고 있어. 소리 들리지?"

그러고 보니 많은 사람이 움직이는 기척이며 말소리가 들려왔다. 미유키는 머리끝까지 이불을 뒤집어썼다. 그러고는 한참을 큰 소리로 울었다.

눈물이 마를 즈음 문을 두드리는 소리가 났다. 교코가 일어나는 기척이 나더니 다시 돌아온 모양이었다. 그러더니 미유키의 귓가에 얼굴을 대고 말했다.

"경찰이 우리한테 물어보고 싶은 게 있대. 어떡할래? 넌 조금 있다가 할래?"

미유키는 잠시 생각한 뒤 이불 속에서 고개를 가로저었다. 아무도 만나고 싶지 않았지만 경찰에게 자세한 상황을 듣고 싶었다.

교코는 미유키가 몸을 일으키기를 기다렸다가 문을 열었다. 방으로 들어온 사람은 서른이 넘어 보이는 체격 좋은 남자였다.

"잠시 몇 가지 물어봐도 될까?"

남자가 침대 옆에 앉더니 자상한 목소리로 물었다. 미유키는 고개를 끄덕였다.

"동아리 활동을 하고 왔다던데, 몇 시쯤 돌아왔지?"

미유키는 고등학교 테니스부 활동을 하고 있다.

"그러니까… 2시 반이 조금 지났을 거예요."

2시까지 연습을 한 뒤 친구와 주스를 마시고 돌아왔다.

"그때 어머니를 본 거구나?"

"네…."

"그리고 정신을 잃었고."

미유키는 고개를 숙였다. 엄마의 시체를 보고 기절한 일이 어쩐지 미안하게 느껴졌다.

"집에 돌아와서 어머니 방으로 들어갈 때까지의 일을 말해 줄 수 있을까?"

미유키는 기억을 더듬으며 천천히 말했다. 특별할 것 없는 이야기였다.

"어머니 방에 들어갔을 때 이상한 점은 없었니? 평소와 다르다거나."

"평소와 다른 거요?"

평소와 가장 다른 건 엄마가 죽었다는 사실이다. 하지만 그것 말고는 아무것도 떠오르지 않았다. 그런 걸 살필 여유가 없었다.

형사의 시선이 교코에게로 옮겨 갔다.

"교코 씨는 언제쯤 집에 돌아왔습니까?"

"3시쯤입니다. 그때는 이미 경찰분들이 와 계셨어요."

교코는 대학생답게 똑 부러진 어조로 대답했다.

"실례지만 어디에 다녀오셨나요?"

"도서관에요. 점심때 나갔어요."

"점심때라면 몇 시쯤이죠?"

교코는 고개를 살짝 갸웃거리고는 대답했다.

"1시 조금 넘어서였을 거예요. 점심을 먹고 나갔거든요."

"집을 나설 때 어머니는 집에 계셨고요?"

"네, 계셨어요."

"뭔가 이상한 점은 없었나요?"

형사의 질문에 교코는 또다시 고개를 갸웃했다. 그리고 살짝 눈을 감았다가 잠시 후 눈을 뜨고는 형사를 바라보았다.

"별다른 건 없었어요."

"그런가요."

그러고 나서 형사는 이 집의 문단속에 관해 물었다. 즉 엄마 다에코가 혼자 집에 있을 때 어디를 잠그고 있는지를 묻는 말이었다.

"거의 잠그지 않아요."

교코가 나서서 대답했다.

"현관도 그렇지만 마당 쪽에서도 집 안으로 들어올 수 있어요. 문을 열어둔 채로 지내거든요."

미유키는 침울한 기분으로 언니의 말을 들었다. 앞으로는 집에 있을 때도 신경을 곤두세우고 여기저기 문을 다 잠가야 하는 걸까….

그런 다음 형사는 두 사람에게 사건에 관해 짐작 가는 게 없는지 물었다. 두 사람 다 당연하다는 듯이 머리를 옆으로 저었다. 형사는 고개를 끄덕이며 수첩을 덮었다.

"저…."

형사가 일어서는 것을 보고 미유키가 다급히 말을 꺼냈다. 형사는 반쯤 일어서다 말고 미유키의 얼굴을 돌아보았다.

"저기… 엄마는 어떻게 살해된 거예요?

그러자 형사는 당혹스러운 표정으로 교코를 힐끗 바라보았다. 얘기해도 괜찮겠느냐고 묻는 눈치였다. 미유키는 언니를 바라보았다.

"칼로 가슴을 찔렀어."

교코가 어쩔 수 없다는 표정으로 대답했다. 그렇게 말하면서 자신의 왼쪽 가슴을 집게손가락으로 짚었다.

"그래서 피가 그렇게 많이 나 있었던 거야. 너도 봤지?"

미유키는 봤다고 말했지만 목소리가 제대로 나오지 않았다. 그 대신 몸이 떨려왔다.

"자살 가능성은 없는 거죠?"

교코가 확인하자 형사가 고개를 끄덕였다.

"흉기로 보이는 과일칼이 방구석에 놓인 쓰레기통에서 발견됐고 지문도 지워져 있었으니까요. 그래서 우리는 타살로 추정하고 있어요."

"그럼… 엄마는 몇 시쯤 살해당한 건가요?"

미유키가 쭈뼛거리며 묻자 형사가 수첩을 다시 펼쳐보고는 대답했다.

"지금까지의 증언을 종합해 보면, 교코 씨가 집을 나선 오후 1시쯤부터 아버님이 시체를 발견한 2시 반까지의 사이가 되겠네요."

"1시에서 2시 반…."

형사의 말을 되뇌었을 때 미유키는 의아한 생각이 들었다.

"아빠는 오늘 왜 빨리 오셨지?"

요스케는 그 지역에 있는 제약회사의 영업부 중역이다. 지금까지 이렇게 일찍 귀가한 적은 거의 없었다.

"컨디션이 안 좋아서 조퇴하셨대."

교코가 알려주었다.

"그렇지만 이런 일이 벌어졌으니 컨디션이고 뭐고 생각할 겨를이 없어진 거지."

"아빠…, 아빠가 엄마가 죽어 있는 걸 가장 먼저 발견한 건가요?"

미유키가 형사에게 물었다.

"맞아. 발견하고 바로 경찰에 연락하셨지. 그 직후에 미유키 학생이 돌아온 것 같더군."

"직후에…."

"수사를 하느라 조금 시끄럽겠지만 학생은 좀 쉬는 게 좋겠어. 이제 더 물어볼 건 없어."

형사는 그렇게 말하고 방을 나갔다. 교코도 그 뒤를 따라 나갔다.

두 사람이 나가자 미유키는 다시 이불을 뒤집어썼다. 그러나 머릿속은 맑았다.

만일 요스케가 돌아왔을 때 다에코가 죽어 있었다면….

'아빠는 벗은 신발을 가지런히 정리해 놓을 사람이 아니다. 그렇다면 대체 누가 신발을 정리한 걸까?'

3

응접실에서는 다른 형사가 이 집의 가장인 마토바 요스케에게 상황을 묻고 있었다.

"형식적인 질문입니다만."

형사가 운을 뗐다.

"2시 반쯤 귀가했다고 하셨는데, 그 시각이 확실하다는 걸 증명하실 수 있습니까?"

"증명이요? 절 의심하는 겁니까?"

요스케는 목소리를 높였다. 표정도 험악해졌다. 형사는 오른손바닥을 들어 내저었다.

"중요한 시각이니까요. 객관적으로도 그게 사실이라는 증거가 있으면 앞으로 수사하는 데 혼선을 피할 수 있습니다."

형사가 차근차근 설명했다.

요스케는 후우, 하고 숨을 내쉬더니 이마에 손을 갖다 대며 물었다.

"증인이 일가친척이어도 괜찮습니까?"

"일가친척…이라고 하시면?"

"아내의 여동생 오쓰카 노리코입니다. 가까이에 살고 있는데, 오늘 2시경 회사를 나왔을 때 우연히 만났어요. 마침 집에 가는 길이라고 해서 태워다 줬습니다. 물어보시면 증명해 주겠지만, 집안사람이라서요."

"아, 그러시군요."

형사는 잠시 생각에 잠기더니 고개를 끄덕였다.

"다른 사람은 없습니까?"

"글쎄요…."

요스케는 머리를 헝클어뜨리더니 문득 무언가가 떠오른 듯이 손동작을 뚝 멈추었다.

"증명이 될지는 모르겠지만, 2시 조금 넘어서 전화를 걸었습니다."

"전화요? 어디로 말입니까?"

"먼저 우리 집입니다. 지금 집에 간다고 말해두려고 했거든요. 그런데 아무도 전화를 받지 않아서 옆집에 걸었습니다."

"자, 잠깐만요."

형사는 황급히 오른손을 앞으로 내밀었다.

"그런 건 진작 말씀해 주셨어야죠. 아주 중요한 일입니다. 2시 넘어서 전화를 걸었는데 아무도 받지 않았다는 말이죠?"

"그렇습니다."

"그래서 옆집에 전화를 거셨고요?"

"걱정돼서 저희 집 좀 살펴봐 달라고 부탁했어요."

"뭐라고 대답하던가요?"

"아무도 없는 것 같다고, 옆집 부인이 그러더군요. 그래서 어디 외출이라도 했나, 하고 생각했어요."

"전화를 거셨을 때 처제분과 같이 계셨다는 거죠?"

"네, 같이 있었어요."

"흐음…."

형사는 샤프펜슬 꽁무니로 코 옆을 긁적이더니 크게 앓는 소리를 냈다.

"미유키 학생은 좀 어때?"

미유키의 방에서 나온 사나다에게 조금 전까지 요스케에게 당시 상황을 물어보던 선배 다미야가 물었다. 두 사람은 모두

의뢰인의 딸 171

수사1과 소속이다.

다미야는 사나다와는 달리 마른 체격에 광대뼈가 나와 있다. 부리부리한 눈에 위압감이 있어 고교 1학년 여학생에게 상황을 묻고 이야기를 끌어내기에는 적합해 보이지 않았다. 그래서 사나다가 혼자 방에 들어갔던 것이다.

"큰딸이 집을 나선 게 1시라…. 앞뒤가 맞아떨어지긴 해."

사나다의 보고를 들은 다미야는 고개를 끄덕였다.

"살해당한 시각은 대략 2시쯤이라는 얘기네. 그 사이 다에코 부인은 혼자였고, 범인은 그때를 노린 거지."

"물건을 훔치러 온 건 아닌 것 같습니다."

"응, 아니야. 실내를 뒤진 흔적이 없거든. 도둑맞은 물건도 없는 것 같아."

"폭행을 당한 흔적도 없잖아요?"

"없어. 그렇다면 생각할 수 있는 건 원한이나 치정…."

"남편과의 사이는 어떻답니까? 2시 반에 귀가했다고 하는데 확실한 건가요?"

사나다가 목소리를 낮췄다.

"응, 그 점에 대해서는 증인이 있는 것 같아."

다미야는 살해당한 다에코의 여동생이 증인이라는 사실을 사나다에게 말해주었다. 다만 오쓰카 노리코가 집에 없어서 아직 확인하진 못했다.

"마토바 다에코의 여동생인가요?"

사나다가 의심스러운 눈빛으로 물었다.

"맞아. 자매 사이가 어땠는지에 대해서는 아직 조사하지 못했지만."

"우연히 만나다니, 너무 절묘한데."

"하지만 그것만으로 의심할 수는 없지. 그건 그렇고 잠깐 같이 가주겠나?"

다미야는 사나다를 데리고 옆집으로 갔다. 요스케의 집보다 조금 작지만, 그래도 자동차 두 대를 주차할 수 있는 공간이 있다.

현관으로 나온 사람은 꽤 살집이 있고 어지간히 남 얘기하길 좋아할 것 같은 중년 여성이었다. 그녀도 사건을 알고 있었기에 다미야와 사나다가 신분을 밝히자 질문을 재촉하듯 눈을 반짝였다.

"마토바 요스케 씨 말로는 2시 좀 지나서 댁으로 전화를 걸었다고 하던데요."

다미야가 요스케에게 들은 이야기를 확인했다. 옆집 주부는 고개를 크게 끄덕였다.

"네, 전화가 왔어요. 집을 한번 살펴봐 달라고 하길래 제가 애써 그 집 2층까지 올라가서 들여다봤고요."

애써, 라는 대목에서 주부의 목소리가 유난히 커졌다.

"그때는 인기척이 없었다는 거지요?"

다미야가 물었다.

"네, 그게…."

주부는 두 손을 잡았다 놓았다 하면서 머뭇거리기 시작했다. 말하기 힘들다기보다는 좀 더 강하게 물어보기를 기다리는 느낌이었다.

"뭔가 있었군요?"

다미야는 주부가 기대하는 대로 강한 어조로 물었다.

"그게 말이죠, 흠, 형사님이니까 말씀드리는 건데요."

주부는 이제 마음을 굳혔다는 듯 얼굴을 들었다.

"영업사원인지 뭔지는 모르겠지만, 현관 앞에서 어슬렁거리는 남자가 있었어요."

"남자? 어떤 남자였나요?"

다미야의 얼굴에 긴장감이 떠올랐다.

그렇게 묻는 선배 형사 옆에서 사나다가 부랴부랴 수첩을 꺼내 들었다.

"그러니까, 마흔이 좀 안 돼 보였고 체격은 호리호리했어요. 약간 자란 듯한 머리에 코가 반듯하고 윤곽이 뚜렷한 얼굴이었습니다. 깔끔한 감색 양복을 입고 커다란 가방을 갖고 있었어요. 보스턴백 같은 거였는데."

"가방…을요?"

다미야는 고개를 갸웃했다.

"그러고 나서 그 남자는 어떻게 했습니까?"

"글쎄요. 잠시 한눈을 판 사이에 사라지고 없더라고요."

"남자가 말이죠?"

두 형사는 주부에게 고맙다는 인사를 하고 그 집을 나왔다.

다미야 형사 콤비가 마토바 가로 돌아오자 피해자인 다에코의 여동생 오쓰카 노리코가 와 있었다. 형사들은 마토바 가의 응접실에서 그녀와 마주 앉았다.

노리코는 30대 중반쯤의 차분해 보이는 여성이었다. 다에코도 이목구비가 또렷해 보였는데, 여동생도 미인이었다. 아주 약간 눈가가 붉어져 있을 뿐 딱히 흥분하거나 흐트러진 기색은 보이지 않았다. 다만 양손으로 꼭 쥐고 있는 손수건이 묘하게도 다미야의 시선을 끌었다.

다미야는 우선 다에코가 살해당한 일과 관련해 뭔가 짚이는 일이 없는지 물었다. 최근에 언니가 한 말이나 행동 또는 인간관계에 대해서였다.

하지만 노리코의 대답은 형사들에게 참고가 될 만한 게 없었다. 최근에는 언니를 거의 만나지 않았다고 했다.

"오늘은 외출하셨던 모양인데, 어디에 다녀오셨습니까?"

한 차례 질문을 마치고 나서 다미야가 물었다.

"잠깐 시내에 쇼핑하러 나갔어요."

노리코는 억양 없는 말투로 대답했다.

"그런 다음 일단 집으로 돌아왔다가 다시 근처 슈퍼에 갔습니다."

"쇼핑은 혼자서 하셨나요?"

"네, 혼자 했습니다. 그리고 돌아오는 길에 우연히 형부를 만났어요. 형부가 차로 집까지 태워다 주셨고요."

다미야는 곁에 있는 사나다와 슬쩍 눈을 마주치고는 다시 물었다.

"요스케 씨를 만난 건 몇 시쯤이죠?"

노리코는 고개를 갸웃하더니 "2시쯤이었을 거예요" 하고 대답했다.

"곧장 집으로 돌아오셨나요?"

그러자 노리코는 "아니요" 하고 말하더니 뭔가를 생각하는 듯한 표정을 지어 보였다.

"형부가 집으로 한 번 전화를 거셨어요. 그런 다음 바로 돌아왔습니다."

"아, 그랬군요. 감사합니다."

두 형사는 노리코에게 머리 숙여 인사했다.

4

사건 발생일로부터 나흘이 지났다. 경찰은 온 힘을 기울여 수사를 벌였지만 아직 범인의 윤곽을 잡지 못한 듯했다.

미유키는 이날 오랜만에 테니스부 연습에 참여했다. 조금이나마 기분전환을 하고 싶어서였다. 부원들은 평소보다 말을 더 많이 걸어주었다. 그들의 배려에 맞춰 미유키도 애써 밝게 행동했다.

미유키는 연습이 끝난 후 친구들과 디저트 카페 '프루트 팔러'에 갔다. 이곳에서 주스를 마시며 친구들과 수다를 떠는 게 그녀의 즐거움 중 하나다. 무슨 이야기를 하다가 자동차가 화제에 올랐고 어떤 차종을 좋아하느냐는 얘기가 나왔다.

"미유키 아빠도 좋은 차 타시잖아."

친구 도모미가 말했다.

"그런가?"

미유키는 고개를 갸웃하며 대답했다. 요스케는 아우디를 타고 다닌다.

"정말 멋지더라. 우리 차는 국산에다 몇 년 전에 산 거라 디자인이 촌스럽거든. 드라이브를 가도 영 기분이 안 나. 폼도 안 나고."

"그러고 보니 얼마 전에 미유키 아빠가 차 타고 가시는 거

봤어."

또 다른 친구인 아쓰코가 말했다.

"나 다리 다쳐서 연습 빠진 날 있잖아. 그날 병원 가는 길에 1가 신호등에 걸려서 정차 중이신 걸 봤어."

아쓰코가 연습을 빠진 날이라면, 사건이 일어난 그날이다.

미유키는 그 생각이 떠올라 그만 입을 다물고 말았다. 도모미가 그런 미유키의 모습을 알아차리고는 아쓰코의 옆구리를 쿡 찔렀다.

"아, 미안."

아쓰코가 목소리를 낮추어 사과했다.

"내가 이렇게 둔하다니…. 미안해."

"괜찮아. 마음 쓰지 마."

미유키는 고개를 들고 하얀 이를 드러내 보였다.

"그보다 그때 우리 아빠, 누구랑 같이 타고 있지 않았어?"

요스케는 그날 회사를 나와서 바로 노리코 이모를 만났다고 했다. 1가를 지날 때라면 함께 타고 있었을 것이다.

그러나 아쓰코는 의아한 표정을 지었다.

"아니, 혼자 타고 계셨는데."

그렇다면 이모를 집에 바래다주고 난 다음이었나.

"그때가 몇 시쯤이었어?"

미유키가 묻자 아쓰코는 잠시 생각하더니 대답했다.

"아마 1시 반쯤이었을걸. 내가 병원에 1시 40분쯤 도착했으니까. 틀림없어."

"1시 반…."

미유키는 고개를 갸웃했다. 요스케의 말로는 2시 조금 전에 회사를 나와 2시 반쯤 집에 도착했다고 했다. 그런 시간에 차로 거리를 달리고 있었을 리가 없다.

"분명해?"

"응, 틀림없어."

아쓰코는 자신이 또 뭔가 잘못 말했나 싶었던지 불안한 표정을 지었다.

미유키가 친구들과 헤어져 집으로 돌아가는데 뒤에서 누군가 어깨를 톡톡 두드렸다. 돌아보니 언니 교코였다.

"언니…."

"왜 그래? 무슨 생각에 그렇게 깊이 빠져 있어?"

미유키는 순간 망설였지만 아버지의 행동에 의문이 있다는 사실을 말하기로 했다. 도저히 남에게 말할 수 있는 내용이 아니다.

미유키는 걸으면서 의문점에 대해 모두 이야기했지만, 교코는 그저 묵묵히 집 쪽으로 걷기만 했다. 그러고는 문을 열고 현관으로 들어서자 미유키의 양쪽 어깨를 잡고 얼굴을 똑바로 내려다보았다. 무서운 눈빛이라고, 미유키는 생각했다.

"그거, 아무한테도 말하지 않았지?"

교코가 물었다. 목소리는 낮았지만 힘이 들어가 있었다.

미유키가 고개를 끄덕이자 교코는 안심한 듯 고개를 끄덕였다. 그리고 어깨에서 손을 뗐다.

"잘 들어. 앞으로도 절대 말하면 안 돼. 그리고 그 친구한테도 말해둬. 사람 잘못 본 거니까 딴 데 가서 말하지 말라고."

"어째서?"

미유키가 물었다.

"아쓰코는 우리 아빠 얼굴을 잘 알아. 사람을 잘못 봤을 리 없어. 차도 똑같고…."

순간 미유키가 말을 멈춘 것은 교코가 미유키의 입술에다 검지를 갖다 댔기 때문이다.

"잘 들어. 아빠는 2시 전에 회사를 나와서 2시 반에 집에 도착하셨어. 도중에 노리코 이모를 집까지 태워다 주었고. 그게 진실이야. 넌 쓸데없는 생각을 하면 안 돼."

"그렇지만…."

"어쨌든 그 친구한테는 잘 말해둬. 알았지?"

교코는 그렇게 말하고 자신의 방으로 들어갔다.

그날 밤에는 노리코가 저녁 준비를 해주러 왔다. 그러고는 이모부가 업무상 사람을 만나느라 늦게 들어온다면서 같이 저녁 식탁에 둘러앉았다.

미유키는 이모 곁에 있으면 덜컥 가슴이 뛸 때가 많았다. 별것 아닌 몸짓이나 목소리가 엄마와 너무도 닮았기 때문이다.

"이모."

식사 도중 미유키가 노리코에게 말을 걸었다.

"엄마가 살해당한 날, 쇼핑하러 갔다고 했죠?"

노리코는 허를 찔린 듯한 표정을 지었지만, 요스케를 힐끗 보고 나서 "으응, 맞아" 하며 고개를 끄덕였다.

"뭘 샀어? 옷?"

"미유키."

교코가 짧게 내뱉고는 다시 말을 이었다.

"그만해. 너랑은 관계없는 일이잖아."

"그냥 물어보는 것뿐인데 뭐 어때."

미유키는 교코를 바라보며 입술을 비쭉거렸다.

"쓸데없는 말이야."

"대체 왜들 그러는 거냐!"

지금까지 아무 말이 없던 요스케가 보다 못해 끼어들었다.

"엄마도 돌아가시고 안 계신데 너희는 사이좋게 지내야지."

미유키는 포크와 나이프를 거칠게 내려놓고 자리에서 벌떡 일어섰다.

"미유키!"

교코의 목소리가 또 한 번 튀어 올랐다.

"다 안다고. 나만 따돌리는 거."

"그게 무슨 말이야?"

"됐어!"

미유키는 자기 방으로 뛰어 들어갔다.

5

다음 날 점심때쯤, 미유키는 고등학교 가까이에 있는 카페에 와 있었다. 파란색 티셔츠를 입고 머리칼을 포니테일로 묶었다. 별로 마음에 드는 스타일은 아니지만 눈에 띌 만한 표시라고 하면 이 정도밖에 생각나지 않았다. 미키 마우스가 그려진 손목시계를 보니 1시까지는 앞으로 5분이 남았다. 미유키는 조금 망설이다가 오렌지 주스를 추가로 주문했다. 긴장한 탓인지 목이 몹시 말랐다.

1시 정각에 남녀가 나타났다. 미유키는 한눈에 그들이 약속 상대라는 것을 알 수 있었다. 이런 더운 계절에 검은색 양복을 입은 남자와 검은색 원피스를 입은 체격 큰 여자. 전화로 설명받은 모습 그대로였다.

선글라스를 쓰고 있던 남자는 미유키를 발견하자 검지로 선글라스를 살짝 들어 올렸다.

"마토바 미유키 씨… 맞지요?"

남자가 물었다. 굵으면서도 또렷하게 잘 들리는 목소리였다. 미유키가 고개를 끄덕이자 두 사람은 말없이 앞자리에 앉았다.

"저… 탐정이시죠?"

미유키가 물었지만 두 사람은 그 질문에는 대답하지 않은 채 다가온 여자 점원에게 커피를 주문했다. 여자는 아나운서처럼 목소리가 또랑또랑했다.

"용건이 뭔가요?"

남자가 물었다. 이 말이 아까 미유키가 한 질문에 대한 대답인 듯했다.

미유키가 '탐정 클럽'의 존재를 알게 된 계기는 아주 사소한 우연이었다. 골프를 치러 나간 아빠와 꼭 연락해야 할 일이 생겨 골프장 전화번호를 알아내려고 아빠의 주소록을 펼쳤을 때 '탐정'이라고 쓰인 번호를 봤던 것이다. 그때의 기억을 떠올리고 오늘 아침에 다시 주소록에서 번호를 찾아 전화를 걸었다.

"저기… 저는 마토바 요스케의 딸인데요…."

미유키가 자기소개를 하려고 했지만 남자 탐정이 오른손을 내밀며 제지했다.

"미유키 학생에 대해서는 어느 정도 알고 있어요. 그러니 용건을 말해줘요. 아마도 어머니가 돌아가신 사건과 관련된 일이겠지만."

미유키는 깜짝 놀라 눈을 동그랗게 떴다.

"역시 알고 계셨군요. 하긴 신문에도 나왔으니까요."

"나오지 않아도 알아요. 그보다 용건이 뭐죠?"

점원이 커피를 가져왔다. 점원이 사라지는 것을 보고 난 뒤 미유키가 입을 열었다.

"그러니까… 사실은 그 사건 이후로 모두 이상해요."

"모두, 라면?"

"아빠랑 언니 그리고 이모요. 뭔가를 숨기는 것 같아요. 제가 없는 곳에서 세 사람이 소곤거리는 것 같고, 제가 사건에 관해 말하려고 하면 방해를 하기도 하고요."

"그래요?"

탐정은 옆에 앉은 여자를 한 번 쳐다보고는 다시 미유키에게로 시선을 돌렸다.

"하지만 그건 단순히 어른들끼리 해야 할 얘기이기 때문일지도 몰라요. 미유키 학생한테는 말할 필요가 없던 거겠죠."

"그럴 리가 없어요."

미유키가 조금 큰 소리를 냈다. 어린아이 취급을 당하는 건 정말 싫다.

"그뿐만이 아니라 아빠가 경찰에 얘기한 내용 중에도 이상한 점이 아주 많다고요."

아빠의 말과 맞지 않는 시각에 아빠의 모습을 봤다고 하는 친구가 있다는 것. 그때 아빠는 이모와 함께 있지 않았다는 것. 엄마가 살해당한 날에 아빠의 구두가 가지런히 놓여 있었다는 것까지, 미유키는 탐정에게 모두 털어놓았다.

"그 말이 사실이라면 정말 이상하군요."

탐정은 관심이 있는 건지 없는 건지 판단하기 힘든 말투로 말했다.

"그렇죠? 그래서 조사해 주셨으면 해요. 모두가 뭘 숨기고 있는지."

"그런 의문이 있다면 경찰에 말하는 게 좋지 않을까요?"

"안 돼요!"

이번에는 목소리가 주변에 울릴 정도로 컸다. 사람들의 시선이 쏟아지자 미유키는 목을 움츠렸다.

"만약 그랬다가는 아빠랑 가족들이 의심받을지도 모르잖아요. 그래서 탐정님들께 부탁드리는 거예요."

탐정은 팔짱을 끼고 잠시 천장을 올려보다가 이윽고 마음을 정한 듯 고개를 끄덕이며 미유키에게 말했다.

"그럼 이렇게 하죠. 세 분의 행적을 알아볼게요. 그 후에도 계속 의심스러운 점이 있다면 그 부분을 더 자세히 조사하는 게 어떨까요?"

"네, 그게 좋겠어요."

"조사비는 어떻게 할까요? 아빠한테 내달라고 할 건가요?"

"조사비… 돈 말씀이죠? 얼마 정도 들어요?"

그러자 탐정은 일단은, 하고 운을 떼고 나서 대략적인 금액을 알려주었다.

미유키는 턱을 괴고 잠시 생각하다가 탁, 하고 손뼉을 치며 말했다.

"세뱃돈이 고스란히 남아 있어요. 그걸로 어떻게든 될 것 같아요."

"세뱃돈이라…."

"잘 부탁드려요."

미유키가 오른손을 내밀었다.

"네" 하고 탐정이 손을 맞잡았다.

6

교코가 수사1과의 사나다 형사를 찾아온 것은 사건이 일어난 지 일주일이 지났을 무렵이었다. 매일 수사를 벌였지만 작은 단서 하나 제대로 얻지 못한 탓에 수사본부도 초조하던 참이었다.

사나다는 사무실 한쪽 구석에 마련된 접객실에서 교코와 마주 앉았다. 교코는 지난번에 만났을 때에 비해 안색이 좋아 보였다.

"저희 엄마가 한 달에 한 번 가까운 문화센터에 등나무 공예를 배우러 다녔다는 거 아세요?"

교코는 머뭇거리며 말을 꺼냈다.

"네, 알고 있습니다. 반년쯤 전부터 다니셨다지요?"

사나다는 그 문화센터에 조사차 여러 번 찾아갔다. 그렇지만 아무런 수확도 얻지 못했다.

"문화센터에 갈 때 엄마가 늘 가지고 다니던 가방이 있는데, 어제 그 안을 정리하다가 이런 걸 발견했어요."

교코는 그렇게 말하면서 명함 한 장을 내밀었다. 사나다는 그 명함을 받아들었다.

'신코 문화센터 유화 강사, 나카노 오사무.'

명함에는 그렇게 적혀 있었다. 신코 문화센터는 다에코가 다니던 곳이다.

"이 나카노라는 사람을 아십니까?"

사나다가 교코에게 물었지만 그녀는 바로 고개를 가로저었다.

"들어본 적 없어요."

"어머님이 등나무 공예 말고 유화도 배우셨나요?"

"아뇨. 유화는 말씀하신 적 없어요. 그래서 왜 이런 명함을 가지고 계셨는지 마음에 걸려서…."

"그렇군요. 이거, 저희가 맡아둬도 괜찮을까요?"

사나다가 명함을 집어 들었다.

"네, 그러세요."

교코는 고개를 끄덕였다.

다미야와 사나다, 두 형사는 이날 바로 나카노 오사무를 찾아갔다. 마침 유화 강습이 있는 날이어서 두 형사는 문화센터의 응접실에서 나카노를 만날 수 있었다. 나카노는 머리가 길고 얼굴이 갸름한 남자였다. 다미야는 그가 무척이나 섬세한 붓놀림을 보여줄 것 같다고 생각했다.

"마토바 씨…요?"

다미야가 내민 다에코의 사진을 보고 나카노는 고개를 갸웃거렸다.

"잘 기억나지 않네요. 직업상 많은 사람을 만나니까요. 어쩌면 어딘가에서 명함을 건넸을지도 모르겠습니다만…. 그 사람이 무슨 일을 저질렀나요?"

"아뇨. 무슨 일을 저질렀다기보다는, 모르시나요? 일주일쯤 전에 살해당했습니다."

다미야의 설명에 나카노가 노골적으로 얼굴을 찌푸렸다.

"그렇습니까. 정말 험한 세상이군요. 범인은요?"

"수사 중입니다. 그건 그렇고 유화 수강생 명단을 빌릴 수 있을까요?"

"명단을요? 어디에 쓰시려고요?"

다미야는 나카노의 얼굴에 한순간 그늘이 스쳐 지나는 것을 놓치지 않았지만 모른 척하고 대답했다.

"일단 마토바 다에코 씨를 아는 사람이 있는지 확인하려고 합니다."

"아, 그러시군요. 사무 담당자에게 가시면 빌릴 수 있을 텐데요, 수강생들에게는 폐가 되지 않도록 부탁드릴게요."

"그 점은 조심하겠습니다."

다미야는 그렇게 말하고 자리에서 일어났다.

다미야와 사나다는 경찰서로 돌아온 뒤 곧바로 분담하여 명단의 유화 수강생들에게 전화를 걸었다. 만일 유화 수강생들 중에 다에코를 아는 사람이 있다면 그녀의 새로운 교제 범위가 드러나게 된다.

그리고 얼마 안 있어 다에코를 안다는 사람이 나타났다. 사나다가 전화를 건 상대로, 후루카와 마사코라는 여성이었다.

집이 경찰서에서 아주 가까웠기에 바로 만나러 갔다.

"네, 마토바 다에코 씨라면 잘 알아요. 그분, 돌아가셨다면서요?"

후루카와 마사코는 자그마한 몸집에 사람 좋아 보이는 인상의 여성이었지만, 다소 긴장하고 있는 것처럼 보였다. 다미야는 그런 모습을 형사와 마주했을 때의 일반적인 반응이라고 해석했다.

"어떻게 아는 사이였나요?"

다미야는 온화한 말투로 말하려고 조심하며 물었다.

"네, 그게, 재작년에 다니던 자동차 운전학원에서 알게 되었어요."

마사코가 대답했다.

"그러고 나서 한동안 보지 못하다가 우연히 문화센터에서 만난 뒤로 친하게 지냈어요. 그분은 등나무 공예를 배우고 전 유화였지만요…."

마사코의 목소리가 점점 작아졌고, 다미야의 눈에는 그에 따라 태도까지 어색해진 것처럼 보였다.

"유화 강사는 나카노 오사무 씨죠?"

상대의 반응을 눈여겨 살피며 다미야가 물었다. 마사코는 살짝 몸을 떨더니 작은 목소리로 "네…" 하고 대답했다.

"나카노 오사무 씨를 마토바 다에코 씨에게 소개한 적이 있습니까?"

"네? 그게…."

"소개하셨죠?"

마사코는 살짝 고개를 끄덕이고는 더듬더듬 말했다.

"저… 마토바 씨가 등나무 공예를 배우고 난 다음에 뭘 또 배워볼까, 라고 하길래 유화를 권했거든요. 그래서 한번 견학하면 좋을 것 같아서 나카노 선생님을 소개했어요. 강좌가 있는 날 나카노 선생님 방으로 마토바 씨를 데리고 갔습니다."

"그게 언제쯤이었나요?"

"반년쯤 전이었을 거예요."

마사코는 손수건을 꺼내 이마에 배어난 땀을 닦았다.

"그 후에 세 분이 같이 만난 적이 있나요? 후루카와 씨와 마토바 씨 그리고 나카노 씨 말입니다."

마사코는 고개를 저었다.

"그 이후로 셋이 만난 적은 없습니다. 다만…."

"다만?"

다미야는 입을 꼭 다문 마사코의 얼굴을 내려다보았다. 잠시 후 마사코는 결심이 섰다는 듯 입을 열었다.

"저, 이건 더 빨리 말씀드려야 했는데, 골치 아픈 일에 말려드는 게 싫어서 그만 입을 다물고 있었어요."

"무슨 일인데요?"

"그게… 그 사건이 있던 날, 마토바 씨한테서 묘한 전화를 받았어요."

"묘한 전화요? 그게 뭡니까?"

"자기는 이제 문화센터에는 가지 않을 거니까 나카노 선생님한테 그 말을 전해달라고 하더라고요."

"문화센터에 가지 않겠다고요?"

다미야는 그 말을 되뇌고 나서 사나다의 얼굴을 마주보았다. 사나다도 궁금하다는 듯 고개를 갸웃했다.

"그게 무슨 뜻이죠?"

다미야가 마사코에게 물었다.

"모르겠어요. 그래서 저도 무슨 말이냐고 물어봤죠. 그랬더니 어쨌든 나카노 선생님과는 만나지 않을 거라고 일방적으로 말하고 끊더라고요."

"그런 일이 있었군요."

다미야는 제멋대로 자라난 턱수염을 왼손으로 쓰다듬었다. 사건의 윤곽이 어렴풋하게나마 드러나는 듯했다.

마사코의 집을 나선 두 형사는 그 길로 신코 문화센터 사무실로 가서 나카노 오사무의 사진을 빌려 곧장 마토바 가로 향했다. 아니, 정확하게는 마토바 가의 옆집이다. 옆집 주부는 사건이 일어난 날 마토바의 집 앞에서 수상쩍은 남자를 목격했다고 했다.

"닮았어요."

형사가 내민 사진을 보고 옆집 주부가 흥분한 기색을 드러내며 말했다.

"틀림없을 거예요. 무척 닮았네요. 이 사람이 누군가요?"

형사들은 주부의 물음에는 대답하지 않고 만족해하며 그 집을 나왔다.

"알리바이… 말입니까?"

나카노는 커피숍의 커피를 맛없다는 듯이 마시고 나서 말했다.

"그렇습니다. 그날 2시 전후로 어디에 계셨습니까?"

다미야가 물었다.

"말도 안 돼요. 왜 제가 마토바 씨…라고 했던가요? 제가 그 사람을 왜 죽인단 말입니까?"

"나카노 씨."

다미야가 낮은 목소리로 말했다.

"당신은 마토바 다에코 씨와 특별한 관계이지 않았습니까?"

나카노의 뺨이 일그러졌다. 웃으려고 한 모양이었다.

"무, 무슨 근거로 그런 얼토당토않은 말을 하는 거죠?"

"후루카와 마사코라는 여성분을 아시죠?"

사나다가 옆에서 말했다. 나카노는 허를 찔린 듯 입을 꾹 다물었다.

"마토바 씨는 살해당하기 직전에 후루카와 씨에게 전화를 걸었습니다. 그때 이런 말을 했다더군요. 나카노 씨와는 더 이상 만나지 않겠다고 말이죠."

나카노의 볼에서 핏기가 가시는 게 옆에서 보기에도 확연히 드러났다. 다미야는 일부러 천천히 물을 마시며 상대의 반응을 관찰하고 말했다.

"나카노 씨, 사실은 그날 마토바 씨의 옆집에 사는 분이 당신 같아 보이는 사람을 봤다고 합니다."

나카노가 눈을 부릅떴다. 그의 얄팍한 가슴이 거칠게 오르내렸다.

"어떻게 된 일이죠?"

"…."

"이렇게 되면 우리로서는 당신의 알리바이를 조사할 수밖에 없습니다. 아시겠죠? 자, 말해보세요. 그날 당신은 어디에 있었습니까?"

나카노는 두 손으로 얼굴을 감싸고는 낮은 신음 소리를 내뱉었다. 다미야는 이제 다 끝났다고 생각했다. 좀처럼 수사에 진척이 보이지 않아 꽤 힘들겠다 싶었는데 의외로 쉽게 해결되었다.

"아무래도 나머지는 경찰서에서 듣는 게 좋겠군요."

다미야는 자리에서 일어나 나카노의 어깨에 손을 얹었다.

그러나 사태는 다미야가 생각했던 것처럼 간단치 않았다. 나카노가 범행을 완강히 부인했다.

"부인과 제가 깊은 관계였던 건 사실입니다."

나카노는 두 손으로 머리를 마구 긁어대며 털어놓았다.

"그냥 심심풀이는 아니었어요. 두 사람 다 진지했습니다. 저는 남편과 헤어져 나와 결혼해 달라고 말했어요."

"하지만 그녀가 거부했고, 그래서 죽였다는 건가?"

"아니오. 부인도 같은 마음이라고 했습니다. 다만 가족들에게 모든 걸 털어놓을 용기가 없다고 했어요. 그래서 아무 말 없이 집을 나오기로 했지요. 그게 바로 그 사건이 일어난 날이었습니다."

"다에코 씨가 집을 나갈 계획을 세우고 있었다고요?"

"그렇습니다. 역 앞에 있는 '르네'라는 커피숍에서 만나기로 했어요. 그곳에서 만나 제가 최근에 빌린 다가구주택으로 같이 갈 예정이었습니다."

"그런데 다에코 씨가 오지 않았군요?"

다미야의 말에 나카노가 고개를 떨궜다.

"오지 않았어요."

"그래서 집까지 쫓아간 거로군."

"아닙니다. 제가 그 집에 간 건, 그 사람이 와달라고 했기 때문이에요."

"와달라고 했다고?"

"네. 커피숍으로 전화해서 당장 와달라고 하더군요. 집에 자기 혼자 있으니까 그냥 들어오면 된다고요. 그래서 바로 부인의 집에 가보았더니 그 사람은 이미 2층 침실에서 죽어 있었어요."

"말도 안 되는 소리 하지 마!"

다미야가 긴 팔을 뻗어 나카노의 멱살을 낚아챘다.

"잘 들어. 마토바 다에코는 죽기 전에 후루카와 마사코라는 여자에게 전화를 걸었어. 이제 나카노 선생과는 만나지 않겠다고 했다더군. 당신하고는 더 이상 만나지 않겠다고 말한 피해자가 왜 당신을 집으로 부르겠냐고!"

나카노는 머리를 세차게 가로저었다.

"그건 모릅니다. 어쨌든 제가 갔을 때 그 사람은 이미 죽어 있었어요."

"거짓말하지 마!"

다미야가 고함을 질렀다.

"다에코 씨가 커피숍으로 전화를 건 이유는 마음이 바뀌었다는 걸 전하기 위해서였겠지. 그래서 욱하고 화가 치민 당신은 그 집으로 달려갔어. 하지만 다에코 씨의 결심은 완강했고, 당신은 흥분해서 옆에 있던 칼로 그녀를 찔러 죽인 거야."

"아니에요. 믿어줘. 그렇지 않아…."

나카노는 쉰 목소리로 신음하듯 외쳤다.

7

미유키는 지난번과 같은 카페에서 탐정들과 만났다. 남자 탐정은 변함없이 검은색 양복 차림이었고 조수로 보이는 여자는 검은색을 바탕으로 한 여름 스웨터를 입고 있었다.

"사건은 일단 정리된 것 같더군요."

탐정이 말했다.

"맞아요. 하지만 아직 범인이 완전히 자백하지는 않았다고 해요."

미유키는 형사에게 들은 대로 이야기했다. 아직 완전히 자백하지는 않고 있다고.

"하지만 그 사람이 틀림없는 범인이라고, 형사님이 그러셨어요."

엄마가 바람을 피웠고 바람 핀 상대와 함께 도망가려 했다는 얘기를 들었을 때는 충격이 너무 컸다. 게다가 그 남자에게 살해당했다고 한다. 그러나 미유키에게 그나마 마음의 위안이 된 건 엄마가 결국은 마음을 돌렸다는 사실이다. 사람은 누구나 실수를 저지를 수 있다. 하지만 그 실수를 바로잡을 마음이 있느냐 없느냐가 중요한 거라고, 미유키는 그렇게 생각했다. 그런 만큼 엄마의 변심에 화가 나서 목숨을 빼앗아버린 나카노라는 남자를 마음속 깊이 증오했다.

"그럼 이번 조사는 어떻게 할까요?"

탐정은 극히 사무적인 말투로 물었다.

"범인이 잡혔으면 사건은 해결된 거니까, 우리에게 의뢰한 의미가 없어진 거지요."

"아닙니다. 하지만 조사 결과는 알려주세요."

미유키가 탐정에게 말했다.

"사건이 해결되었다고 해도 그때 아빠와 언니가 보인 행동은 정말 이상했거든요."

그러자 탐정은 한순간 눈을 내리깔았다가 곧바로 고개를 끄덕였다.

"좋아요. 그럼 알려드리지요."

탐정은 가방에서 보고서 뭉치를 꺼냈다.

"결론부터 말하면 마토바 요스케 씨, 교코 씨, 오쓰카 노리코 씨, 이 세 사람의 최근 행동에 수상한 점은 없습니다. 모두 평소처럼 회사와 대학에 가고 장을 보기도 하면서 평범한 하루를 보낸 뒤 귀가했어요."

탐정이 내민 보고서에는 세 사람이 회사, 대학, 그리고 슈

퍼에 가는 사진이 붙어 있었다. 아무 문제가 없어 보였다.

"하지만 세 사람이 뭔가를 감추고 있는 것만은 사실이에요. 탐정님, 어떻게든 그걸 조사해 주실 수 없나요?"

"바로 그 점 말입니다만."

탐정은 의자에서 자리를 고쳐 앉더니 헛기침을 한 번 했다. 그리고 블랙커피를 마셨다.

"요스케 씨의 그날 행적은 거의 파악했습니다. 아무래도 1시 조금 지나서 회사를 나온 것 같아요."

역시, 하고 미유키가 중얼거렸다. 그렇다면 1시 30분쯤에 그의 모습을 보았다는 친구의 말과도 일치한다.

"하지만 요스케 씨는 곧장 집으로 돌아가지 않았던 것 같더군요."

"어디에 들른 건가요?"

"으음⋯ 사실 학생의 아버지는 그날 신코 문화센터에 간 모양이에요."

"네?"

미유키는 저도 모르게 소리를 내고 말았다.

탐정이 말을 이었다.

"그러니까 아무래도 요스케 씨는 다에코 씨와 나카노 씨의 관계를 알고 있었던 것 같아요. 그래서 그날 결판을 지으려고 문화센터로 간 것 같습니다."

"아빠가… 엄마가 바람을 피운다는 걸 알고 있었다…."

"그날 다에코 씨가 집을 나갈 계획이었다는 사실까지는 모르셨을 테지만요."

"하지만 그… 나카노라는 사람과는 만나지 못한 거지요?"

"네. 그래서 포기하고 집으로 돌아갔다가 다에코 씨의 시체를 발견한 것이지요. 하지만 요스케 씨는 아내의 불륜을 세상에 알리고 싶지 않았을 겁니다. 체면 문제도 있지만 이런 사실을 알고 딸이, 그러니까 미유키 학생이 마음에 상처를 받을까 봐 염려했겠지요. 그래서 자신의 알리바이를 처제에게 위증하도록 부탁한 겁니다. 신코 문화센터에 다녀왔다고 하면 당연히 그 이유도 말해야 하니까."

"…그랬군요."

미유키는 한숨을 내쉬었다. 분명 요스케에게는 그런 면이 있다.

"언니분이나 이모님은 상황을 다 알고 있었을 겁니다. 하지만 미유키 학생에게만은 비밀로 하자고 서로 얘기가 된 게 아닐까요?"

"그렇게까지 배려해 주지 않아도 되는데."

"그건 애정이에요."

탐정은 보고서를 덮었다.

"보고는 이상입니다. 질문 있나요?"

"앗, 비용은요?"

미유키는 두 손을 모아 잡고 탐정을 올려다보았다. 탐정은 보고서를 가방 안에 넣더니 "비용은 됐습니다" 하고 말했다.

"대단한 조사를 한 것도 아니고, 아무것도 없었다는 결과가 나왔으니까. 학생 아버지한테 매달 정기적으로 회비를 받고 있으니 그걸로 처리하지요."

"정말이요? 아아, 다행이다."

미유키는 가슴을 쓸어내렸다. 하지만 탐정들이 자리를 뜨려고 하자 "앗, 한 가지만 더요" 하고 다급히 외쳤다.

"아빠의 그날 행적이라든지, 대체 그런 걸 어떻게 조사한 거예요? 아주 상세히 조사하신 것 같은데."

그러자 탐정은 검지를 들어 올려 천천히 좌우로 흔들었다.

"그건 영업 비밀이에요."

탐정들은 그 말을 남기고 카페를 나갔다.

8

토요일 낮, 요스케의 집에 사건을 담당하고 있는 형사들이 찾아왔다. 다미야와 사나다였다. 사건 이후로 몇 번인가 만난 이들이다.

"집 안이 좀 어질러져 있습니다만."

요스케는 미리 양해를 구한 뒤에 두 사람을 응접실로 안내했다.

"사건은 어떻게 되었습니까?"

요스케는 형사들의 얼굴을 번갈아 보며 물었다.

"그 남자… 나카노가 자백했습니까?"

"아뇨. 그게, 꽤 애를 먹고 있습니다."

다미야가 쓴웃음을 지으며 사나다를 쳐다보았다. 사나다도 뺨을 어색하게 일그러뜨렸다.

"사실 오늘은 한 가지 확인할 일이 있어서 왔습니다."

"확인이요?"

"네."

다미야는 괜히 뜸 들이는 듯한 동작으로 수첩을 꺼냈다.

"부인 다에코 씨는 아주 심한 근시였지요? 그래서 평소에 안경을 끼지 않으면 생활할 수가 없으셨고요."

"그렇습니다."

"집에서는 반드시 안경을 끼고 계셨겠네요?"

"네…, 끼고 있었어요."

다미야는 한 차례 호흡을 끊었다가 수첩을 내려다보고는 다시 요스케를 바라보았다.

"콘택트렌즈는 외출할 때만 끼셨다고, 미유키 학생한테 들었어요."

"콘택트렌즈요?"

요스케는 자신의 귀 뒤쪽이 갑자기 뜨거워지는 것을 느꼈다. 콘택트렌즈….

"살해당했을 때 부인은 콘택트렌즈를 끼고 있었습니다. 그렇다는 건 어딘가 나갈 예정이었다는 거지요."

"…."

"어디로 갈 생각이었을까요?"

형사는 요스케의 눈을 들여다보았다. 요스케는 시선을 돌리고 두 손으로 양 무릎을 꽉 잡았다. 손바닥에서 차츰 땀이 배어 나왔다.

"혹시 부인은 마음을 돌린 게 아니라 나카노에게 가려고 했던 게 아닐까요?"

"아니, 그럴 리 없어요. 그 사람, 결국 나중에는 정신을 차렸어요. 그래서 그 남자한테 전화해 거절한 겁니다."

"그 전화 말인데요."

다미야는 끈덕진 말투로 이야기하며 턱 아래를 긁적였다.

"부인이 전화를 걸었던 '르네'라는 커피숍에 가서 조사를 해보았습니다. 점원이 나카노에 대해서도, 나카노에게 전화가 걸려 온 것도 모두 기억하고 있더군요. 물론 내용은 모릅니다. 그렇지만 말입니다, 나카노가 전화를 받던 상황은 기억하고 있었습니다. 점원 말로는 나카노에게 흥분한 기색은 보이지 않았다고 해요. 게다가 전화를 끊을 때 '그럼 바로 갈게'라고 했다는 겁니다. 바로 가겠다고 말이죠. 이상하지 않습니까? 부인이 헤어지자는 말을 꺼냈다면 그런 반응을 보이지는 않았을 테니까요."

"하지만… 아내는 알고 지내던 부인한테도 전화를 했잖습니까? 나카노와는 만나지 않겠다고…."

"그러니까 더 이상하다는 거지요. 이 모순을 생각하면 머리가 혼란스러워집니다. 그렇지만 단 한 가지, 이렇게 설명하면 납득이 갑니다. 그건 말이죠, 전화를 건 사람이 다에코 부인이 아니었던 겁니다."

"설마…. 그 전화를 받았던 사람이 아내의 목소리라고 했잖습니까?"

"그건 그렇죠. 하지만 전화 목소리는 실제와 조금 다르기도 하니까요. 저도 옛날에는 사람들이 자주 형이랑 헷갈려 하곤 했거든요. 가족, 특히 형제나 자매의 목소리는 비슷하지요. 그러고 보니 다에코 씨에게는 오쓰카 노리코라는 여동생이 있지요."

"…."

"혹시 여동생께서 전화를 걸지 않았을까, 저희는 그렇게 추측하고 있습니다."

"말도 안 되는 소리를! 대체 왜 처제가 그런 전화를 하겠습니까?"

"그건 지금부터 알아봐야죠. 이번 사건은 다시 한번 원점으로 돌아가 철저하게 조사해야 합니다."

형사들은 자리에서 일어섰다.

"또 오겠습니다. 필시 몇 번이고 더 이곳에 찾아올지도 모르겠군요."

요스케는 형사들이 돌아간 다음에도 멍하니 소파에 앉아 있었다. 피투성이가 된 다에코의 모습이 뇌리에 되살아났다.

"역시… 안 되는 건가."

어제부터 줄곧 마음속에 품고 있던 불안감이 입 밖으로 흘러나왔다. 어제 탐정이 나타났을 때부터 어쩐지 일이 이렇게 될 것 같은 예감이 들었다.

탐정이 회사로 찾아왔다. 검은색 일색의 복장을 한 체격이 큰 남자와 여자였다. 최근에 그들에게 조사를 의뢰한 적이 있었지만, 그건 벌써 끝난 일이었다. 무슨 일이냐고 물었더니 딸 미유키가 그들에게 조사를 의뢰했고 그 일에 관해 상의하고 싶다고 했다. 그 나이 또래의 딸들은 무모한 짓을 하기 마련이라는 생각이 들었다.

그렇다고 해도 미유키가 자신들의 행동에 의구심을 품고 있었다는 사실에 마음이 무거워졌다. 그 애한테만은 괜히 마음 쓰지 않게 하려고 계획한 일이었다.

"저희는 선생님의 행적을 꽤 상세한 부분까지 파악하고 있습니다."

탐정이 말했다. 감정이 담기지 않은 담백한 말투였다.

"우선 저희에게는 큰 의문이 있었습니다. 사건이 일어난 후 왜 선생님이 나카노 오사무에 대해 경찰에 아무 말도 하지 않았느냐 하는 점이었어요. 선생님은 그와 부인의 관계를 알고 계셨으니까요. 부인의 불륜을 저희가 조사해 보고했으니 말입니다."

요스케가 아무 말도 하지 않자 탐정이 말을 이었다.

"선생님이 알고 계신 건 그뿐만이 아니지요. 그날 부인께서 집을 나갈 계획을 세우고 있었다는 사실도 알고 있었습니다. 그것도 저희가 보고한 내용이니까요. 그들이 몇 시에 어느 커피숍에서 만나기로 했는지까지 알고 계셨어요. 하지만 그런 얘기를 경찰에는 일절 하지 않았지요. 왜 그러신 건가요?"

"그럴 사정이 있으니까요. 남한테는 말할 수 없는 사정이."

요스케는 스스로도 음울하게 느껴지는 목소리로 대답했다.

"만일 말씀해 주실 수 없다면."

탐정이 말을 끊고는 관찰하는 듯한 눈길로 요스케를 바라보았다.

"저희가 알고 있는 내용을 따님에게 모두 전할 수밖에 없습니다."

"그건 곤란해요."

"저희도 곤란합니다. 이유도 없이 거짓말을 할 수는 없는 노릇이니까요."

요스케는 크게 한숨을 내쉬며 상대의 얼굴을 쳐다보았다. 탐정도 조수도 줄곧 무표정이었다.

"당신들은 그 이유를 짐작하고 있지 않나요? 그날 무슨 일이 있었는지."

요스케가 물었다.

"짐작은 갑니다. 맞는지 아닌지는 모르겠지만."

탐정이 대답했다.

요스케는 무심결에 신음 소리를 흘렸다. 탐정 클럽의 실력은 익히 알고 있었다.

"좋습니다. 그렇다면 먼저 말씀해 주시죠. 그걸 듣고 나서 저희도 어떻게 할지 정하겠습니다."

탐정은 어쩔 수 없다는 듯이 어깨를 으쓱하고는 고개를 끄덕였다.

"그리 공평한 거래라고 생각하진 않지만, 뭐, 좋습니다."

그러고 나서 차를 한 모금 마셨다.

"그날 부인께서 집을 나가려 한다는 사실을 선생님은 물론이고 딸 교코 씨와 처제 오쓰카 노리코 씨도 알고 있었습니다. 선생님이 말해주었으니까요. 그래서 세 분은 어떻게든 부인의 가출을 저지하려 했습니다. 일단 가출을 막고 부인이 냉정을 되찾기를 기다렸다가 천천히 대화를 나누려고 생각하셨겠지요. 저지하는 방법은 간단합니다. 누군가가 반드시 부인 곁에 붙어 있으면 됩니다. 아마도 아침부터 줄곧 교코 씨가 함께 있었을 테지요. 그리고 점심때가 지나서 노리코 씨가 왔고, 이윽고 선생님이 조퇴하고 집으로 돌아온다는 계획이 었을 겁니다."

요스케는 아무 말도 하지 않았다. 탐정의 추리는 조금도 틀리지 않았다.

"부인은 짜증이 났을 겁니다. 차례로 방해꾼들이 나타나니 말입니다. 그러는 사이에 부인은 그 모든 게 우연이 아니라 가족이 합세해서 자신을 방해하고 있는 것임을 눈치챘지요. 이대로라면 사랑하는 남자와 함께할 수 없다는 사실에 절망한 부인은 충동적으로 자신의 방에서 자살을 시도했습니다. 칼로 가슴을 찔러서요."

여기까지 말한 뒤 탐정은 반응을 살피듯 입을 다물었다. 요스케는 계속하라고 말했다.

탐정은 고개를 끄덕이고 나서 차를 한 모금 들이켰다.

"여러분이 2층으로 올라갔을 때 부인은 벌써 숨을 거두었을 겁니다. 그때의 슬픔은 충분히 짐작이 갑니다. 당신들이 부인을 궁지로 몰아넣었으니까요. 그러나 당신들이 정말로 증오한 사람은 사건의 원흉이라 할 수 있는 나카노 오사무입니다. 그래서 칼을 휴지통에 버리고 타살로 위장해서 나카노가 범인으로 지목받도록 꾸몄지요. 그 첫 시도가 바로 노리코 씨의 전화였습니다. 다에코 씨와 나카노가 특별한 관계였다는 사실을 알리기 위해 후루카와 마사코 씨에게 전화를 건 뒤 두 사람이 만나기로 한 커피숍에 전화해서 나카노를 불러냈습니다. 그리고 두 번째 시도는 선생님이 건 전화입니다. 나카노가 나타날 시각을 가늠해서 옆집에 전화를 걸었지요. 집 상황을 살펴봐 달라고 부탁해서 나카노의 모습을 목격하게 하는 게 목적이었을 테고요. 마지막 과정은 교코 씨입니다. 나카노의 명함을 경찰서에 가져갔지요."

탐정은 아닙니까? 하며 이야기를 마쳤다. 여전히 감정 없는 목소리였지만 자신감이 느껴졌다.

요스케는 한숨을 한 번 내쉬고는 "거의 맞습니다" 하고 말했다.

"하지만 한 가지 틀린 점이 있습니다."

"그게 뭔가요?"

"우리가 타살로 위장한 건 단순히 나카노에 대한 증오심 때문만은 아닙니다. 이대로 다에코가 자살한 것으로 결론 난다면 미유키가 상처를 입을 거라고 생각해서였어요."

"따님이요?"

"네. 그 애는 유난히 엄마를 잘 따랐거든요. 그런 엄마가 가족을 버리려다가 불가능해지자 자살했다는 걸 알면 얼마나 큰 충격을 받겠어요. 그래서 우리는 아내가 마음을 돌리려 했다는 상황을 만들려고 했습니다. 그러면 마음의 상처가 조금은 덜하지 않을까 싶어서요."

요스케는 탐정에게 머리를 조아렸다.

"부탁입니다. 미유키한테는 비밀로 해주세요. 그 아이의 장래가 걸린 일입니다."

요스케는 머리를 숙이고 있어서 탐정들이 어떤 표정을 짓고 있었는지 알지 못했다. 하지만 잠시 후에 "알겠습니다" 하는 목소리가 들렸다.

"지금까지 의뢰인에게 거짓 보고를 한 적은 단 한 번도 없습니다. 하지만 어쩔 수 없군요. 다만, 일이 이렇게 되면 따님에게 조사비를 받을 수는 없습니다."

"물론 그건 제가 지불하겠습니다."

"그리고 앞으로는 구두를 가지런히 놓아두는 습관을 들이는 게 좋으실 겁니다. 아마 그때는 노리코 씨가 정리했겠지만 그걸로 인해 따님이 의혹을 품게 되었으니까요."

요스케는 다시 한번 머리를 숙였다.

탐정들은 과연 미유키에게 잘 얘기해 주었을까.

요스케는 테라스로 나와 하늘을 올려다보며 생각했다.

그리고 언젠가는 진실을 알려줄 때가 올지도 모른다고 각오했다. 그게 내일이 될지 혹은 10년 후가 될지는 짐작할 수 없지만.

그러나 조금 전 형사가 한 말을 돌이켜보면 그 시기는 그리 멀지 않은 것 같다. 때가 되면 자신이 직접 말하겠다고 결심했다. 그때를 생각하자 요스케는 온몸이 긴장되었다.

그때 문 여는 소리가 났다. 복도를 걷는 소리가 들려오고 몇 초 후 미유키가 들어왔다. 오른손에 테니스 라켓을 들고 뺨에는 홍조를 띠고 있었다.

"다녀왔어요."

미유키가 말했다.

요스케는 자신의 딸을 바라보다가 잠시 후에 대답했다.

"아, 어서 와라."

8월, 어느 맑은 날의 일이었다.

탐정 활용법

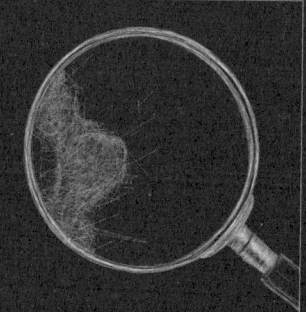

1

 두 사람이 찾아온 건 후미코가 테니스 스쿨에서 막 돌아왔을 때였다. 후미코는 인터폰으로 그들의 신분을 확인하고 현관으로 나갔다.
 검은 옷을 입은 남녀였다. 두 사람 다 키가 컸다. 남자는 마치 조각같이 윤곽이 짙은 얼굴이었고 약간 음울한 인상을 풍겼다. 여자도 기름하니 시원하게 트인 눈매를 지닌 미인이었지만, 왠지 모르게 어둡다는 느낌이 들었다. 후미코는 어깨까지 닿는 머리칼이 너무 새까만 탓일지도 모른다고 생각했다.
 "탐정 클럽에서 왔습니다. 늦어서 죄송합니다."
 남자가 감정이 담기지 않은 목소리로 인사했다. 옆에 선 여자도 머리를 숙였다.

"괜찮아요. 저도 나갔다가 방금 돌아온걸요. 자세한 이야기는 안으로 들어가서 나눌까요?"

후미코가 안쪽 방을 가리키며 말했다.

"실례하겠습니다."

탐정들은 날렵하게 안으로 들어섰다.

"탐정 클럽의 평판이 좋다는 얘기는 많이 들었어요."

후미코가 두 사람을 번갈아 보며 말했다.

"신속, 정확하고 깔끔하면서 고객의 비밀을 철저히 지켜준다더군요. 회원제로 운영하면서 일을 확실히 처리해 준다고, 소개한 친구에게 들었어요."

"그리 말씀해 주시니 영광입니다."

남자 탐정이 머리를 숙이며 말하자 여자도 따라서 살짝 고개를 숙였다. 탐정들이 자신을 소개하는 말을 들어보니 여자는 조수 역할이라고 했다.

"평판을 듣고 저도 이용해 보기로 한 건데요…, 정말 비밀을 지켜주시는 거죠?"

"물론입니다."

탐정이 담백하게 대답했다.

"지금까지 그런 불미스러운 일이 일어난 적은 한 번도 없습니다."

"그렇군요…. 죄송해요. 잘 알고 있지만 한번 확인해 두고 싶었어요."

후미코는 그렇게 말하더니 가볍게 기침을 했다.

"의뢰하실 일은 어떤 건가요?"

탐정이 여전히 감정 없는 목소리로 물었다. 후미코는 등을 곧게 펴더니 탐정들을 똑바로 바라보며 대답했다.

"사실은, 남편 뒷조사를 해주셨으면 해요."

"아, 그러시군요."

탐정들의 표정에는 조금의 변화도 없었다.

"남편이라고 하시면 아베 사치오 씨죠? 아카네 공업에 근무하시는."

조수가 바로 확인차 물었다. 원래 탐정 클럽에는 남편 사치오의 이름으로 등록되어 있었기에 그들이 남편을 잘 아는 건 조금도 이상하지 않았다.

지금 탐정이 말한 대로 사치오는 산업기기 제조사로서 중견급 회사인 아카네 공업에 다니고 있다. 후미코는 그곳 계열사에서 근무한 적이 있고 12년 전에 맞선을 보고 결혼했다. 후미코는 올해 서른여덟, 사치오는 마흔다섯이며 두 사람 사이에 자녀는 없다.

"네, 맞아요. 남편 뒷조사를 부탁드리려고요. 맡아주실 수 있을까요?"

탐정 활용법

후미코가 묻자 탐정이 대답했다.

"물론입니다. 맡겨주십시오. 다만 좀 더 자세히 말씀해 주시겠습니까? 단순히 행동을 기록하는 것만이 아니니 부인께서 의뢰하시는 목적을 알려주시면 더욱 기대에 맞게 조사할 수 있거든요."

"그렇겠네요."

후미코는 다시 한번 헛기침을 했다.

"단도직입적으로 말씀드리면, 남편의 여자관계를 조사해 주셨으면 해요. 더 정확히는 바람을 피우지는 않는지, 그걸 확인하고 싶어요."

"바람을 피운다는 근거가 있습니까?"

탐정의 낯빛은 여전히 변함이 없다. 처음부터 불륜 조사 의뢰일 거라 짐작하고 있었을 것이다.

"네, 있어요. 최근 휴일에 혼자 외출하는 일이 잦아진 데다 패션 센스가 미묘하게 달라졌거든요. 이제까지는 그런 일이 전혀 없었는데."

"여자의 직감이군요."

"그뿐만이 아니에요."

후미코는 조금 강한 어조로 말했다. 이때 탐정의 눈썹이 아주 약간 올라갔다.

"요즘은 수요일만 되면 귀가가 늦어져요. 남편의 현재 직위라면 야근할 일이 없을 텐데 말이죠. 이것도 지금까지는 없었던 일이에요. 그리고 한 번은 늦게 돌아온 날 남편에게서 비누 향이 난 적도 있었어요. 그러고 보니 그날도 수요일이었을 거예요."

"아아, 수요일이요?"

탐정은 고개를 끄덕이며 메모했다.

"부인께서는 어느 정도까지 조사를 원하시나요?"

"글쎄요…."

후미코는 잠시 생각하더니 입을 열었다.

"우선 이번 일주일 동안 남편의 행동을 지켜봐 주시겠어요? 혹시 도중에 뭔가 아시게 되면 연락해 주시고요."

"알겠습니다."

"아, 그리고."

후미코는 갑자기 뭔가 떠오른 듯 덧붙였다.

"만일 남몰래 여자를 만난다면 꼭 사진을 찍어주세요."

"네, 그건 당연합니다."

탐정은 고개를 크게 끄덕였다.

그밖에도 세세하게 의논을 마치고 나서 후미코는 탐정들을 현관까지 배웅했다.

"마지막으로 한 가지만 더 부탁드리고 싶은데요, 남편과 여자를 너무 끈질기게 쫓지는 말아주세요. 탐정을 고용한 게 들통나면 큰일이거든요. 들키지만 않으면 언제든 기회는 있을 테니까요."

"알겠습니다. 그 점은 조심하겠습니다."

"그럼 잘 부탁드려요. 좋은 결과 기다리고 있을게요. 뭐가 좋은 결과인지는 모르겠지만."

"그럼 일주일 후에 연락드리겠습니다."

그렇게 말하고 두 탐정은 아베 부부의 집을 나왔다.

월요일의 일이었다.

2

그 주 목요일 아침, 후미코가 혼자 있는데 탐정에게서 전화가 걸려 왔다. 수화기를 들자 며칠 전에 찾아왔던 탐정의 감정 없는 목소리가 들려왔다.

"어제 남편분은 몇 시쯤에 들어오셨습니까?"

후미코는 잠시 생각한 다음 대답했다.

"어제는 한 9시 정도였어요."

탐정은 잠시 아무 말이 없었다.

"무슨 일인가요?"

후미코가 물었다.

"사실은 어젯밤 남편께서 회사를 나온 뒤에 어떤 여자를 만났습니다."

"…"

"여보세요?"

"아, 네, 듣고 있어요. 역시 바람을 피고 있었구나 싶어서…. 그래서요?"

"아쉽게도 여자의 신원까지는 확인하지 못했지만, 일단 보고드려야 할 것 같아서요."

"그러셨군요…. 사진은 있나요?"

"찍었습니다."

"그럼 그 사진을 가져다주시겠어요? 빠를수록 좋아요. 오늘 오후는 어떠세요?"

"알겠습니다."

정확하게 시간 약속을 하고 난 뒤 후미코는 수화기를 내려놓고 깊은 한숨을 내쉬었다.

약속한 시각에 딱 맞춰 탐정이 찾아왔다. 이번에는 여자 조수가 없었다. 후미코가 그 이유를 묻자 탐정은 "다른 건으로 외근을 나가 있거든요" 하고 대답했다.

"그쪽도 불륜 조사인가요?"

이 질문에 탐정은 뺨을 살짝 씰룩여 보였을 뿐이다.

응접실에 마주 앉자 탐정이 가방에서 서류를 꺼냈고, 거기에는 사진이 붙어 있었다.

"남편분은 6시 반에 퇴근한 뒤 택시를 타고 기치조지로 가셨습니다. 그리고 역 근처에 있는 서점에 들어가서 선 채로 주간지를 읽고 계셨는데 얼마 지나서 한 여성이 다가오더군요. 두 사람은 잠시 이야기를 나누더니 함께 러브호텔로 향했습니다."

러브호텔이란 말을 듣자 후미코가 침을 삼켰다.

"그다음에는요?"

"8시 반이 되어서 두 사람이 함께 나왔습니다. 남편분은 역으로 가서 바로 귀가하신 것 같고요. 문제는 여자 쪽인데, 역 앞에서 택시를 잡아타고 신주쿠로 가더군요. 저희도 그 뒤를 따랐지만 택시에서 내려 지하 상점가로 들어가는 것까지 보고는 그만 놓치고 말았습니다. 아무래도 알아채고 따돌린 것 같아요."

"들켰단 말인가요?"

후미코가 미간을 찌푸렸다.

"아니오, 그럴 리는 없습니다. 저희가 세심하게 주의를 기울였으니까요. 아마도 그 여성은 미행자가 있을 경우를 생각해서 불륜을 저지를 때는 항상 그렇게 행동하는 것 같습니다. 어쩌면 남편분보다 더 이 불륜이 발각되는 걸 두려워하는지도 모르겠어요. 짙은 색 선글라스를 끼고 머플러로 입가를 가려서 얼굴을 알아볼 수 없게 했어요."

"그렇다면… 상대도 유부녀일까요?"

"그럴지도 모릅니다."

탐정이 담담한 어조로 대답했다.

"얼굴을 알 수 없다면 사진을 본다고 한들 소용없겠네요."

후미코는 그렇게 말하고 아랫입술을 지그시 깨물었다.

"상대 여성이 누군지 알아내기는 어려울지도 모르겠습니다. 하지만 남편분이 바람을 피우고 있다는 증거는 되지 않을까요?"

"그건 그렇죠…. 사진을 보여주시겠어요?"

"여기 있습니다."

탐정은 사진을 붙인 서류를 후미코 앞에 내려놓았다. 사진에는 마른 체격에 베이지색 코트를 입은 남편 사치오와 탐정이 말한 것처럼 머플러로 입가를 가린 여자가 찍혀 있었다. 후미코는 그 사진을 집어 들고 잠시 들여다보다가 갑자기 앗, 하고 소리를 냈다.

"왜 그러십니까? 혹시 아시는 분인가요?"

탐정이 묻자 후미코가 당황한 표정을 지은 채 고개를 가로저었다.

그러고는 "아뇨, 그런 건 아니에요" 하고 부인했다. 그리고 사진을 테이블 위에 되돌려 놓더니 진지한 표정으로 탐정을 바라보았다.

"저기, 이렇게 부탁해 놓고 지금 와서 이런 말하기 죄송하지만, 이번 조사는 일단 중단해 주시겠어요? 처음에 약속한 비용은 그대로 드릴게요."

탐정은 움푹 들어간 눈을 조금 크게 떴다.

"부인의 목적이 달성된 건가요?"

"네, 뭐 그런 셈이죠."

"그렇다면 저희는 괜찮습니다."

비즈니스니까요, 하고 탐정이 덧붙였다.

"사진과 필름은 모두 저한테 주세요. 그리고 이게 가장 중요한 건데요, 이 일은 반드시 비밀에 부쳐주실 거죠?"

"물론입니다."

탐정이 단호하게 대답했다.

나머지 사진과 필름을 어떻게 주고받을 것인지 상의한 뒤 후미코는 탐정을 현관까지 배웅했다. 그리고 현관문을 잠근 뒤 또다시 아랫입술을 꽉 깨물었다.

3

다음 날인 금요일.

다이에 통상에 근무하는 마나베 고이치의 책상 위에 놓인 전화가 울렸다. 고이치가 자리를 비웠기에 젊은 부하 직원 사토가 수화기를 들었다.

전화를 걸어온 여자는 아베 후미코라고 자신의 이름을 댔다. 고이치에게 여자가 전화를 걸어오는 일은 드문데, 물장사 쪽은 아닌 것 같았다.

사토는 송화구를 손바닥으로 막고 두리번거리며 고이치를 찾았다. 마침 고이치가 자리로 돌아오고 있는 게 보였다. 다부진 몸매에 느긋한 걸음걸이가 그의 특징이다.

"부장님, 전화 왔습니다."

사토가 고이치에게 수화기를 건넸다. 고이치는 다이에 통상 산업기기부의 부장이다.

"이야, 후미코 씨잖아!"

고이치는 수화기를 귀에 댄 채 의자에 털썩 주저앉으며 반가운 목소리로 말했다.

"진짜 오랜만이네. 남편은 잘 지내고? 어? …아, 응. 그건 상관없지만."

고이치는 책상 위에 놓인 일정표와 벽에 걸려 있는 시계를 번갈아 보았다.

"그럼 이렇게 하지. 3시에 5번 접객실로 와줄래요? 장소는 안내 데스크에 물어보면 알려줄 거야. 응…, 그럼 그때 차분히 얘기하자고."

그러고 나서 고이치는 전화를 끊었다. 사토는 그 모습을 곁눈질로 쳐다보면서 부장님은 접객실에서 데이트를 하는 건가, 하는 생각을 했다.

그 후로도 고이치의 전화가 여러 차례 울렸지만 모두 고이치가 직접 받았다. 그리고 2시쯤 자리를 뜨더니 4시가 다 되어가도록 돌아오지 않았다.

사토는 마침내 자리로 돌아온 고이치를 보고 그의 기분이 안 좋다는 걸 직감했다. 오랜 세월 곁에서 일해온 만큼 그 정도는 금방 알아챌 수 있었다.

부장의 책상은 창을 등지게 배치되어 있어 부하 직원들을 한눈에 바라볼 수 있다. 고이치는 자신의 자리에 앉더니 빙그르르 의자의 방향을 돌렸다. 그런 다음 다리를 꼬고는 오래도록 창밖의 경치를 내다보았다. 그래 봐야 창밖에는 고층 빌딩이 늘어서 있을 뿐이었다.

사토는 그런 고이치의 모습을 흘끔흘끔 살펴보면서 낮에 전화를 걸어온 아베 후미코라는 여자를 떠올렸다.

4

일주일이 지난 다음 토요일.

아침 7시쯤 이노 사토코가 쓰레기를 버리러 밖으로 나왔을 때 옆집 아베 씨의 차고에서 크라운*이 빠져나왔다. 운전자는 그 집 남편 아베 사치오였고 아내 후미코는 남편을 배웅하고 있었다. 차가 사라진 다음 후미코는 사토코가 보고 있다는 것을 알아차리고 살짝 고개 숙여 인사했다.

"남편분 어디 가세요?"

사토코는 인사하는 대신 그렇게 물었다.

"이즈**에 골프 치러 가요. 친구가 가자고 했다는데, 내일 밤에 돌아온다네요."

"그렇군요. 그럼 부인은 혼자 집 보는 거예요?"

"네, 그래서 오랜만에 쇼핑이라도 갈까 생각 중이에요."

"그게 좋겠네요. 남편만 즐겁게 지내면 쓰나."

사토코가 말하자 후미코는 웃음을 띠며 머리를 숙이고는 집으로 돌아갔다. 사토코는 그 웃음이 부자연스럽다는 걸 알아차렸다.

- 도요타 자동차의 고급 승용차
- 온천 등 휴양지로 유명한 시즈오카현 동남부의 반도

이즈 반도 시모다*의 크라운 호텔.

프런트 담당 가사이 다카오는 212호 객실에서 걸려 온 전화를 받았다.

그 방은 트윈룸인데 분명 체크인할 때는 마흔을 조금 넘긴 듯한 남자 손님 혼자였다.

"네, 프런트입니…."

말이 채 끝나기도 전에 여자 목소리가 날아들었다.

"큰일 났어요, 빨리 좀 와줘요!"

다급하고도 날카로운 목소리에 가사이는 얼굴을 찡그리며 물었다.

"무슨 일이십니까?"

그러자 또다시 여자의 목소리가 고막을 따갑게 울렸다. 하지만 이번에는 목소리가 아니라 여자의 말에 가사이의 안색이 바뀌었다.

"큰일 났어요. 맥주를 마셨는데… 근데… 근데… 남편이랑 아베 씨가 쓰러졌어요!"

호텔에서 연락한 지 15분 만에 시즈오카현 경찰서 형사들이 도착했다. 형사들은 프런트 담당 직원 가사이와 지배인 구

• 이즈 반도 남쪽에 위치한 해안 도시

보에게 안내받아 사건 현장인 212호실로 달려갔다.

시체는 두 구였다. 바닥에 쓰러져 있는 남자와 침대에 누워 있는 남자. 침대 위에 있는 남자는 베개를 베고 담요를 덮고 있는 데다 얼굴이 벽을 향하고 있어서 언뜻 보면 잠들어 있는 것 같았다. 바닥에 쓰러져 있는 남자는 심하게 몸부림친 것 같은 흔적이 남아 있었다.

테이블 위에는 맥주병 두 개와 유리컵 세 개가 놓여 있었다. 맥주병 하나는 텅 비어 있고 나머지 하나는 절반 정도가 남아 있다. 세 개의 컵 가운데 하나는 거의 비었고 다른 하나는 3분의 1 정도가 남아 있다. 그리고 또 하나의 컵은 쓰러져 맥주가 쏟아져 있었다.

"숙박 카드 있습니까?"

아주 짧게 깎은 머리에 얼굴이 거무스름한 형사가 가사이에게 물었다. 가사이와 구보는 시체를 보고 싶지 않았던지 복도에 그대로 서 있었다.

"네, 여기…."

가사이는 주머니에서 카드 두 장을 꺼내 형사에게 건넸다.

"흐음, 아베 사치오…. 아카네 공업에 다니는군. 도쿄에서 온 모양이네. 어느 쪽이 아베 씨인지 아시나요?"

"네, 침대에 계신 분이 아베 씨일 겁니다. 이 방은 아베 씨 이름으로 예약되어 있어요."

"그렇다면 다른 한 분은요?"

"그게, 저는 뵌 적이 없는 분입니다. 하지만 아마도 마나베 씨의 남편인 것 같습니다."

"마나베? 아아…."

형사는 다른 카드 한 장을 보고 고개를 끄덕였다.

"마나베 아키코, 동숙자가 고이치로군. 음, 아내 이름으로 예약한 게 좀 특이하네요."

"아, 네…."

가사이는 고개를 갸웃했다.

"실은, 체크인할 때는 부인 혼자였습니다. 남편분은 나중에 오시려나 보다 했어요."

"그 부인께서 여기 쓰러져 있는 남성이 마나베 고이치 씨라고 했다는 거죠?"

"그렇습니다."

가사이는 어깨를 으쓱해 보이며 고개를 끄덕였다.

"맥주를 마시다가 갑자기 고통스러워했다고요?"

"네."

가사이가 대답했다. 지배인 구보는 옆에서 새파랗게 질린 채로 서 있다.

"이 맥주는 방 안 냉장고에 들어 있던 거지요?"

형사가 구보의 얼굴을 보고 묻자 그는 약간 떨리는 목소리로 "그렇습니다" 하고 대답했다.

"맥주를 언제 채워 넣으셨어요?"

"오늘 아침일 겁니다. 저, 담당자를 부를까요?"

"네, 불러주시죠."

형사가 말하자 구보는 잰걸음으로 엘리베이터 쪽으로 향했다. 형사는 그 뒷모습을 지켜보고 나서 다시 가사이에게로 시선을 옮겼다.

"그 부인은 어디 계신가요?"

"네, 저… 지금 옆방이 비어 있어서, 거기서 기다리고 계십니다."

가사이는 그렇게 대답하며 옆방인 213호실을 가리켰다.

형사는 고개를 끄덕이고 나서 곁에 있던 키 큰 젊은 남자에게 눈짓하더니 213호실 방문에 노크했다. 그러고는 가냘픈 목소리가 들리는 것을 확인한 뒤 문을 열었다. 서른이 넘었을 듯한 여자였다. 옅은 갈색의 세미롱 헤어였고 화장이 짙었다. 살짝 올라간 듯한 눈은 얼핏 기가 세 보였지만 충격이 컸는지 충혈되어 있었다.

형사는 먼저 자신을 고무라라고 소개한 뒤에 여자에게 물었다.

"마나베 아키코 씨죠?"

여자는 말없이 고개를 끄덕였다.

고무라는 비치되어 있는 의자에 앉아 있는 아키코와 마주 앉았다. 젊은 형사는 고무라 옆에 서 있었다.

"이번에는 여행으로 오신 건가요?"

고무라가 물었다. 아키코는 네, 하고 작게 대답했다.

"프런트 담당자에게 들었습니다만, 부인의 방은 212호실이 아니라고 하던데요."

"네, 저희 방은… 아마도 314호실일 거예요."

"그러신 것 같더군요. 상심이 크실 텐데 죄송하지만, 상황을 말씀해 주시겠어요?"

"네."

아키코는 작은 목소리로 대답했다.

"우선 212호실 남성 말인데요, 그 분과 마나베 씨 부부, 이렇게 세 분이 오신 건가요?"

그러자 아키코는 손수건을 꺼내 눈머리에 대고 누르면서 조금 갈라진 목소리로 대답했다.

"저, 그걸 설명하려면… 조금 거슬러 올라가서 얘기해야 하는데요."

"네, 편하게 말씀해 주시죠."

고무라는 다리를 꼬고 마나베 부인의 이야기를 찬찬히 들을 수 있는 자세로 고쳐 앉았다. 젊은 형사는 선 채로 메모할 준비를 했다.

"사실 이번 여행은 남편이 먼저 말을 꺼냈어요. 가끔은 이즈 쪽에서 느긋하게 지내는 것도 좋지 않겠느냐고요."

"그게 언제쯤이었죠?"

"일주일 전입니다. 지금까지 그런 말을 한 적이 없었기에 조금 놀랐어요."

고무라는 문득 자신은 가족을 위해 시간을 낸 게 몇 년 전이던가, 하고 사건과 관계없는 생각을 떠올렸다.

"그럼 예약 같은 건 전부 남편분이 하셨나요?"

"아니에요. 호텔 예약은 제가 했어요. 이 호텔이 좋다고 한 사람은 남편이고요. 그밖에 준비라고 할 만한 건 딱히 없어요. 그냥 저희 차를 타고 이동한 것뿐이니까요."

"남편분은 왜 이 호텔이 좋다고 하셨을까요?"

고무라의 질문에 아키코는 고개를 가로저었다.

"자세한 건 모르겠어요. 전에 묵었을 때 인상이 좋았다나, 뭐 그런 말을 하긴 했어요."

"그랬군요."

고무라는 고개를 끄덕이고는 다음 말을 재촉하듯 손바닥을 위로 한 채 살짝 내밀었다.

아키코는 가만히 눈을 감더니 마음을 진정시키려는 듯 심호흡을 한 번 했다.

"그래서 오늘 아침에 집에서 출발했는데 이곳으로 오는 도중에 차 안에서 이번 여행은 아베 씨네도 함께할 거라고 하더군요."

"아베 씨라면 침대에서 죽어 있는 남성이군요. 아베 씨네…라고 하시면?"

"아베 씨 부부가 올 거라고, 남편이 말했어요."

"부부요? 그럼 아베 씨 부인도 여기 와 계신가요?"

프런트 담당자의 말에 따르면 아베 사치오는 이곳에 혼자 왔다고 했다.

"부부가 같이 와 있을 텐데요…."

아키코는 손바닥으로 자신의 오른뺨을 감싸 쥐며 고개를 갸웃거렸다.

"아베 씨와 어떤 관계인지 말씀해 주시겠어요?"

고무라는 질문의 방향을 바꿨다. 아키코가 등을 살짝 펴며 대답했다.

"아베 씨의 아내 후미코와 저는 전문대 시절부터 절친이에요. 알고 지낸 게 20년 가까이 됐죠. 그동안 둘 다 결혼해서 부부끼리 같이 만나곤 했어요."

"그것 말고 다른 관계는 없습니까? 이를테면 직장이 같다거나."

아키코는 고개를 가로저었다.

"딱히 없어요. 다만 남편끼리도 죽이 잘 맞아서 둘이서 자주 골프를 치곤 했어요."

"이번처럼 부부 동반으로 여행한 적도 있었나요?"

"네, 일 년에 한두 번 정도는요."

"아까 그 얘길 다시 해보죠."

고무라는 조심스러운 눈빛으로 아키코를 바라보며 말했다.

"아베 씨 부부와 같이 여행할 거란 말을 오늘 차 안에서 들었다고 하셨죠? 남편분은 왜 미리 말해주지 않았을까요?"

아키코는 "제 남편은" 하고 운을 떼고 나서 잠시 생각하듯 입을 다물었다가 말을 이었다.

"아베 씨 부부도 같이 가기로 한 건 어제 갑작스럽게 결정된 일이라 미처 말하지 못했다고 했어요."

"그래요?"

고무라는 부자연스러운데, 하고 생각하며 뭔가가 마음에 걸리는 듯한 느낌이 들었다.

"그런 사실을 미처 말하지 못했다는 건 좀 이해하기 어려운데요."

"저도 신경이 쓰였지만 남편이 그렇다고 하니까…."

아키코는 고개를 숙이고 손수건으로 손바닥을 문질렀다.

"일단 알겠습니다. 아베 씨 부부와의 동행이 어제 갑자기 결정됐다고 하셨는데, 예전에도 그런 일이 있었나요?"

"아니요, 지금까지는 이런 적이 없었어요."

"그럼 왜 이번에는 그런 식으로 이야기가 됐을까요?"

"인원이 많아야 즐거울 것 같아서 어제 남편이 아베 씨에게 전화해서 같이 가자고 말했대요. 그랬더니 아베 씨가 자기도 꼭 같이 가고 싶다고 선뜻 수락했다고 해요."

"그렇게 된 일이군요."

고무라는 고개를 끄덕였지만 마음속은 여전히 석연치 않다는 생각으로 가득 차 있었다. 마나베 고이치는 왜 전날 느닷없이 아베 부부에게 같이 가자고 한 걸까? 그리고 왜 그 사실을 여행 직전까지 아내에게 숨겼을까? 하지만 어느 의문에도 아키코가 답을 줄 수 있을 것 같지 않았다.

"좋습니다. 계속 말씀해 주시죠. 이번 여행에 아베 씨 부부도 온다는 말을 차 안에서 남편분에게 들었다는 데서부터요."

"네…. 그러고는 호텔에 와서 체크인을 했습니다."

"잠깐만요."

고무라는 손을 내밀어 아키코를 제지했다. 가사이의 말이 떠올랐기 때문이다.

"체크인은 부인이 하셨죠? 프런트 담당자 말로는 그때 남편분의 모습은 보이지 않았다고 하던데요."

"네, 그게, 호텔 근처까지 왔을 때 차를 세우고 남편만 먼저 내렸습니다. 이 부근에 아는 사람이 있는데, 커피숍에서 만나기로 했다고 해서요."

"아는 사람이요?"

고무라는 저도 모르게 큰 목소리가 튀어나왔다. 어쩐지 이야기가 묘한 방향으로 흘러가는 듯한 낌새였다.

"어떻게 아는 사람이죠?"

"모르겠어요. 저도 물어봤는데 남편은 그냥 조금 아는 사람이라고만 했어요."

아키코는 막힘없이 대답했다.

"그 커피숍이 어딘가요?"

"이리로 오는 도중에 있는 '화이트'라는 가게예요. 아참!"

아키코는 곁에 놓여 있던 핸드백에서 성냥갑을 꺼내 고무라 앞에 내려놓았다.

"이 가게요."

고무라는 성냥갑을 집어 들었다. 하얀 바탕에 검은색 글자로 '화이트'라고 쓰여 있는 단조로운 디자인이다. 뒤쪽에는 약도가 그려져 있었는데 확실히 이 호텔 근처였다.

"왜 이걸 부인이 갖고 계시죠?"

고무라가 성냥갑을 손에 든 채로 물었다.

"커피숍 앞에서 헤어질 때 남편이 줬어요. 호텔에 체크인한 뒤에 커피숍으로 전화해서 방 번호를 알려달라고요. 용무가 끝나면 바로 방으로 오겠다고 했어요."

"그렇다면 남편분은 커피숍에 들어가기 전에 이미 이 성냥을 갖고 있었다는 거네요."

아키코는 형사가 한 말의 의미를 바로 알아차리지 못한 듯했지만, 이윽고 두세 번 고개를 끄덕였다.

"네, 그렇게 되겠네요. 아마 전에 가본 적이 있었던 모양이에요."

"그런가 보군요."

고무라는 성냥갑을 요리조리 뜯어본 뒤에 옆에 있는 젊은 형사에게 건네주고는 다시 아키코를 바라보았다.

"그래서 부인 혼자 호텔에 와서 체크인을 하셨군요."

"네. 그러곤 저 혼자 방에 들어가서 남편이 말한 대로 커피숍에 전화를 걸었어요."

"그때 남편분이 뭐라고 하시던가요?"

"용무가 끝났으니까 바로 오겠다고요."

"용무가 아주 빨리 끝났네요."

고무라는 아키코의 표정을 살피며 말했다. 하지만 아키코는 딱히 안색을 바꾸지 않고 "듣고 보니 그렇네요" 하고 대답했을 뿐이다.

"그래서 남편분은 바로 방으로 오셨나요?"

"10분 정도 지나서 왔어요."

"그런 다음은요?"

"아베 씨 부부의 방이 몇 호실이냐고 물었어요. 프런트에 물어봐서 미리 알아두라고 했었거든요. 212호실이라고 하니까 잠깐 인사하고 오겠다면서 나갔습니다."

"남편분 혼자 나가셨나요?"

"네. 저도 가겠다고 했지만 잠깐 보고 올 거라면서…."

고무라는 팔짱을 꼈다. 또다시 뭔가가 마음에 걸렸다.

아키코는 말을 계속했다.

"얼마 있다가 방에 있는 전화벨이 울려서 수화기를 들어보니 남편이었어요. 지금 아베 씨 방에 있는데 어떻게 하다 보니 계속 있게 되었다면서 저더러 그리로 오라고 하더군요. 그래서 아베 씨 방으로 갔더니 남편 혼자 맥주를 마시고 있었어요. 아베 씨는 침대에서 자고 있는 것 같았고, 후미코의 모습은 보이지 않았습니다."

"잠깐만요. 부인이 212호실로 갔을 때 이미 아베 사치오 씨는 침대에 누워 있었습니까?"

아키코는 침을 꿀꺽 삼키듯이 목을 움직였다.

"네, 맞아요. 남편에게 물어봤는데 아베 씨는 조금 피곤해서 누워 있는 거라고 했어요. 그러고 나서 후미코는 어디 있느냐고 물었더니 뭘 좀 사러 갔다고 하더군요."

"그밖에 이상한 점은 없었고요?"

"글쎄요…. 뭔가 좀 이상하다는 느낌이 들긴 했어요."

그러더니 아키코는 갑자기 한기가 드는지 두 팔을 비벼대

탐정 활용법

기 시작했다.

"그때 남편분은 이미 맥주를 마시고 계셨다는 거죠?"

"네, 그러더니 저한테도 마시라고 권했어요."

"컵을 꺼내 맥주를 따랐겠네요."

"네."

아키코는 고개를 끄덕였다.

"마셨나요?"

"아니요, 그게…."

아키코는 말꼬리를 흐리며 고개를 숙이더니 무릎 위에 놓아둔 손수건을 집어 들고는 눈머리에 대고 눌렀다.

"마시려고 할 때 갑자기 남편이 소리를 지르면서 고통스러워했어요. 왜 그러냐고 물어봤지만 대답할 수 있는 상황이 아니었고…. 그러다 축 늘어져서 움직이지 않았어요. 설마 그대로 죽을 줄은…."

아키코는 손수건을 펼쳐 두 눈을 눌렀다.

"그래서 황급히 프런트에 연락하신 거고요."

아키코는 손수건으로 얼굴을 가린 채 간신히 고개를 끄덕였다.

"부인, 기억을 잘 떠올려 보세요."

고무라는 고개 숙인 아키코의 얼굴을 아래쪽에서 들여다보듯 하며 말했다.

"남편분이 고통스러워하기 전에 말입니다. 이상한 점은 없었나요? 아니면 뭔가 특이한 행동을 하지는 않던가요?"

아키코는 손수건을 얼굴에서 떼어냈다. 눈도 코도 새빨갰다. 그런 얼굴로 아키코는 고개를 갸웃거렸다.

"글쎄요, 남편은 맥주를 마셨을 뿐인데."

"그 맥주는 남편분이 스스로 따랐나요?"

"네…."

아키코는 그렇게 대답한 뒤에 먼 곳을 바라보는 듯한 눈빛을 했다.

"왜 그러시죠?"

고무라가 묻자 아키코는 멍한 눈빛으로 그를 바라보았다.

"남편이 제 컵에 따라준 맥주가 너무 많아서, 그래서… 제가… 그 사람 컵에 조금 부었어요. 그 사람이… 냉장고에서 안주를 꺼낼 때였을 겁니다."

고무라의 뇌리에 앗, 하는 충격이 스쳐 지나갔다. 동시에 비로소 사건의 핵심이 어렴풋이나마 보이기 시작했다.

고무라는 다급해지는 마음을 억누르고 질문을 던졌다.

"그 맥주를 마시고 남편분이 고통스러워하기 시작했다는 거죠?"

"네…. 맥주 속에 뭔가 들어 있던 걸까요?"

"아마도 그럴 겁니다."

탐정 활용법 241

그 순간 아키코의 얼굴이 뭐라 말할 수 없이 복잡한 표정으로 일그러졌다. 자칫했으면 자신이 죽었을지도 모른다는 생각과 남편을 자기 대신 죽게 했다는 마음이 교차했는지도 모른다.

"말씀 잘 들었습니다."

고무라가 자리에서 일어났다.

"아마 살인사건으로 수사하게 될 것 같습니다. 한시라도 빨리 진상을 밝힐 수 있도록 최선을 다하겠습니다."

아키코는 깊이 머리를 숙였다.

"잘 부탁드립니다. 만일 누군가가 저지른 일이라면, 그 범인을 꼭 잡아주세요."

"약속드리지요."

고무라가 아키코를 내려다보며 대답했다. 하지만 그의 머릿속 한구석에서는 그건 어떻게 될지 모르겠군, 하는 생각이 들었다.

5

고무라는 아키코의 이야기를 다 듣고 난 뒤 사건 현장으로 돌아왔다.

"청산 화합물일 가능성이 크네요."

무토 형사가 고무라의 귓가에 대고 말했다.

"맥주에 섞여 있었겠지만, 병에 들어 있던 건지 아니면 맥주 컵에 발려 있었던 건지는 이제부터 조사해 보겠습니다."

"독극물 용기는 못 찾았나?"

고무라가 묻자 무토는 침대 옆에 놓인 휴지통을 가리켰다.

"휴지통 속에 둥글게 뭉쳐진 하얀 종이가 버려져 있었어요. 지금 감식반에서 조사하고 있습니다."

"맥주병이랑 컵에 지문은?"

"컵에는 세 사람의 지문이 찍혀 있습니다. 맥주병에 남아 있는 건 마나베 고이치의 지문뿐이고요."

"흠."

고무라는 입술을 살짝 일그러뜨리며 고개를 끄덕였다.

"아베 사치오 집에는 연락해 봤나?"

"전화해 봤는데 아무도 받지 않았습니다. 나중에 또 걸어보려고요."

"아베 씨 짐은?"

"이겁니다."

무토는 벽 쪽에 놓여 있는 짙은 감색 가방을 끌어당겼다. 고무라는 장갑을 끼고 가방 안을 뒤져 보았다. 갈아입을 옷 조금, 세면도구, 문고본 한 권, 필기구, 그리고 작은 노트가 들어 있었지만 안에는 아무것도 적혀 있지 않았다.

"남자 물건뿐이군. 역시 부인은 오지 않은 걸까."

아키코는 남편에게 아베 씨 부부가 함께 올 거라는 말을 들었다고 했다.

"프런트 직원들 말로는 아베 씨 부인으로 보이는 여성은 오지 않았다고 합니다."

무토의 말에 고무라가 흠, 하고 작게 소리를 냈다.

"아베 사치오는 차로 운전해 왔다고 했지?"

"흰색 크라운입니다. 뒤편 주차장에 세워져 있습니다."

무토는 그렇게 대답하면서 안주머니에 손을 넣어 차 키를 꺼냈다.

"자, 그럼 잠시 살펴보자고."

고무라가 말하자 무토는 고개를 끄덕이고 방을 나갔다. 고무라도 무토의 뒤를 따랐다.

차는 주차장의 맨 구석 자리에 주차되어 있었다. 세차한 지 얼마 안 됐는지 흰색이 눈부실 정도로 반짝였다.

"차 안에는 별다른 게 없네요. 자동차 검사증, 보험증, 면허증. 물론 본인 겁니다. 그리고 카세트테이프 몇 개와 도로 지도, 그런 것들입니다."

"트렁크에는?"

"골프 도구가 들어 있습니다."

무토는 키를 꽂아 트렁크를 열었다. 무토가 말한 대로 갈색 골프백, 그리고 같은 색깔의 신발 케이스가 들어 있다. 그 외에는 자동차 공구류와 타이어체인, 우산 등이다.

"아베 사치오는 골프를 치려고 했던 걸까?"

고무라가 이 부근에 있는 골프장을 떠올리며 중얼거렸다.

하지만 무토는 선배 형사의 의견을 단박에 부정했다.

"아뇨, 아마 그건 아닐 거예요. 마나베 고이치의 차도 살펴봤는데 그쪽에는 골프용품이 없었어요. 아베 사치오는 그저 골프 도구를 차 안에 실어둔 채로 다녔던 게 아닐까요?"

"그러고 보니 마나베 부부도 차로 왔다고 했지."

고무라와 무토는 주차장에 온 김에 마나베 부부의 차도 보기 위해 발걸음을 옮겼다.

마나베 부부의 아우디는 그 자리에서 몇 미터 떨어진 곳에 세워져 있었다.

그 차 안에는 아베 부부의 차 이상으로 아무것도 없었다. 유일하게 눈에 띄는 점이라면 마나베 아키코의 면허증이 있었던 것뿐인데 그거야 별달리 문제될 일은 아니다.

고무라와 무토는 주차장을 나온 뒤 호텔로 돌아가지 않고 길을 따라 걸었다. 마나베 고이치가 누군가를 만났다는 커피숍으로 가기 위해서였다.

커피숍 '화이트'는 호텔에서 100미터쯤 떨어진 곳에 있었다. 흰색을 바탕으로 한 건물로 길가에 접한 면은 통유리로 되어 있다. 점장은 펀치파마를 한 서른이 조금 넘어 보이는 남자였다.

고무라가 상황을 설명하자 점장은 점원을 불렀다. 검은 미니스커트를 입은 앳돼 보이는 여자였다.

점원은 처음에는 마나베 고이치를 기억하지 못하는 듯했지만, 도중에 전화가 걸려 왔을 거라고 하자 생각이 난 모양이었다.

"아, 회색 재킷 입은 아저씨! 그러고 보니 전화가 왔을 때 '마나베'라고 했던 것 같아요."

"전화가 걸려 온 건 한 번뿐이었나요?"

"맞아요. 여자였는데, 아주머니 목소리 같았어요."

아키코일 것이다.

"회색 재킷 입은 아저씨는 어디 앉아 있었죠?"

"저쪽이요."

점원이 가리킨 곳은 구석에 있는 4인석 테이블이었다. 지금은 젊은 커플이 앉아 있다.

"들어왔을 때 혼자였고요?"

"네."

점원이 고개를 끄덕였다.

"나중에 일행이 오진 않았나요?"

"글쎄요…."

점원은 머리칼에 손을 대고 부루퉁한 표정을 지었다. 뭔가 골똘히 생각할 때면 이런 표정이 되는 모양이다.

"오지 않은 것 같은데요…."

"안 왔다고? 그럼 계속 혼자였다는 건가요?"

점원은 다시 머리칼에 손을 올렸다. 그러고는 차츰 불안한 표정으로 바뀌었다. 그때 옆에서 듣고 있던 점장이 나서서 점원에게 도움의 손길을 뻗었다.

"계속 혼자였습니다."

아주 자신 있는 말투였다.

"확실합니까?"

고무라가 점장의 얼굴을 쳐다보며 확인했다.

"틀림없어요. 가게에 들어온 지 10분쯤 지나서 전화가 왔을 거예요. 그런 다음 바로 나갔으니까 다른 사람 만날 시간은 없었죠."

그렇다면 마나베 고이치는 아무도 만나지 않았단 말인가. 약속한 상대가 오지 않은 걸까? 아니면 애초에 만날 상대가 없었던 걸까?

"가게로 들어왔을 때 말입니다."

옆에서 무토가 끼어들었다.

"마나베 씨가 누군가를 찾는 듯한 행동을 하진 않았나요?

가게 안을 둘러봤다던가."

그렇지, 하고 고무라는 무토의 질문을 이해했다. 누군가와 만나기로 약속했다면 먼저 와 있을지도 모르는 상대를 찾았을 게 분명하다.

"어땠어?"

점장이 점원을 돌아보며 물었다. 점원은 설레설레 고개를 저었다.

"그것까지는 잘 기억나지 않는데…."

고무라는 어쩔 수 없다고 생각했다. 그들에게는 하루에 찾아오는 수많은 손님 가운데 한 사람일 뿐이다. 고무라가 다시 점원을 바라보았다.

"그 남자는 뭘 주문했나요?"

"커피요."

"주문할 때나 커피를 가져갔을 때 특이한 점은 없었나요? 이를테면 자꾸 시간에 신경을 썼다거나."

하지만 이때도 점원은 자신 없다는 듯 고개를 가로저었다.

"별다른 건 없었어요."

"그래요? 어쩔 수 없지 뭐. 고마웠어요."

고무라는 점장에게도 고맙다는 말을 건넨 뒤 가게를 나왔다.

아베 사치오의 아내 후미코가 찾아온 것은 이날 밤이었다.

그녀에게 연락이 닿은 건 사건이 일어난 지 서너 시간쯤 지난 후였다.

고무라는 수사본부가 설치된 관할서에서 후미코를 만났다. 후미코는 전형적인 일본 미인형으로 평소에는 차분한 분위기가 감돌 것 같았다. '평소에는'이라고 한 건 고무라 앞에 모습을 보였을 때 눈가가 빨개져서는 마음을 진정시키지 못한 기색이 뚜렷했기 때문이다.

"이번에 정말로 힘든 일을 겪게 되셔서…."

고무라가 거기까지 말했을 때였다. 후미코가 눈을 크게 뜨고 고무라의 얼굴을 노려보듯 말했다.

"범인은 아키코예요. 형사님, 왜 아키코를 체포하지 않는 거죠?"

6

후미코는 외치듯이 말한 뒤 고개를 숙이고는 이를 앙다물었다. 잠시 침묵이 흘렀다. 고무라가 상황을 살피다가 입을 열었다.

"부인, 마음 좀 가라앉히시고요. 제가 드리는 질문에 잘 생각해서 대답해 주세요."

후미코는 겉으로 보기보다 감정이 더 흐트러져 있는 것 같았다. 고무라는 의식적으로 차근히 물었다.

"왜 아키코 씨가 범인이라고 생각하시죠?"

후미코의 입이 달싹였다. 그러나 목소리는 나오지 않았고 우선 침을 삼켰다.

"그게… 살아남은 사람은 아키코뿐이니까… 아키코 말고는 생각할 수 없지 않나요?"

고무라는 후미코의 얼굴을 위쪽에서 똑바로 쳐다보았다. 후미코는 시선을 더 아래로 내리깔았다. 뭔가 숨기고 있다는 걸 직감했지만 아직은 따져 묻지 않기로 했다.

"질문을 좀 바꾸겠습니다. 이번 여행에 왜 부인은 함께 오지 않으셨나요?"

"그건… 남편이 마나베 씨랑 같이 간다고 해서요."

"마나베 씨? 마나베 씨 부부라는 의미인가요?"

"아뇨, 마나베 고이치 씨요. 남편은 마나베 씨가 골프를 치자고 했다면서 오늘 아침에 집을 나갔거든요."

"잠깐만요."

고무라는 오른손을 들어 올렸다.

"그렇다면 이번 여행은 남편들끼리만 가기로 했다는 말입니까?"

"맞아요. 그러니까 아키코까지 함께 있는 상황 자체가 이상하다고요."

"아키코 부인의 말로는 원래 자기네 부부끼리 올 예정이었는데 어젯밤에 갑자기 아베 씨 부부도 불렀다고 하던데요."

"그럴 리 없어요."

후미코는 고개를 들었다. 그리고 항의하듯 세차게 고개를 가로저었다.

"제 남편은 마나베 씨가 가자고 했다고 말하면서 집을 나섰는걸요. 그렇게 제안받은 게 일주일도 더 전의 일이에요. 정말입니다."

고무라는 후미코의 얼굴을 바라보았다. 진실을 말하고 있는 건지 거짓말을 하는 건지 좀처럼 판단이 서질 않았다. 하지만 이런 거짓말을 해서 얻는 이득이 있을까.

고무라는 아베 사치오의 차 안에 있던 골프백을 떠올렸다. 확실히 그는 골프 칠 준비를 갖추고 있었다. 반면에 마나베 고이치는 그렇지 않았다.

"알겠습니다. 하지만 고이치 씨는 부인 아키코 씨에게 그렇게 말하지 않았다고 해요. 어디까지나 부부 동반 여행이라고."

이야기하는 도중에 후미코가 고개를 젓기 시작했다.

"그럴 리 없다니까요."

고무라는 고개를 끄덕였다. 납득해서가 아니었다. 오히려 의문이 더 늘었다. 그러나 이러한 의문점이 전부 사건을 해결하는 열쇠가 될 거라는 감이 왔다. 의외로 빨리 결말이 날지도 모르겠다는 생각이 고무라의 뇌리를 스쳤다.

"아까 하던 이야기를 다시 여쭙겠습니다."

고무라는 후미코의 눈을 바라보며 말했다.

"사건 소식을 들었을 때 바로 아키코 부인이 범인이라고 생각하셨나요?"

"네, 그건…."

후미코는 다시 침을 삼켰다.

"직감적으로 그렇게 생각했어요."

"지금도 그렇게 생각하시나요?"

"그렇잖아요."

후미코는 살짝 목소리를 높였다가 다시 낮은 목소리로 아까와 똑같이 주장했다.

"그럴 수밖에 없는 게, 그곳에서 살아남은 사람은 아키코뿐이잖아요?"

"만일 사건의 진상이 부인의 직감대로라면, 동기가 뭐라고 생각하시나요? 다시 말해서 왜 아키코 부인이 두 남자를 죽여야 했을까요?"

"그건… 저….'

후미코의 시선이 불규칙하게 흔들렸다. 역시 뭔가 있는 거라고, 고무라는 간파했다.

"부인과 아키코 부인은 전문대 시절부터 절친이었다지요?"

"네…."

"도무지 알 수가 없군요. 그렇게 친한 친구를 의심한다는 게 말이죠. 뭔가 이유가 있다고밖에 생각할 수가 없어요."

후미코는 눈을 꽉 감았다. 망설이고 있는 것처럼 보였다. 고무라는 참을성 있게 기다리기로 했다. 하지만 후미코는 생각보다 빨리 눈을 떴다.

"제 남편은… 바람을 피우고 있었어요."

후미코가 마음을 굳게 먹은 듯 또렷하게 말했다.

"네?"

고무라가 되물었다.

"바람을 피우고 있었다고요."

후미코가 되풀이해서 말했다.

"상대는… 아키코예요. 그러니까 이제 친구도 아니에요."

고무라는 일순간 숨을 딱 멈추었다가 천천히 토해냈다. 그랬었군, 하는 생각이 들었다. 후미코가 느닷없이 아키코를 범인 취급한 심리를 이해할 수 있었다.

"아베 사치오 씨와 마나베 아키코 씨가 불륜 관계였다는 거군요?"

고무라가 확인하듯 물었다. 후미코는 입을 꽉 다물고 고개를 끄덕였다.

"부인이 불륜 사실을 눈치채고 있다는 걸 남편분과 아키코 씨는 알고 있었을까요?"

"아뇨, 아마 몰랐을 겁니다."

"불륜이 이번 사건과 관계있다고 생각하시나요?"

후미코는 "아키코는…" 하고 운을 떼더니 심호흡을 한 번 크게 했다.

"불륜 사실을 남편 고이치 씨한테 들켜서, 그래서 남편을 죽인 게 틀림없어요. 제 남편도 같이 죽인 건 과거를 깨끗이 지우기 위해서일지도 몰라요."

"고이치 씨한테 들켜서라고요? 고이치 씨는 아키코 부인의 불륜을 알고 있었다는 건가요?"

"네. 제가 알려줬거든요."

후미코가 대답했다.

"아, 그러셨군요."

고무라는 눈앞에 앉은 여자를 다시 바라보았다. 남편의 외도 사실을 알고 자기 남편한테 따지기 전에 상대의 남편에게 알려주었다니.

"부인은 남편이 바람피운다는 사실을 어떻게 알게 되셨죠?"

"최근에 낌새가 이상해서 탐정… 사무소에 의뢰해 남편의 행적을 조사했어요."

"정확히 어디인가요?"

"그건…."

후미코가 멈칫거렸다.

"확인할 필요가 있습니다. 부인의 말을 못 믿어서가 아니라 전부 확인하지 않고서는 결론을 낼 수가 없어서 그래요."

그러자 후미코는 조그만 목소리로 "탐정 클럽이에요" 하고 대답했다.

"탐정 클럽? 아, 그랬군요. 그들에게 의뢰하셨어요?"

고무라도 들은 적이 있다. 부자 회원들만을 상대로 움직이는 이들이다. 그러나 아베 부부는 부자라고 할 정도는 아니다. 회원의 기준이 느슨해진 걸지도 모른다.

"그렇다면 불륜 현장을 찍은 사진도 갖고 계신가요?"

"아뇨, 그건 전부 고이치 씨에게 빌려주었어요."

"마나베 고이치 씨한테요? 그게 언제죠?"

"지난주 금요일이었을 거예요. 불륜 사실을 알려주러 회사로 찾아갔을 때 갖고 갔어요. 그랬더니 고이치 씨가 자기한테 생각이 있다면서 전부 달라더군요."

자기한테 생각이 있다?

"부인이 얘기하기 전까지 고이치 씨는 불륜에 관해서 몰랐다는 거지요?"

"예, 그런 것 같아요."

"화가 나셨겠네요."

탐정 활용법 255

"그건 뭐 말할 것도 없죠. 원래는 그다지 감정을 드러내지 않는 사람인데."

고무라는 팔짱을 끼고 흐음, 하고 낮게 소리를 냈다. 아내의 불륜을 알게 된 마나베 고이치는 대체 무엇을 하려 했던 걸까? 아키코의 이야기를 들은 바로는 딱히 아내를 추궁하지는 않았던 모양이다.

"불륜을 알고 난 뒤로 지금까지, 부인은 무언가 행동을 하셨나요?"

"아뇨. 일단 고이치 씨한테 맡겨두자고 생각했어요."

"그럴 때 남편한테 고이치 씨가 골프를 치자고 했다…. 의도가 있었을 거란 생각은 하지 않으셨어요?"

"그야 생각했죠."

후미코는 확실하게 대답했다.

"둘이 골프를 치면서 불륜에 대해 추궁하려나, 하고요."

고무라는 그렇게 생각할 수도 있겠구나 싶었다. 역시 사람마다 사고방식이 다르기 마련이다.

그러고 나서 고무라는 최근 아베 사치오에게서 이상하거나 달라진 점은 없었는지 물었다. 후미코는 그가 불륜이 들통났다는 걸 알아차리지 못한 듯 평소와 전혀 다른 점은 없었다고 대답했다.

7

 후미코의 말을 다 듣고 난 다음, 고무라와 무토는 사건이 일어난 호텔을 다시 찾아갔다. 마나베 아키코는 오늘 밤은 일단 이곳에 묵고 있었다.
 "사건의 윤곽이 보이기 시작했어."
 로비 의자에 앉아 아키코를 기다리면서 고무라가 무토에게 말을 건넸다.
 "아키코와 사치오가 불륜 관계였다면 여러 가지로 앞뒤가 맞아떨어져. 범인은 십중팔구 마나베 고이치야."
 "아키코와 사치오를 죽이려 했던 거군요?"
 "바로 그거지."
 처음 직감했던 대로 사건은 의외로 손쉽게 해결될 것 같았다. 고무라는 소파에 앉아 다리를 쭉 뻗었다.
 하지만 일은 그렇게 순조롭게 풀리지 않았다.
 "제가 사치오 씨랑 바람을 피웠다고요? 무슨 말도 안 되는 소릴!"
 후미코에게 들은 이야기를 전하자 아키코가 눈을 치켜뜨며 부인했던 것이다. 어느 정도 잡아뗄 거라고 예상했던 형사들도 당황하지 않을 수 없었다.
 "그렇지만 말이죠, 후미코 씨가 분명하게 말씀하시더군요.

탐정에게 사치오 씨의 뒷조사를 의뢰했더니 당신과 러브호텔에 들어가는 장면을 사진으로 찍어서 가져왔다고요."

"뭔가 잘못 아신 거예요."

아키코는 어지간히도 화가 치밀었는지 낮에 만났을 때와는 다른 사람인 듯 격한 모습을 보였다.

"후미코도 진짜 너무하네! 그런 일이 있었으면 나한테 직접 말하지 않고서!"

"잘못 안 거라고 하시지만, 사진이 찍혔다고 하던데요."

"그럴 리 없어요. 그 사진은 언제 찍은 거래요?"

"지난주 수요일이라고 합니다."

고무라는 후미코에게 사치오가 늘 수요일에 바람을 피우는 것 같다는 얘기도 들었다.

"지난주 수요일? 잠깐 기다려주시겠어요?"

아키코는 눈살을 찌푸렸다. 고무라에게는 그 모습이 진지하게 그날 일을 떠올리려는 것처럼 보였다.

이윽고 아키코가 형사들을 쳐다보고는 가슴을 당당히 펴면서 말했다.

"맞아요. 그날 전 고등학교 동창회에 갔어요. 저녁부터 쭉 동창생들과 함께 있었고요."

"엇, 동창회요? 정말입니까?"

"정말이라니까요."

무례한 질문이라고 따지기라도 하듯 아키코가 날카로운 시선을 보냈다. 고무라는 무토와 얼굴을 마주 보았다. 대체 누가 진실을 말하는 걸까.

"알겠습니다. 그럼 확인해 봅시다."

고무라는 동창회에서 아키코와 함께 있었다는 사람들의 이름과 연락처를 물었다. 아키코는 여전히 기분이 상해 있었다.

"그런데 말입니다, 후미코 씨는 고이치 씨에게 부인과 사치오 씨가 불륜 관계라는 말을 전했다고 하더군요. 그러니 남편분이 어떤 식으로든 부인께 반응을 보였을 것 같은데요."

고무라가 수첩을 덮으며 말했다.

"남편이 어떤 오해를 하고 있었는지 전 모르겠어요. 이 여행을 오기 전에도 평소와 다른 기색은 없었어요."

"그렇습니까."

고무라는 다시 무토의 얼굴을 쳐다보았다. 그리고 누가 먼저랄 것도 없이 한숨을 내쉬었다.

불길한 예감이 두 형사를 덮쳤다.

8

사건이 일어난 지 이틀 후, 고무라와 무토는 도쿄로 가서 아키코가 동창회에서 만났다는 여성을 찾아갔다. 미용실을 운영하는 야마모토 마사코라는 여자였다.

"네, 그날은 아키코와 같이 있었어요. 저녁 6시쯤에 모여서 10시쯤까지 놀았어요. 아키코와 전 옛날부터 술이 세서 가장 늦게까지 마시는 편이었고, 그날도 계속 같이 있었어요. 근데 아키코한테 무슨 일 생겼어요?"

동창회에 참석했다는 다른 몇몇 여성들에게도 전화를 걸어 확인했지만 모두 아키코의 알리바이를 증언했다. 즉 사치오와 함께 호텔에 들어간 사람은 아키코가 아니었다는 말이다.

이어서 두 형사는 후미코의 집 근처에 있는 커피숍에서 탐정 클럽 사람들과 만나기로 했다. 후미코는 탐정들에게 연락만 해주고 이 자리에는 함께하지 않았다.

약속한 시각 1분 전에 탐정들이 나타났다. 검은색 옷을 입은 남녀였다. 한눈에도 알 수 있을 정도로 보통 사람들과는 인상이 달랐다. 고무라는 탐정들에게 상황을 설명하고 수사에 협조가 필요하다는 것을 강조했다. 탐정들도 의뢰인이 승낙한다면 얼마든지 협조하겠다고 대답했다.

"지지난 주 월요일, 아베 후미코 씨가 탐정 클럽에 남편 뒷조사를 의뢰했다고 하던데, 맞습니까?"

"네, 맞습니다."

남자 탐정이 대답했다. 억양 없이 낮은 목소리였다.

"조사 결과는 어땠나요?"

"수요일에 변화가 있었습니다."

탐정은 그 주 수요일에 관찰한 사치오의 행적을 설명했다. 후미코가 한 이야기와 거의 일치했다.

"사진은 없어요?"

"네. 필름까지 모두 의뢰인에게 건네주었습니다."

고무라는 흠, 하고 고개를 끄덕이더니 주머니에서 사진 몇 장을 꺼냈다. 한 장은 아키코였고 나머지는 관계없는 여자들의 사진이었다.

"사치오 씨의 상대 여성이 이 가운데 있나요?"

탐정은 여자 조수와 함께 그 사진을 자세히 살펴보았다. 도중에 두 사람이 묘한 표정을 보였지만 고무라는 아마 낯익은 얼굴이 없어서가 아닐까, 하고 분석했다.

"얼굴을 확실히 보진 못했지만, 비슷하다고 하면 이 사람입니다."

탐정은 그렇게 말하더니 아키코가 찍혀 있는 사진을 집어 들었다.

"알겠습니다."

고무라는 만족하며 사진을 주머니에 넣었다. 아무래도 후미코가 거짓말을 한 건 아닌 듯했다.

"이 여자가 그때 그 여자였습니까?"

탐정이 물었다.

고무라는 이렇게 협조를 받았으니 자신들도 모르는 척할 수는 없다고 생각했다.

"아뇨, 이 여자는 아닌 것 같네요. 후미코 부인은 아무래도 이 여자라고 착각한 것 같아요. 그래서 정말 그렇게 착각할 정도로 닮았는지 확인하려고 당신들에게 보여준 겁니다."

"아, 그러셨군요."

"닮은 것 같네요. 이 여자는 마나베 아키코라는 사람인데, 그 사람의 남편조차 착각한 모양입니다."

"후미코 부인께서 그 사진을 마나베 아키코라는 사람의 남편에게 보여줬나요?"

"그랬나 봅니다. 부인도 몹시 화가 났던 모양이에요."

고무라는 그렇게 말하고 후미코가 고이치의 회사로 찾아간 사실을 탐정에게 말해주었다.

"사진은 그때 모두 마나베 고이치 씨의 손에 넘어갔다고 해요. 그런 다음 고이치 씨는 그 사진들을 모두 없애버린 것 같고요."

"왜 없애버렸을까요?"

"글쎄요. 뭔가 생각이 있었던 게 아닐까요?"

고무라는 손목시계를 보더니 자리에서 일어섰다. 또 가봐야 할 곳이 있었다.

고무라가 다음으로 찾아간 곳은 마나베 고이치가 근무하던 다이이 통상이다. 그곳의 접객실에서 고이치의 부하였던 사토라는 젊은 직원을 만났다. 사토는 아베 후미코가 왔던 때를 기억하고 있었다.

"먼저 전화가 걸려 왔어요. 만나기로 약속한 것 같았고요. 분명 아베 후미코 씨라고 말씀하셨습니다."

"만나고 나서 다시 자리로 돌아왔을 텐데, 그때 고이치 씨는 어떤 모습이었나요?"

"기분이 무척 안 좋아 보였어요."

사토는 목소리를 조금 낮추었다.

"아무 말씀도 없으시기에 아무래도 아베 씨라는 사람이 뭔가 좋지 않은 이야기를 했나 보다, 하고 추측했습니다."

고무라는 그 추측이 맞았다고 알려주고 싶었다.

"사토 씨는 그 여성을 직접 보진 못하신 거죠?"

"네. 아무래도 부장님의 개인적인 이야기 같았으니까요. 다만 우연히 그 여성이 접객실에서 나오는 걸 봤다는 사람은 있는데, 불러드릴까요?"

"그렇게 해주시죠. 확인해야 하니까요."

사토는 잠시 기다려 달라고 말하고 밖으로 나가더니 5분쯤 지나 젊은 남녀 두 명을 데리고 돌아왔다. 남자는 마쓰모토, 여자는 스즈키라고 자신들을 소개했다.

"마쓰모토 씨는 접객실에서 여자 손님이 나오는 걸 봤다고 하고, 스즈키 씨는 차를 내갔다고 합니다."

"그러셨군요. 그 손님이 이 여자였나요?"

고무라가 후미코의 얼굴 사진을 스즈키에게 건넸다. 스즈키는 사진을 보자마자 고개를 끄덕였다.

"틀림없어요. 이 사람입니다."

그다음에는 마쓰모토가 사진을 보았다. 그런데 그는 바로 고개를 가로저었다.

"아닌데요. 이 여성이 아니었어요."

"아니라고요? 정말입니까? 다시 한번 봐주세요."

고무라가 그렇게 말하자 마쓰모토는 다시 사진을 뚫어져라 바라보았다. 하지만 귀찮다는 표정을 지으며 이번에도 역시 부인했다.

"아닙니다. 더 젊은 여자였어요. 안경을 쓰고 있었는데, 엄청난 미인이었고 몸매도 무척 좋더군요. 그래서 인상에 남았어요."

"그래요…?"

고무라는 대체 뭐가 어떻게 된 건지 혼란스러웠다. 그날 마나베 고이치는 아베 후미코 외에 다른 여자하고도 만난 건가.

"저기, 형사님."

사토가 조심스럽게 입을 열었다.

"스즈키 씨가 이 사진 속의 여자가 틀림없다고 하니 문제 없지 않을까요? 마쓰모토 씨가 본 사람은 다른 여자인 것 같아요."

"네, 아무래도 그런 것 같군요."

고무라는 사진을 집어 가면서 왠지 모르게 뭔가가 마음에 걸리는 듯한 느낌이 들었다. 다시 마쓰모토의 얼굴을 보았다.

"그 젊은 여자도 고이치 씨를 만나러 왔단 말이죠?"

"그렇습니다."

"그건 몇 시쯤이었나요?"

"3시 조금 전이었을 거예요. 저는 그때 자판기 커피를 사러 가다가 여성분이 접객실에서 나오는 걸 봤어요."

"아, 그렇다면…."

사토가 이번에도 끼어들었다.

"부장님은 그 여성을 만난 다음에 아베라는 여성분을 만난 거네요. 3시에 접객실로 오라고 전화로 말씀하셨으니까요."

"그렇군요, 그럼 말이 되네요."

고무라가 납득하고 고개를 끄덕였다. 그 젊은 여자의 존재가 여전히 마음에 걸렸지만.

고무라와 무토는 사토와 직원들에게 고맙다는 인사를 한 뒤 다이에 통상을 나왔다. 그 무렵 두 형사는 거의 완전히 사건의 진상에 대한 추리를 끝마쳤다.

9

아베 사치오의 장례식을 마친 다음 날, 후미코가 오랜만에 집에서 느긋하게 쉬고 있는데 사건을 담당하고 있는 고무라 형사가 찾아왔다. 안으로 들어오라고 했지만, 형사는 여기서도 괜찮다며 현관에 걸터앉았다.

"저기, 사건은 어떻게 되었나요?"

후미코가 조심스럽게 물었다.

"사실은 그 일로 왔습니다."

고무라는 조금 먼 곳을 바라보는 듯한 눈빛이었다. 적당한 말을 찾고 있는 눈치였다.

"이제 진상이 거의 드러난 것 같습니다."

후미코는 양쪽 무릎을 바닥에 댄 채 등을 쭉 폈다.

"범인은 마나베 고이치 씨인 것 같습니다."

"네?"

후미코가 조그맣게 소리를 내뱉었다.

"고이치 씨가 범인입니다. 고이치 씨는 아베 사치오 씨와 아키코 씨가 불륜 관계라고 생각하고 두 사람을 동반자살로 위장해 죽이려 했어요."

"그런…."

"그렇게 생각하면 앞뒤가 맞아떨어집니다."

고무라의 이야기는 대략 다음과 같았다.

후미코에게 자기 아내의 불륜 사실을 전해 들은 고이치는 증오심을 견디지 못한 나머지 두 사람을 죽이기로 마음먹었다. 그러려면 동반자살로 위장하는 게 가장 손쉽고 빠르다. 고이치는 이즈의 호텔에서 두 사람이 만나 그곳에서 함께 자살하는 상황을 만들기로 했다.

먼저 아베 사치오에게 골프를 치러 가자고 제안했다. 평소에도 둘이서 자주 골프를 치러 가므로 의심받을 일은 없다. 그 후 호텔 이름을 알려주고 사치오의 이름으로 예약해 두라고 부탁했다. 그리고 당일에 호텔에서 만나기로 한다.

그다음으로 아내 아키코에게 여행을 가자고 한다. 이번에도 똑같이 호텔 이름을 알려주고 아키코 이름으로 예약하라고 일러둔다. 이로써 사치오와 아키코가 따로 호텔을 예약한 상황이 만들어진다.

당일 고이치의 행적은 명백하게 드러나 있다. 아키코에게 체크인을 하게 하고 자신은 호텔 직원들의 눈에 띄지 않게 방으로 간다. 그러기 위해 도중에 커피숍을 들렀다.

호텔로 가서는 우선 혼자 사치오의 방으로 간다. 그리고 맥주에 독극물을 넣어 사치오를 죽였다. 사치오를 침대에 눕힌 다음 아키코를 불러내 같은 수법으로 죽일 작정이었다. 그러고는 두 사람의 시체를 나란히 눕히고서 자신은 사람들 눈에 띄지 않게 호텔을 벗어나면 된다.

그런데 아키코를 죽이려 했을 때 예상치 못한 일이 벌어졌다. 아키코가 자신의 맥주를 고이치의 컵에 따랐던 것이다. 그 사실을 몰랐던 고이치는 오히려 자신이 죽고 말았다.

"맥주 두 병과 맥주 컵 세 개를 조사한 결과 맥주병 한 개에서 청산가리가 검출되었습니다. 컵 세 개에는 모두 맥주에 청산가리가 들어 있었는데, 고이치 씨가 마신 걸로 보이는 컵은 다른 두 개보다 농도가 옅었던 모양입니다. 아마 처음에는 독이 들어 있지 않았을 테지만 아키코 부인이 자신의 맥주를 따라준 탓에 그렇게 된 것이겠지요."

"그럼, 청산가리는 어디서?"

"고이치 씨의 남동생이 금속 가공업을 하고 있고 그곳에서 사용하는 약품이라고 하니 꺼내오기 쉬울 겁니다."

의외로 관리가 허술하거든요, 하고 고무라가 덧붙였다.

"그렇다면 제가 섣불리 경솔하게 행동한 게 잘못이군요."

후미코는 고개를 숙인 채 무겁게 입을 열었다. 지금 고무라가 한 말이 진실이라면 그녀가 고이치에게 자신의 남편과 그의 아내가 불륜을 저지르고 있다는 얘길 한 것이 사건의 발단이 된 셈이다.

"결과적으로는 그렇게 되지만, 그건 마음에 두지 않는 게 좋습니다. 고이치 씨조차 자신의 사진에 찍힌 여성을 아내라고 착각했으니까요. 그 사진을 찾지 못한 게 지금도 개운치 않지만요."

고무라는 또 무슨 일이 있으면 연락하겠다고 말하고 돌아갔다.

후미코는 현관에서 나와 고무라가 사라져가는 모습을 언제까지고 바라봤다.

10

이틀 후 밤, 후미코는 아키코의 집으로 갔다. 둘이서 술을 마시기로 되어 있었다.

"내가 착각한 탓에 이렇게 큰일이 벌어지고 말았어. 진짜 미안해."

후미코가 글라스를 들고 말했다.

"괜찮아, 마음 쓰지 마. 그이가 제대로 확인하지 않은 게 잘못이지. 그 바람에 네 남편까지 죽게 만들었으니 어쩌니."

아키코가 대답했다. 두 사람은 잠시 서로의 얼굴을 바라보다가 마침내 웃음을 터뜨렸다.

"아아, 웃겨. 이런 연극은 이제 지긋지긋해."

후미코는 사레들릴 정도로 웃어댔다.

"나도 싫어. 그래도 스릴은 있었어."

"스릴 정도가 아니지. 정말로 조마조마하기가 말도 못할 정도였어."

후미코는 그렇게 맞받으면서 요 며칠 사이에 일어난 일들을 떠올렸다.

처음 계기는 아키코가 바람피우는 걸 남편 고이치에게 들킨 것 같다며 후미코에게 의논하러 온 일이었다. 물론 상대는 사치오가 아니다. 아키코가 회사에 다니던 시절에 사귀던 남자였다.

아키코의 고민은 남편이 자신의 불륜을 이유로 이혼을 요구할 것 같다는 데 있었다. 애초에 남편과 헤어질 마음은 눈곱만큼도 없었다. 그저 놀 생각으로 한 외도였다. 지금 이혼당하면 아키코에게는 아무것도 남지 않는다.

"차라리 죽어주면 좋을 텐데."

과격한 말이었지만 아키코는 진심인 듯했다.

"죽어줬으면 하는 건 나도 마찬가지야."

후미코는 남편 사치오에 대해 말했다. 나이는 들었는데 수입이 늘지 않아 생각한 만큼 호화로운 생활을 하지 못하고 있다. 그래서 남편 몰래 주식에 손댔다가 주가가 폭락하고 말았다. 아직 남편이 알아차리지 못했지만, 은행 예금은 거의 바닥난 상태인 데다 대출까지 받았다. 어떻게든 해야 할 텐데, 하고 고민할 때마다 떠오르는 생각은 사치오가 사고든 뭐든 당해주지 않으려나, 하는 것이었다. 사치오가 고액의 생명보험을 들었기 때문이다. 게다가 이젠 사치오에게서 남자의 매력이 느껴지지 않았다. 나이 차이가 많이 나는 탓도 있지만 남편과 함께 있으면 숨이 막히는 듯한 기분을 자주 느꼈다. 자식도 없으니 차라리 독신이 되어 여자로서 한창 좋을 시기를 즐기고 싶다는 마음이 들었다.

처음에는 농담 반 진담 반이었지만 차츰 진심이 되어 정말로 서로의 남편을 죽이자는 이야기로 흘러갔다.

두 사람이 생각해 낸 방법은 고이치가 사치오를 죽이고 자신도 실수로 죽는 상황을 만드는 것이었다. 그런 방법이라면 경찰의 추궁을 피할 수 있으리라 생각했다.

우선 후미코가 남편에게 둘이 이즈로 여행을 가자고 제안했다. 사치오가 그러자고 하자 그에게 호텔 예약을 맡겼다. 아키코는 남편 고이치에게 아베 부부와 같이 여행을 가자고 하며 자신이 직접 호텔을 예약했다.

후미코는 출발 이틀 전, 사치오에게 마나베 부부도 함께 가게 되었다고 말했다. 당일 아침, 후미코는 친정에 급한 일이 생겼다면서 사치오에게 먼저 가 있으라고 했다. 사치오는 처가를 가까이하고 싶지 않았기에 아내가 시키는 대로 혼자 이즈로 향했다. 골프백은 후미코가 전날 몰래 차 트렁크에 넣어

두었다.

  사치오를 배웅한 후미코는 바로 집을 나와 렌터카를 빌려 타고 이즈로 향했다.

  한편 아키코는 '화이트'라는 커피숍 앞에 차를 세우고 고이치에게 말했다.

  "후미코 부부가 여기서 기다리겠다고 했어. 난 호텔로 가서 체크인하고 올 테니까 당신은 여기서 커피라도 마시고 있어."

  고이치는 왜 이런 데서 만나기로 했나 싶어 의아한 표정을 지었지만, 아키코는 적당히 둘러대고 상황을 빠져나갔다.

  아키코와 후미코는 호텔 앞에서 만났다. 그리고 아키코가 체크인을 마친 뒤 함께 사치오의 방으로 갔다. 사치오는 후미코가 너무 빨리 도착했기에 조금 놀랐지만 크게 의심하지 않았다.

  청산가리는 아키코가 마련했다. 고이치의 동생이 운영하는 공장에서 몰래 빼낸 것이다. 그 청산가리를 맥주에 섞어 마시게 하자 사치오는 정말로 어이없이, 쉽게 죽었다. 이상하게도 후미코도 아키코도 전혀 공포심이 들지 않았다.

  사치오를 침대로 옮기고 나서 후미코는 호텔을 나와 집으로 향했다. 아키코는 '화이트'에 전화를 걸어 고이치에게 후미코 부부와 만났으니 212호실, 즉 사치오의 방으로 오라고 말했다.

아키코는 얼마 안 있어 나타난 고이치에게 맥주를 마시게 해서 죽인 뒤 프런트에 전화를 걸어 혼신의 연기를 선보였다.

"하지만 이번 계획에서 가장 공들인 건 사치오와 아키코의 불륜 현장이지."

후미코가 생글생글 웃으며 말했다. 그 아이디어를 생각해 낸 건 후미코였다.

그 수요일 밤, 사치오와 러브호텔에 들어간 사람은 후미코였다.

후미코는 렌탈 숍에서 아키코의 헤어스타일과 비슷한 가발을 빌리고 선글라스까지 낀 뒤 기치조지에서 사치오와 만났다. 후미코가 가끔은 부부끼리 그런 곳에 들어가 보는 것도 좋겠다고 꾀자 사치오는 쉽게 넘어왔다. 원래 그런 은밀한 취향이 있는 남자였다.

고이치의 회사에 찾아간 것도 불륜에 관한 이야기를 하기 위해서가 아니었다. 회사 근처에 올 일이 있었다며 들러서 잡담을 나누다 돌아왔을 뿐이다.

"운도 좋았어."

아키코가 말했다.

"그날 그 사람, 마침 기분이 꽤 안 좋았던 모양이야. 그래서 나중에 경찰이 조사했을 때 너한테 불륜 얘기를 들은 탓이라고 해석한 거지."

"신도 우리 편이었다니까."

"평소에 착하게 살아서인가."

두 사람은 그런 말을 나누면서 웃었다.

탐정 클럽이 찾아온 것은 바로 그 직후였다.

현관 초인종이 울려서 아키코가 나가 보니 남녀 두 사람이 서 있었다. 무슨 용건이냐고 묻자 탐정은 건네줄 것이 있다고 말했다.

"뭔데요?"

"이겁니다."

탐정이 사진을 내밀었다. 사진을 받아 든 아키코는 눈이 휘둥그레졌다. 거기에는 자신이 고이치가 아닌 다른 남자와 밀회하는 장면이 찍혀 있었다.

"이걸… 어떻게?"

"남편분께서 의뢰한 건입니다."

대답한 사람은 여자 쪽이었다. 차분하고 낮지만 맑고 또렷한 목소리였다.

"남편이요?"

"네. 마나베 고이치 씨는 3주 전에 저희에게 부인의 뒷조사를 의뢰했습니다."

"그랬군요, 남편이…. 하지만 안됐네요. 그 사람은 이미 죽었거든요. 아무것도 모른 채 말이죠."

그렇게 말하고 아키코가 사진을 찢으려 할 때 조수가 말했다.
"알고 계셨어요, 모든 걸."
아키코의 손이 멈췄다.
"알고 있었다…고요?"
"알고 계셨습니다."
조수가 되풀이했다.
"의뢰를 받고 얼마 안 되어서 제가 회사로 찾아가 보고했어요. 그때 이 사진을 보셨습니다."
"그게 언제쯤이죠?"
후미코가 참지 못하고 옆에서 끼어들었다. 심장이 점점 빠르게 뛰었다.
조수가 말했다.
"금요일입니다. 경찰 말로는 그 후에 부인도 마나베 고이치 씨를 만나셨다고 하더군요."
"아…."
후미코는 혼란스러웠다. 탐정이 자신보다 먼저 고이치를 만나서 아키코의 진짜 불륜 사실을 보고했다면….
"저희가 이 사실을 경찰에게 말하면 상황은 백팔십도 뒤집히겠지요."
탐정은 의미심장한 웃음을 보였다.
"속셈이 뭐죠?"

아키코가 상대를 노려보며 말했지만, 탐정의 표정은 달라지지 않았다.

"속셈 같은 건 없습니다. 오히려 진상이 밝혀지면 저희는 큰 피해를 입게 되겠지요. 교묘한 범죄에 이용당한 피에로 꼴이 되었으니 이미지가 추락할 겁니다. 하지만 그렇다고 해서 탐정 클럽이 이용당한 채로 그냥 가만히 있을 수만도 없는 노릇이지요. 그래서 저희는 막대한 희생을 각오하고서라도 당신들의 계획을 폭로하기로 했습니다."

"그렇지만 증거가 없을 텐데요. 어떻게 입증할 생각이죠?"

후미코가 말했다.

그러자 탐정은 애처로워하는 듯한 눈길로 후미코를 바라보며 천천히 고개를 저었다.

"당신들은 정말 아무것도 모르고 있군요. 우리가 마음만 먹으면 웬만한 일은 전부 알아냅니다. 이를테면 당신이 이즈로 가는 데 어떤 방법을 썼는지도 말이죠. 아마 렌터카가 아닐까 하고 추측하고 있습니다만."

"…"

"그건 아주 사소한 한 가지 예에 지나지 않습니다. 경우에 따라서는 증거를 만들어낼 수도 있어요."

"그런 게… 통할 리 없지 않겠어요?"

"글쎄요, 과연 그럴까요? 교묘하게 위장하면 세상의 눈쯤은 쉽게 속일 수 있다는 걸 이번에 당신들이 증명하지 않았던가요?"

"잠깐만요."

아키코는 매달리는 듯한 눈길로 두 탐정을 올려다보았다.

"돈이 목적이에요? 그렇다면 어떻게든 마련할게요."

그러나 탐정은 고개를 저었다.

"이번 일은 우리에게도 문제가 있었다고 생각합니다. 탐정 클럽의 회원 기준을 너무 낮추다 보니 이런 일에 휘말리게 된 거죠."

탐정이 뒤로 돌아서자 조수도 똑같이 돌아섰다.

"그럼 오늘은 이만."

그리고 두 사람은 어둠 속으로 사라졌다.

장미와
나이프

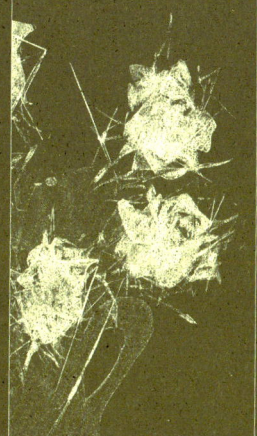

1

 탁, 탁, 하는 소리가 서재에 울렸다. 흑단 책상 위를 집게손가락으로 두드리는 소리다.
 오하라 다이조는 이렇게 책상을 두드리며 똑바로 앞을 노려보고 있다. 다이조의 이런 시선을 받는 사람은 서재 책상 앞에 놓인 의자에 웅크리고 앉은 유리코, 그의 딸이었다.
 유리코 옆에는 짙은 회색 양복을 입고 검은색 철제 안경을 쓴 한 남자가 서 있었다. 약간 마른 체격에 이목구비가 반듯하고 깔끔하다. 남자는 다이조의 시선을 두려워하는 기색 없이, 그저 습관적으로 눈을 아래로 떨구고 있는 듯했다.
 다이조가 움직이던 손가락을 멈추고는 딸을 쏘아보던 시선을 서서히 남자 쪽으로 옮겼다.

"어디 말해보게나, 하야마."

굵은 목소리였다. 이처럼 목소리가 힘 있게 울리는 건 평소에 몸을 단련하고 있기 때문일 것이다. 하야마라고 불린 남자는 천천히 고개를 들다가 다이조와 눈이 마주치자 안경의 브릿지를 가운뎃손가락으로 살짝 밀어 올렸다.

"결론만 말씀드리자면…."

하야마는 옆에 있는 유리코를 힐끗 쳐다보고는 다시 다이조에게로 눈길을 돌렸다.

"걱정하신 대로입니다."

다이조의 볼 근육이 씰룩였다. 그러고는 다시금 자신의 딸을 노려보았다. 그가 보인 반응은 그뿐이었다.

"확실해?"

"확실합니다."

하야마도 포커페이스를 유지하려는 듯했다. 목소리에 억양이 없다. 그리고 억양 없는 목소리로 한마디 덧붙였다.

"따님은 임신 중입니다."

다이조가 크게 숨을 내쉬는 것이 가슴의 움직임으로 드러났다.

"몇 개월인가?"

다이조가 물었다.

"2개월입니다."

하야마가 대답했다.

다이조에게서 짧고 낮은 소리가 흘러나왔다. 다이조는 책상 위에 놓인 담배 케이스에서 담배 한 개비를 꺼내 불을 붙이고는 비스듬히 얼굴을 들어 올리며 후우, 하고 연기를 뿜어냈다.

"누구 아이냐?"

"네?"

하야마가 눈을 동그랗게 뜨고 되물었다.

"자네에게 묻지 않았어."

다이조가 냉담하게 내뱉었다.

"너한테 묻는 거야, 유리코."

유리코는 이름이 불리자 흠칫 놀라며 바짝 긴장했다. 하지만 얼굴을 숙인 채 아무 말이 없었다.

"왜 말을 못 해? 아이 아빠가 누구냐고! 어서 대답해!"

다이조가 추궁했지만 유리코는 대답하지 않았다. 이런 질문을 받을 거라는 걸 알았고, 절대로 그 이름을 밝히지 않겠다고 결심한 듯했다.

"저는 자리를 비켜드리는 게…."

하야마가 조심스럽게 말했다. 다이조는 제삼자가 있다는 사실을 그제야 깨달은 듯 "아, 그렇지. 그렇게 해주게" 하고 여느 때와 달리 당황한 말투로 지시했다.

다이조는 하야마가 서재에서 나간 후에도 계속해서 따져 물었다. 그러나 유리코는 아무 대답도 하지 않았다. 입을 열려고조차 하지 않았다. 다이조는 담배를 조금 피우다 말고 재떨이에 비벼 끄고 다시 새 담배에 불을 붙이기를 되풀이했다.

"연구실 사람이냐?"

문득 생각이 미쳤는지 다이조가 물었다. 유리코의 얼굴에서는 아무런 표정 변화도 읽어낼 수가 없었다. 그러나 다이조는 유리코가 무릎 위에 얹고 있는 손을 한순간 꼭 쥐는 것을 놓치지 않았다.

"그런 거지?"

다이조의 목소리가 커졌다. 그는 유리코가 침묵하는 모습에서 자신의 추리가 맞다고 확신했다.

"젠장!"

다이조는 욕설을 내뱉었다.

"은혜를 원수로 갚는다더니, 바로 이런 거로군. 감히 내 딸한테 손을 대다니…. 용서할 수 없어, 절대 용서 못 해."

다이조는 손바닥으로 책상을 탕 하고 내려치더니 자리에서 일어나 유리코를 내려다보았다.

"잘 들어. 아이는 지우는 거다. 널 그런 별 볼 일 없는 놈한테 줄 순 없어. 빨리 누구인지 말해. 쫓아내 줄 테니까."

그러자 이때서야 유리코가 얼굴을 들었다. 그리고 빨갛게

충혈된 눈으로 다이조의 시선을 정면으로 마주했다.

유리코는 힘주어 천천히 말했다.

"싫어요."

"너 지금 뭐라고 했어!"

"싫다고 했어요. 그 사람 이름도 말하지 않을 거고, 아기도 지우지 않을 거야."

"유리코!"

다이조는 유리코의 앞까지 가더니 오른손을 들어 올렸다. 하지만 유리코는 아랫입술을 깨물고 아버지를 올려다보았다.

"때릴 테면 때려. 항상 그래왔잖아? 하지만 그런 방식이 계속 통할 거라고 생각한다면 큰 오산이야."

부녀는 몇 초 동안 서로를 노려보았다. 그러다 마침내 다이조가 시선을 돌리면서 오른손을 내려놓았다. 유리코는 깊이 한숨을 내쉬었다.

"가봐."

다이조는 딸에게 등을 돌리며 말했다.

"네 결심은 알겠다. 하지만 내게도 생각이 있어. 상대가 누군지 알아내는 것쯤은 일도 아니야. 반드시 찾아내서 두 번 다시 내 눈앞에 나타나지 못하게 해주지. 물론 네 앞에도 말이다."

다이조는 가봐, 하고 거듭 말했다. 유리코는 등을 꼿꼿이

편 채로 일어나더니 입술을 꼭 다물고는 뒤쪽에 있는 문으로 나갔다.

2

오하라 다이조는 와에이대학 교수이자 이공학부의 학부장을 맡고 있다. 와에이대학 창시자와 연고가 깊고 아버지가 학장을 지내기도 했다. 이대로라면 다음 학장 선거에 입후보해서 거의 경쟁 없이 당선될 수 있을 터였다.

그런 입지로 볼 때 다이조는 이공학부 전체를 두루 살펴야 하지만, 그의 본래 전공은 유전공학이다. 다이조가 젊었을 당시 유전공학은 일부에서 관심받는 정도였으나 근 몇 년간 주목도가 놀랄 만큼 높아졌다. 지금까지 학계에서 획기적인 성과를 내지 못하던 와에이대학이 최근에 기세를 떨치고 있는 것도 유전공학 분야에서 명성을 올렸기 때문이다. 그런 의미에서 다이조가 현재의 지위를 거머쥔 것이 반드시 아버지의 후광 덕분이라고만은 할 수 없었다.

오하라 다이조 교수가 직접 지도하는 일은 적어졌지만, 오하라 연구실에서는 지금도 연구가 활발하게 진행되고 있다. 조교도 많고 학생들 사이에서 인기도 가장 높았다. 다이조는 가끔 그들을 집으로 불러 술과 음식을 대접했다. 자신의 명망을 더 높이려면 그들의 사기를 북돋아 주는 게 무엇보다 중요하다는 계산이었다.

오하라 다이조의 자택은 와에이대학에서 전철로 한 정거장 떨어진 거리에 있었다. 다이조뿐만 아니라 와에이대학 창시자의 일가친척은 대부분 이 근방에 살고 있다.

오하라 가에 두 남녀가 모습을 드러낸 것은 다이조와 유리코가 언쟁을 벌인 다음 날, 해가 기울어 정원의 나뭇가지가 긴 그림자를 드리우려 할 때였다.

가사도우미 요시에가 현관으로 나갔지만 두 사람은 자신들의 이름을 밝히지 않았다.

"오하라 다이조 씨 댁인가요?"

남자가 억양 없는 목소리로 그렇게 물었을 뿐이다.

"실례지만 누구신지요?"

요시에가 묻자 "클럽에서 왔다고 하면 아실 겁니다" 하는 대답이 돌아왔다.

남자는 거무스름한 양복을 말쑥하게 차려입고 있었다. 큰 키에 30대 중반 정도로 보였다. 어딘지 모르게 일본인 같지 않은 얼굴 생김새에 움푹 들어간 눈이 차분하고도 깊은 빛을 띠고 있다. 여자는 머리를 길게 늘어뜨린 미인이다. 시원하게 트인 눈매가 차가워 보였고 꼭 다문 입매는 강인한 의지를 드러내는 것 같았다.

응접실에서 두 사람을 마주한 다이조는 만족스러운 듯 고개를 끄덕였다. 머릿속으로 그려본 이미지와 똑같은 인물들이 왔기 때문이다.

다이조는 두 사람에게 앉으라고 권하고는 자신도 맞은편에 앉았다.

"일을 의뢰하는 건 처음이지만 탐정 클럽의 평판은 듣고 있어요. 결론부터 말하면 평판이 엄청 좋더군. 가까운 지인 중에도 거기 회원이 있는데, 일 처리에 아주 만족하더라고."

"감사합니다."

남자가 고개를 숙였다. 옆에 앉은 여자도 따라서 고개를 숙였다.

"일 처리 솜씨도 그렇지만 비밀 엄수 면에서도 마음에 든다고 하던데, 그 점은 틀림없겠지?"

"틀림없습니다."

남자가 감정을 뺀 목소리로 대답했다. 이러한 담백함도 다이조의 취향에 딱 들어맞았다.

"좋아. 그럼 본론으로 들어가지."

다이조는 몸을 앞으로 내밀고 양손을 테이블 위에서 가볍게 맞잡았다.

"내게는 딸이 둘 있네. 큰딸이 나오코, 둘째가 유리코인데,

이건 여담이지만 애들 엄마가 달라."

"재혼하셨습니까?"

메모하던 여자 탐정이 물었다. 아나운서처럼 낮고 차분한 목소리였다.

다이조가 고개를 끄덕였다.

"나오코의 엄마는 나오코가 세 살 때 집을 나갔어. 딸을 데리고 말이야. 돈이고 뭐고 필요 없으니까 나오코만은 자기 손으로 키우게 해달라고 메모를 남겼더군. 메모 옆에는 서명을 마친 이혼 신고서가 함께 놓여 있었어. 내가 재혼한 건 그러고 나서 1년 후였지. 그 상대가 바로 유리코의 엄마라네."

당시 다이조는 조교수로 임용된 지 얼마 되지 않았을 때였지만 와에이대학 내에서의 힘은 이미 강력해지고 있었다. 재혼 상대로 선택한 여성은 만년 조교수로 불리는 남자의 딸이었다. 파벌에 속하지 않았기에 교수가 되지 못한 그는 다이조를 사위로 맞이해 힘을 얻으려 했다. 그래서 딸에게 애인이 있다는 걸 알면서도 다이조에게 시집보냈다. 나중에 안 일이지만, 그 애인은 다이조의 동료인 기쿠이라는 남자였다.

"재혼한 지 10년쯤 지났을 때 두 번째 아내가 병으로 세상을 떠났어. 원래 건강한 편이 아니었거든. 그런데 그로부터 2년 후에 이번에는 전처가 세상을 떠났다는 연락을 받은 거야. 참 얄궂기도 하지. 그래서 내가 나오코를 데려왔지. 그게 나오코 엄마의 뜻이기도 했고."

"아, 그러셨군요."

검은 양복 차림의 남자가 말했다.

다이조는 눈앞에 있는 남녀를 번갈아 바라보며 말했다.

"오늘 부탁하려는 건 유리코와 관련된 일이네. 실은 우리 집 주치의로 일하는 하야마라는 남자가 있어. 가족 모두의 건강을 보살피는 사람인데 최근에 묘한 말을 하는 거야. 유리코가 임신한 게 아닐까, 하고 말이지. 말도 안 되는 소리 하지 말라고 했는데, 아무래도 마음에 걸리는군. 유리코의 행동도 어딘가 부자연스러웠고. 그래서 하야마를 시켜서 확인해 봤더니 사실이었어. 나는 유리코에게 아이 아빠가 누구인지 이름을 대라고 추궁했지. 하지만 죽어도 말하지 않는 거야. 이 일만은 나도 어떻게 할 수가 없더군."

"그렇다면 저희에게 따님이 만나는 상대가 누구인지 알아내 달라는 말씀이십니까?"

남자가 물었다. 남자는 다이조의 이야기를 듣는 동안에도 지금도 감정을 전혀 드러내지 않았다.

"바로 그거야."

다이조가 진지한 눈빛으로 대답했다.

"그것도 극비로… 말이네"

"따님 사진이 있습니까?"

"준비해 뒀지."

다이조는 옆에 놓아둔 서류 가방을 열었다. 거기에는 유리코의 사진은 물론이고 연구실 멤버들에 관한 자료도 들어 있었다.

3

"탐정 클럽?"

유리코의 목에 팔을 두르고 있던 남자가 상반신을 일으키더니 그녀의 얼굴을 바라보았다. 유리코는 누운 채 고개를 끄덕였다.

"요시에 씨가 그러던데? 몰래 엿들었다니까 잘못 들은 걸 수도 있지만."

"무슨 이야기를 했대?"

남자가 유리코의 머리칼을 만지작거리며 물었다.

"거기까지는 듣지 못했대. 요시에 씨는 그 사람들이 이름을 말하지 않길래 이름만이라도 들으려고 문밖에 붙어 서서 들어봤나 봐."

"탐정 클럽이라…."

남자는 다시 한번 유리코의 옆에서 몸을 쭉 펴더니 크게 한

숨을 내쉬었다.

"알아?"

유리코가 남자의 얼굴을 보며 물었다.

"부자들 전용 탐정이야. 회원제인데, 등록된 회원들 일만 맡아. 아마 너희 아버지도 회원일 거야."

"내 뱃속 아기의 아빠를 찾으려는 걸까?"

"그렇겠지. 그것 말고는 달리 없잖아."

"아빠는 나를 정재계 집안으로 시집보내려고 해. 내 마음 같은 건 전혀 생각도 안 하고…. 옛날에는 저러지 않았어. 뭐든지 날 먼저 생각해 주셨는데…."

"소녀 시절은 끝난 거지."

유리코는 생각에 잠긴 눈동자를 허공으로 향했다.

"아냐. 빼앗긴 거야."

남자는 담배를 빨아들였다가 하얀 연기를 뿜어냈다. 연기가 유리코의 시야 속에서 하늘하늘 흩어졌다.

"자기라는 걸 알아내면 어쩌지?"

남자는 아무 말 없이 잠자코 있었다. 만약 들킨다면 어떻게 할 방법이 없다. 아마 쫓겨나겠지.

"괜찮을까…."

유리코는 걱정스러운 듯이 말하고는 남자의 가슴에 뺨을 갖다 댔다. 남자가 유리코의 어깨를 감싸안으며 말했다.

"괜찮아. 아무리 명탐정이라도 단서가 없으면 어쩌지 못할 거야. 하지만 당분간은 만나지 않는 게 좋겠어."

남자는 머리맡에 놓인 스탠드를 껐다.

4

다이조가 탐정 클럽과 만난 지 일주일이 지났다. 아직 경과 보고는 들어오지 않았다.

그날 밤 다이조는 오랜만에 연구실 사람들을 식사에 초대했다. 연구원들이 내일 열릴 학회에 대비해 연일 자료를 만드느라 고생한 것을 치하하기 위해서다. 이처럼 매년 학회를 앞두고 맛있는 요리를 대접하고 있다. 물론 다이조에게는 이번 기회에 유리코의 상대 남자가 누구인지를 간파해 보려는 속셈도 분명히 있었다.

여섯 평쯤 되는 전통식 다다미방에 테이블 두 개를 나란히 놓고 조교와 대학원생 그리고 학부생들이 앉았다. 초대한 사람은 모두 여덟 명으로 그중 세 명이 조교였다.

유리코와 요시에가 요리를 날랐다. 나오코는 오늘도 귀가가 늦어지는 모양이다.

"아참, 우에노는 술 먹으면 안 되지!"

다이조는 조교 우에노의 컵에 맥주를 따르려다 말고 병을 내려놓았다. 우에노는 동안에 약간 통통한 청년이었다.

"그렇습니다. 우에노는 오늘 밤 안에 그쪽 호텔로 가서 밤새 발표 연습을 해야 하거든요."

그렇게 말한 사람은 우에노 옆에 앉아 있는 조교 모토키였다. 안색이 좋지 않고 어딘지 모르게 궁색해 보이는 인상이다. 하지만 성격이 좋기로 유명하다.

"밤은 안 새워."

우에노는 픽 하고 웃었다.

"연습 많이 했으니까 오늘 밤에는 확인 정도만 하면 돼."

우에노는 내일 학회에서 연구 성과를 발표하게 되어 있다. 그러나 발표회장이 멀어서 전날 그 근처 호텔에 묵는 것이 통례처럼 되어 있다. 발표 연습이 충분하지 못할 때는 그 호텔에서 혼자 특훈을 하기도 한다.

"여기서 몇 시쯤 나갈 예정인가?"

다이조가 우에노에게 물었다.

"10시쯤 출발하려고 합니다. 그러면 1시나 2시쯤엔 호텔에 들어갈 수 있거든요."

"차로 간다고 했지. 조심해서 가게나."

조심하겠습니다, 하고 우에노가 머리를 숙였다.

"발표 자료는 전부 가지고 있지?"

지금까지 다이조 옆에서 말없이 맥주를 마시고 있던 남자가 다이조의 컵에 맥주를 따르면서 물었다. 조교 간자키였다. 체격이 큰 남자로 그에 비례해 얼굴도 크다. 회색 작업복 차림인 까닭은 그가 살고 있는 다가구 주택이 이 근처이기 때문이다.

간자키는 원래 다이조의 조교가 아니었다. 다이조의 동료 기쿠이의 조교였다. 그러나 몇 년 전 기쿠이가 사고로 세상을 떠난 후로는 다이조의 일을 돕고 있다.

"응, 염려 마. 잘 확인하고 가방에 넣었어. 이제 호텔에 갈 때까지 꺼내 보지 않을 생각이야."

"그러는 게 좋지."

간자키는 컵에 든 맥주를 쭉 들이켰다.

그들은 10시가 조금 못 되어 돌아갔다. 다이조와 유리코가 현관 앞까지 나가 배웅했다.

"조심히들 가게나. 나는 내일 아마 오후에 보러 갈 거야."

다이조가 그렇게 말하자 조교들은 잘 먹었다는 인사를 하고 돌아갔다.

유리코는 그들의 모습이 사라지자 아버지 다이조를 쳐다보지도 않고 자기 방으로 들어갔다.

다이조가 탐정 클럽에게서 전화를 받은 것은 그로부터 30분쯤 지난 후였다. 그는 자신의 서재에서 전화를 받았다.

"아무 소식이 없어 걱정하던 참이었네."

다이조는 전화를 받자마자 대뜸 그렇게 말했다. 약간은 빈정거리려는 의도였다. 탐정은 여전히 아무런 억양 없는 목소리로 "일단 일주일 기한으로 생각하고 있었습니다" 하고 말했다. 변명하려는 듯했다.

"그래서 조사 결과는 어떤가?"

다이조가 조급한 마음을 참지 못하고 물었다.

"아기 아빠가 누군지 알아냈는가?"

"아직입니다."

탐정은 아주 시원하고 깔끔하게 대답했다.

"뭐야, 왜 이렇게 시간이 걸려?"

"그렇다기보단, 전혀 움직이질 않고 있습니다. 적어도 이번 일주일 동안은 따님이 상대 남자를 만나지 않았거든요."

"흐음, 그 녀석들도 경계하는 모양이군. 하지만 오래가진 못하겠지?"

"저희도 그렇게 생각하고 있습니다. 다만 연구실 사람들은 내일 학회를 앞두고 있어 바쁜 시기이다 보니 밀회 같은 걸 할 여유가 없기도 할 겁니다. 아마 학회가 끝나면 움직임을 보이지 않을까 싶습니다."

"그렇군. 그럴지도 모르겠어."

다이조는 무뚝뚝하게 내뱉었지만 한편으로는 어느 정도 만족했다. 학회에 관해서는 탐정에게 한마디도 하지 않았는데 이미 확실한 정보를 수집하고 있었기 때문이다.

"알겠네. 다음 연락은 언제쯤 받을 수 있나?"

"학회가 끝나야 하니까 사흘 후쯤이 될 것 같습니다."

"좋아. 잘 부탁하네."

다이조는 수화기를 내려놓았다.

그러고는 잠자리에 들기 전 의자에 앉아 책을 읽으려는데 노크하는 소리가 났다. 요시에가 차를 가져온 것이다. 매일 하는 습관이다.

"나오코는 아직 안 들어왔나?"

김이 오르는 차를 한 모금 마시고 나서 다이조가 물었다.

"방금 전에 들어오셨습니다. 벌써 방으로 가셨을 겁니다."

"또 취했던가?"

나오코가 늦게 귀가할 때는 대체로 꽤 취해 있곤 했다.

"아, 네. 조금…."

요시에는 그대로 말하기가 어려운지 고개를 숙였다.

"허, 참, 어떡해야 하나!" 하며 다이조가 혀를 끌끌 찼다.

하지만 혀를 찰 뿐 딸의 얼굴에 대놓고 야단치지는 못했다. 그의 가슴속에는 늘 나오코에 대한 미안함과 죄책감이 자리하고 있었기 때문이다.

나오코를 데려온 건 열일곱 살 때였다. 아직 고등학생이었기에 얼굴에 어린 티가 남아 있었다. 이 집으로 들어올 때 나오코가 들고 온 얼마 안 되는 짐과 옷차림 그리고 야윈 몸이 그때까지 모녀의 생활이 얼마나 곤궁했는지를 고스란히 말해주었다.

나오코의 엄마가 집을 나간 원인은 쉽게 말하면 부부간의 불화였다. 다이조는 연구에 몰두하느라 가정을 거의 돌보지 않는 남자였다. 집안의 대소사는 모두 아내에게 떠맡기고 돈만 충분히 쥐여 주면 의무를 다한 거라고 믿었다. 그래서 아내가 딸을 데리고 집을 나갔을 때도 그 이유를 도무지 이해할 수 없었다.

오하라 가를 떠났을 때 나오코의 나이는 세 살이었기에 아버지 오하라 다이조를 전혀 기억하지 못했다. 그런데도 아버지 집으로 돌아온 건 어머니가 세상을 떠나기 직전에 그렇게 원했기 때문이다. 다이조에게 나오코를 거둬달라고 부탁한 것도 어머니였다. 아마 자신의 마지막을 예감하고 나오코의 장래를 위해 아버지에게 보내는 것이 가장 좋은 방법이라고 판단했을 것이다. 물론 다이조도 동의했다.

그러나 나오코는 좀처럼 오하라 가에 마음을 붙이려 들지 않았다. 처음 왔을 당시에는 항상 자기 방에만 틀어박혀 있었고, 식사도 다이조와는 거의 같이 하지 않았다. 열두 살이 된 동생 유리코가 곁에 다가오면 성가시다는 듯이 눈살을 찌푸렸다.

 고등학교를 졸업하고 여자대학에 다니게 된 후에도 마찬가지였다. 자꾸 밖으로 나돌았고 집에 들어와도 자신의 방에서 음악을 들으며 시간을 보냈다. 간혹 유리코와는 이야기를 하는 모양이었지만 다이조에게 먼저 말을 거는 일은 없었다.

 대학을 졸업한 뒤에는 그 지역의 제약회사에 근무하고 있다. 가끔 친구를 데려오는 걸로 보아 성격이 많이 유해진 것 같지만, 그래도 친구를 아버지에게 소개할 정도는 아니었다. 다만 나오코의 방에서 들려오는 웃음소리로 짐작해 보면 밖에서는 꽤 밝은 모습으로 지내는 것 같았다.

 '저 애도 좋아하는 남자를 만나 결혼하면 성격이 달라지겠지. 그때까지는 참을성 있게 지켜보는 수밖에….'

 다이조는 언제나 그렇게 생각했다.

5

 다음 날 아침, 유리코는 침대 속에서 비명을 들었다. 머리맡의 알람 시계가 7시 정각을 가리키고 있었다. 항상 유리코가 일어나는 시각이다. 알람 소리가 신경에 거슬려서 요시에한테 깨워달라고 하고 있다. 조금 전에 들은 비명은 아무래도 요시에의 목소리 같았다.

"왜 그러나?"

다이조의 느긋한 목소리가 들리고 방 앞의 복도를 걸어가는 소리가 이어졌다.

"유, 유리코 아가씨가!"

요시에가 외쳤다. 그 소리를 들은 유리코는 네글리제 위에 가운을 걸치고 황급히 방을 뛰쳐나갔다. 거의 동시에 다이조가 유리코의 이름을 부르는 소리가 들렸다.

복도에서는 요시에가 옆방 문 앞에 꼼짝 않고 서 있었다. 요시에는 방에서 뛰쳐나온 유리코를 발견하고 눈이 휘둥그레졌다.

"아냐, 나오코야!"

방 안에서 다이조가 외쳤다.

"무슨 일이야?"

유리코는 요시에 뒤에서 방 안을 들여다보더니 다음 순간 얼굴을 가렸다. 그러고는 무릎이 꺾이면서 그대로 복도에 주저앉았다.

"앗, 아가씨."

요시에가 유리코의 몸을 받쳐주었다.

침대 위에는 나오코가 쓰러져 있었다.

"원래 그 방은 유리코 씨의 침실이라는 거죠?"

날카로운 시선의 남자가 볼펜 끝으로 유리코를 가리키며 물었다. 남자는 수사1과의 형사 다카마였다. 다부진 몸매와 햇볕에 그을린 얼굴이 정력적인 인상을 풍겼다.

오하라 가의 응접실에서 상황 조사가 이루어졌다. 유리코 외에는 다이조, 요시에 그리고 하야마가 있다. 하야마는 요시에가 경찰에 연락한 뒤 전화를 걸어 불렀다.

다카마의 질문에 유리코는 부자연스러운 몸짓으로 머리를 숙였다.

"그렇습니다."

"그럼 당신이 나오코 씨의 방에서 잤겠군요. 왜 방을 바꾸었지요?"

"그건, 어젯밤 제가 샤워하는 사이에 언니가 돌아와서 제 침대에서 잠들었기 때문이에요."

"그래요? …그런 일이 종종 있었나요?"

"아니에요, 여간해서 그런 일은…. 아마 언니가 취해 있었을 거예요."

"그렇군요."

다카마는 두세 번 고개를 끄덕이고 나서 다시 누구에게랄 것 없이 물었다.

"나오코 씨가 취해서 들어오는 일이 자주 있었습니까?"

"가끔이요."

유리코가 대답했다.

"어젯밤에는 회식이 있다고 했어요."

"그래요? …어느 회사에 다니시죠?"

"나구라 제약입니다."

다이조가 대답했다. 다카마는 고개를 끄덕이고 옆에 있던 젊은 경관에게 귀엣말을 했다. 경관은 고개를 살짝 끄덕이고는 자리를 떴다. 다카마는 다시 유리코에게로 시선을 돌렸다.

"그 방이 당신 방이라는 사실을 누가 알고 있지요?"

유리코는 눈을 감고 생각했다. 친척과 친구들은 알고 있을 것이다. 그리고 오하라 가를 드나들었던 사람들, 이를테면 연구실 사람들이다.

유리코가 그렇게 답하자 다카마는 수첩을 볼펜으로 두드리며 말했다.

"그렇다면 꽤 많은 사람이 알고 있겠군요."

"범인은 그 사실을 아는 사람이란 말인가요?"

어느 정도 충격에서 벗어난 다이조가 묻자 다카마가 심각한 표정으로 대답했다.

"아마 그럴 겁니다. 그렇다면 범인이 죽이고 싶었던 사람은 나오코 씨가 아니라 유리코 씨였다고 볼 수 있지요."

"왜 유리코를?"

잠시 침묵이 흐른 뒤 다이조가 입을 떼었다. 겨우 목소리를 짜낸 듯한 느낌이었다. 유리코는 아무 표정 없이 허공을 바라보고 있었다.

"그건 모르겠습니다. 저희가 여쭤보고 싶은 말이군요."

다카마가 다시 유리코를 쳐다보며 물었다.

"어때요? 짐작 가는 게 없으신가요?"

유리코는 천천히 머리를 가로저었다. 그 모습은 짐작 가는 데가 없다기보다 지금은 아무 생각도 할 수 없다고 말하는 듯했다.

"유리코 씨를 노린 게 아니라 강도의 소행이라고 생각할 수는 없습니까?"

지금까지 잠자코 있던 하야마가 입을 열었다. 그는 다이조에게 유리코의 임신 사실을 비밀에 부치라는 엄명을 받았다. 다카마는 사냥개 같은 눈빛으로 하야마를 바라보았다.

"물론 가능성이 전혀 없다고는 할 수 없습니다. 하지만 도난당한 물품이 하나도 없다는 점이 의문으로 남겠지요."

"그렇지만 아무리 어둡다고 해도 사람을 잘못 보다니…. 얼굴을 확인하지 않았을까요?"

"확인 안 했겠죠. 유리코 씨와 나오코 씨는 체격이 아주 비슷한 데다 설마 어젯밤에만 사람이 바뀌었을 거라고는 생각하지 못했을 테니까요. 그런데… 상처는 보셨지요?"

"네, 봤습니다."

하야마가 대답했다. 경찰이 도착했을 때 하야마도 이미 와 있었기에 검시에 입회했다. 나오코는 등에 자상을 입었고 흉기는 보이지 않았다. 검시 조사관의 말에 따르면 상처로 보아 흉기는 등산용 칼 같은 것으로 추정된다고 했다.

"나오코 씨는 등에 자상을 입었습니다. 다시 말해 엎드린 자세로 잠을 자다가 찔렸다고 보는 게 타당할 겁니다. 그렇다면 범인이 얼굴을 확인하기는 어려웠을 테지요."

다카마가 설명하자 하야마는 수긍이 가는지 더 이상 반론하지 않았다.

"그런데."

다카마가 모든 사람의 얼굴을 둘러보며 다시 입을 떼었다.

"부검 결과가 나오기 전에 상세한 사항을 말씀드릴 순 없지만, 현재로선 사망 시각이 새벽 1시에서 2시 정도라고 판단됩니다. 다시 말해 범인이 숨어든 것도 그 시간대라는 거죠. 그리고 범인의 침입 경로 말인데요."

다카마는 다이조와 유리코의 등 뒤쪽을 가리켰다.

"뒤쪽 담장을 넘어 들어와 뒤뜰을 가로질러 화장실까지 가서 창문으로 침입한 다음 유리코 씨의 방으로 숨어든 것 같습니다. 화장실 창문은 평소 잠그지 않는다고 하셨고, 따님들

방문에는 잠금장치가 없으니 범인은 별로 힘들이지 않고 들어왔을 겁니다. 그래서 말인데요, 혹시 어젯밤 1시에서 2시 사이에 무슨 소리를 듣지 못하셨나요? 외부인이 집 안을 걸어다녔으니까 이상한 소리가 한두 번은 들렸을 텐데요."

다카마는 천천히 한 사람 한 사람의 얼굴을 들여다보았다. 유리코가 머뭇머뭇 망설이더니 "그게…" 하고 입을 열었다. 다카마는 그녀를 주시했다.

"그때쯤에 한 번 잠에서 깼어요. 하지만 무슨 소리가 났는지는 잘 모르겠어요."

"그게 몇 시쯤이었죠?"

"시계를 보긴 했지만 어두워서 잘 안 보였어요. 1시 좀 지났던 것 같아요."

"참고하겠습니다."

다카마는 만족해하는 것 같았다.

다카마는 요시에와 다이조한테도 정보를 기대했지만, 유리코와 나오코의 방과 떨어진 방에서 자고 있던 그들에게서는 아무 소리도 듣지 못했다는 대답밖에 들을 수 없었다.

상황 조사가 한 차례 끝나자 모두 자리에서 일어섰다. 응접실을 나가려는데 다카마가 하야마를 불러 세웠다. 중요한 일을 깜빡 잊고 있었다는 듯한 말투였다.

"무슨 일입니까?"

하야마가 살짝 굳은 표정으로 물었다. 반대로 다카마는 편안한 어조로 용건을 말했다.

"어젯밤 1시에서 2시 사이에 어디 계셨는지 말씀해 주시겠어요?"

하야마는 다카마의 얼굴을 쳐다보며 감정을 억누른 듯한 목소리로 되물었다.

"절 의심하시는 건가요?"

다카마는 고개를 가로저었다.

"관계자 모두에게 묻는 말입니다. 수사를 위해서는 아무리 쓸모없어 보이는 정보라도 빠뜨리지 않고 모아야 하거든요. 아무쪼록 언짢아하지 마시고 말씀해 주시지요."

하야마는 다이조를 바라보았다. 다이조는 어쩔 수 없잖은가, 하는 표정을 지었다. 하야마는 고개를 끄덕이고 나서 다카마에게 말했다.

"집에 있었습니다. 다만 증명할 수는 없어요. 제 방에서 혼자 잤으니까요."

하야마도 이 근처의 아파트에 살고 있다. 오하라 가에 오지 않을 때는 통상 대학병원에서 근무한다.

"하긴 시간이 시간이니만큼 그렇겠지요."

다카마도 더는 캐묻지 않았다.

그 후 다이조는 학회 회의장으로 전화를 걸어 불참하겠다는 뜻을 전했다. 사무국 직원이 이유를 물었지만 도저히 대답할 수 없었다.

이어서 바로 기자회견이 열렸고 관할서장이 사건의 개요를 브리핑했다. 다이조도 그 자리에 참석해 기자들의 질문을 받았다.

조교 간자키가 모습을 나타낸 것은 9시 조금 전이었다. 기자회견이 끝나고 형사들이 돌아가려던 참이었다. 간자키는 다이조를 학회에 모시고 가려고 집으로 왔다가 사건을 알게 되었다.

다이조가 식당에서 맥없이 앉아 있는데 간자키가 달려왔다. 다이조는 간자키의 얼굴을 올려다보며 힘없이 고개를 저어 보였다.

"실례지만 당신은 누구시죠?"

간자키가 달려오는 모습을 본 다카마가 다가와 물었다. 오른손에는 검은 수첩을 들고 있다.

"조교 간자키입니다."

간자키가 대답했다.

"오늘 왜 여기에 오셨습니까?"

"선생님을 모시러 왔습니다."

간자키는 자신과 다이조의 관계며 오늘 학회에 참석할 예정이었다는 사실 등을 다카마에게 설명했다. 다카마는 일단은 납득한 듯한 기색을 드러냈다.

"댁은 어디시죠?"

간자키가 자신의 주소를 대자 그곳이 이 집에서 가깝다는 사실을 알아차린 까닭인지 다카마의 눈빛이 날카로워졌다.

"실례지만 어젯밤 1시에서 2시쯤 어디에 계셨습니까?"

이번에는 간자키가 눈을 반짝이며 날을 세웠다.

"알리바이 말인가요?"

다카마는 얼굴 앞에서 손사래를 쳤다.

"그렇게 심각하게 받아들이지 않으셔도 됩니다. 공식적인 절차라고 봐주십시오."

간자키는 팔짱을 끼더니 고개를 갸웃했다.

"그런 한밤중에 알리바이가 있는 사람이 있다면 한번 만나보고 싶군요. 전 집에서 자고 있었습니다. 물론 혼자였고요."

다카마가 고개를 움츠리고는 옅은 웃음을 지었다.

"모두 그렇게 말씀하더군요. 저도 같은 생각입니다."

그러고 나서 다카마는 협조해 줘서 고맙다고 인사한 뒤에 자리를 떴다.

다카마가 돌아간 뒤 다이조와 유리코, 하야마와 간자키 그리고 요시에, 이 다섯 명은 식탁에 둘러앉아 묵묵히 차를 마셨다. 다이조와 유리코는 식사를 하지 않았지만 아무도 그 점에 대한 얘기는 꺼내지 않았다.

"미안하지만…."

다이조가 깊이 생각하다가 결심한 듯 입을 열었다. 모두의 시선이 그에게로 쏠렸다.

"유리코와 둘이 있게 해주겠나."

먼저 요시에가 자리에서 일어나 포트를 들고 부엌으로 갔다. 하야마와 간자키는 서로의 얼굴을 마주보더니 아무 말 없이 일어섰다.

식당에는 다이조와 유리코 두 사람만 남았다.

다이조는 눈을 감고 잠시 무언가 생각하는 듯하다가 이윽고 눈을 뜨고는 유리코를 똑바로 바라보았다.

"아직 그 남자 이름을 말할 생각이 없는 거냐?"

유리코는 멍하니 아버지의 얼굴을 마주보았다. 질문의 의미를 파악하지 못한 표정이었다.

"무슨 말을 하는 거야, 이런 때…."

"이런 때니까… 이런 일이 벌어졌으니까 더더욱 묻는 거다."

다이조의 목소리에는 마치 어떤 결심을 굳힌 듯한 의지가 담겨 있었다.

"무슨 관계가 있는데?"

"잘 들어."

다이조는 마음을 진정시키려는 듯 한마디 한마디를 곱씹으며 말했다.

"범인이 목숨을 노린 건 너야. 하지만 내가 아는 한 네가 목숨을 위협받을 만한 일은 전혀 없어. 그건 내가 너에 관해 모르는 부분 중에 사건의 열쇠가 있다는 뜻이 되지. 네가 나한테 비밀로 하는 일이야 많겠지만, 그중에서도 가장 중요한 건 뱃속에 있는 아이의 아버지일 거다. 그러니까 그 이름을 말하라는 거야."

"그 사람하고 이 사건은 아무 관계없어."

"또 그런 소리를…."

다이조가 자리에서 일어섰을 때 옆쪽에 놓인 전화벨이 요란스럽게 울렸다. 다이조는 잠시 그 자세로 유리코를 노려보다가 천천히 전화기로 다가갔다.

전화를 걸어온 사람은 탐정이었다. 다이조는 잠시 기다려 달라고 말하더니 전화를 서재 쪽으로 돌려놓고 식당을 나섰다. 유리코는 고개를 숙인 채로 앉아 있었다.

"내가 걸려던 참이었네."

서재로 들어와 수화기를 집어 든 다이조가 목소리를 낮춰 말했다.

"이번 일은 정말 상심이 크시겠습니다. 진심으로 위로의 말씀을 드립니다."

탐정의 목소리는 여전히 감정이 담기지 않고 사무적이었지만 이상하게도 다이조의 마음에 따뜻하게 와닿았다.

"이미 알고 있는 건가?"

다이조는 묻고 나서야 깨달았다. 탐정들은 항상 유리코를 주시하고 있다. 이 집에서 이런 사건이 벌어졌는데 모를 리가 없다.

탐정은 그 말에는 대답하지 않고 "어떻게 할까요?" 하고 물었다.

"흠, 나도 그걸 상의하고 싶었네. 지금 자네들이 여기저기 알아보고 다니면 경찰이 반드시 눈치를 챌 거야. 그럼 유리코가 임신한 사실이 드러날 염려가 있어."

"아뇨, 제가 여쭌 건 그런 의미가 아닙니다."

탐정은 어디까지나 이성적인 말투로 이야기했다.

"유리코 씨가 표적이었다면 경찰은 반드시 따님의 남자관계를 조사할 겁니다. 저희처럼 극비로 움직일 필요가 없는 만큼 대담하고 철저하게 조사하겠지요. 그렇게 되면 따님의 상대 남자가 누구인지 밝혀지는 건 시간문제입니다. 그래서 오하라 교수님이 저희에게 계속 일을 맡기실 필요가 있을까, 하는 의문이 생깁니다."

다이조는 흐음, 하고 낮게 소리를 뱉었다. 옳은 말이다. 피해자가 젊은 여자인 경우는 남자관계를 파헤치는 게 정석이라고, 어떤 책에선가 읽은 기억이 있다.

"그렇겠군…."

"어떻게 하시겠습니까?"

"어떤 방법이 있지?"

잠깐 침묵이 흐른 뒤 탐정이 이야기를 꺼냈다.

"경찰 수사로 교수님의 당초 목적은 달성될 가능성이 큽니다. 하지만 어쩌면 살인범은 남자관계와는 전혀 상관없는 다른 세계에 숨어 있을지 모릅니다. 그렇다면 경찰이 그런 방향에서 단서를 잡는 것이 빠르겠지요. 그래서 우선 이번 사건이 해결될 때까지 저희는 조사를 중단하고, 만약 사건이 해결된 후에도 상대 남자의 정체가 드러나지 않는다면 그때 조사를 재개하는 방법은 어떠실지요?"

탐정의 제안은 합리적이었다. 하지만 범인이 남자관계와 전혀 다른 세계에 있을 수 있을까. 물론 다이조가 지금 아무리 생각한들 어찌할 수 없는 일이지만.

"알았네. 그렇게 하지."

다이조는 말할 수 없이 께름칙한 기분으로 수화기를 내려놓았다.

6

그날 밤 우에노와 모토키 조교가 오하라 가를 찾아왔다. 다이조와 유리코, 요시에가 모여 모래 씹듯이 식사를 하는 중이었다.

"수고했네. 피곤하지?"

다이조가 조교들을 맞이했다. 두 사람은 깊이 머리를 숙였다. 다이조는 두 사람을 응접실로 데리고 갔다.

"이렇게 힘드실 때 찾아뵌 건 중요하게 드릴 말씀이 있어서입니다."

우에노가 진지한 어조로 말을 꺼냈다. 모토키도 바짝 긴장하고 있다.

다이조는 두 조교의 얼굴을 번갈아 바라보며 말했다.

"무슨 일인가?"

우에노는 모토키를 힐끗 돌아보더니 자신의 손끝을 바라보며 답했다.

"어젯밤에 일이 좀 있었습니다."

"어젯밤? 우리 집에서 나간 다음에 말인가?"

우에노가 고개를 끄덕였다.

"정확히는 제가 호텔에 도착하고 난 뒤입니다. 호텔에 도착해서 여느 때처럼 발표할 내용을 확인하려 했을 때 자료의 일부가 사라진 걸 알았습니다. 황급히 모토키에게 부탁해서 팩스로 받아 문제없이 넘어갔지만…."

"예전에도 그런 일이 한 번 있었지. 그때도 팩스로 보내서 해결했고."

"그 일 자체는 괜찮습니다. 문제는 제가 자료를 모토키에게 받았다는 사실입니다."

우에노는 말을 멈추고는 메마른 입술을 혀로 적셨다.

"지금 교수님께서도 말씀하셨듯이 전에도 한 번 이런 일이 있었습니다. 하지만 그때는 분명 간자키에게 연락해 팩스를 부탁했어요. 간자키가 학교에서 가장 가까운 데 살고 있어서 학교에 빠뜨리고 온 물건이 있을 때 바로 가져다줄 수 있으니까요."

"응, 그랬지."

다이조는 조바심이 들었다. 우에노가 무슨 말을 하고 싶은 건지 도무지 종잡을 수가 없었다.

"실은 이번에도 바로 간자키에게 연락했습니다. 그런데 아무리 신호음이 울려도 전화를 받지 않았어요. 자고 있었다고 해도 전화벨이 그 정도로 울리면 웬만해서는 잠을 깰 텐데 말입니다."

다이조는 담뱃갑으로 내밀려던 손을 멈췄다.

"그 시간에 간자키가 방에 없었다는… 건가?"

"…그런 것 같습니다."

"그게 몇 시쯤이었지?"

우에노는 머릿속에서 확인해 보는 듯 눈을 살짝 감고 나서 대답했다.

"제가 호텔에 도착해서 바로였으니까 1시 반쯤 되었을 겁니다."

바로 그때 다이조의 등 뒤에서 뭔가가 산산이 깨지는 소리가 들렸다. 다이조는 바로 일어나 방문을 열었다.

방문 앞에서 유리코가 얼이 빠진 모습으로 서 있었다. 눈은 다이조를 향해 있었지만 초점이 없었다. 발밑에는 은쟁반이 엎어져 있었고 커피잔 파편과 커피 그리고 설탕이 어지럽게 흩어져 있었다.

"유리코, 상대가 간자키냐?"

유리코는 그 말을 듣고서야 제정신이 든 것 같았다. 그리고 뭔가가 두려운 듯 뒷걸음질을 치더니 갑자기 현관으로 달려나갔다.

"기다려!"

다이조가 그 뒤를 쫓았다. 그리고 현관을 빠져나가기 직전에 딸의 손목을 잡아챘다. 요시에도 달려오고 조교들도 어리둥절한 표정으로 다가왔다.

"놔줘, 그 사람한테 갈 거야."

"정신 차려!"

다이조의 오른손이 유리코의 뺨으로 날아갔다. 그러자 유리코의 온몸에서 힘이 빠져나간 듯했다. 다이조는 딸의 양쪽 어깨를 붙잡고 마구 흔들었다.

"잘 들어. 그놈은 너를 죽이려고 했어. 너를 죽이려다 착각하고 네 언니를 죽인 살인범이라고!"

"거짓말이야! 뭔가 잘못됐어. 그 사람한테 확인해 볼 거야."

"잘못된 게 아니야. 실제로 그놈은 거짓 진술을 하지 않았냐. 증인도 있어."

"말도 안 돼. 왜 그 사람이 나를 죽이려 한단 말이야?"

"너와의 관계가 들통날 것 같으니까 그랬겠지. 내가 알면 유전공학계에서 영원히 추방될 거라고 생각한 거야. 놈은 옛날부터 그런 계산이 빨랐어. 그런 것도 알아보지 못하고서…. 왜 이렇게 어리석은 거냐!"

"이거 놔!"

"그만 하지 못해!"

다이조는 또 한 번 딸의 뺨을 후려쳤다. 그러고는 유리코의 몸을 붙잡은 채 놀라서 이 광경을 지켜보고 있는 사람들을 돌아보았다.

"요시에, 유리코를 방으로 데리고 가서 잠시 머리 좀 식히게 해. 그리고 경찰에 전화해서, 이름이 뭐였지? 낮에 온 그 형사…."

"다카마 형사 말씀이세요?"

"맞아, 다카마 형사. 그 사람한테 전화해서 좀 와달라고 해.

이유는 말하지 않아도 되니까 오라고만 전해."

"알겠습니다."

요시에는 유리코의 몸을 안듯이 부축하고는 복도를 걸어갔다. 다이조는 그 모습을 지켜보고 나서 두 조교에게로 시선을 돌렸다.

"미안하지만 다시 응접실로 가주겠나? 부탁할 게 있어."

우에노와 모토키에게 어젯밤 전화 건에 관해 이야기를 전해 들은 다카마는 바로 관할서에 연락해서 간자키를 불러 이야기를 듣도록 지시했다. 다카마가 다소 흥분해 있다는 사실을 다이조도 알 수 있었다.

"말씀해 주셔서 고맙습니다. 사건을 해결하는 데 유력한 결정타가 될지도 모르겠어요."

다카마가 머리 숙여 인사했지만 우에노와 모토키는 복잡한 표정으로 앉아 있다. 동료의 일인 만큼 뒷맛이 씁쓸할 터다.

"그런데 아까 이야기 말입니다만."

다카마가 수첩을 보며 머리를 긁적였다.

"간자키 씨가 따님을 쫓아다녔다는 얘기…. 오하라 씨는 언제 그 사실을 아셨습니까?"

"전혀 몰랐습니다."

다이조는 눈을 감고 힘없이 고개를 저었다.

"내가 너무 무심했어요. 후회하고 있습니다. 유리코가 아무 말도 하지 않으니."

"두 분도 모르고 계셨나요?"

다카마가 질문의 화살을 두 조교에게로 돌렸다. 우에노와 모토키는 자신들도 전혀 모르고 있던 일이라고 대답했다.

간자키가 일방적으로 유리코에게 빠졌을 뿐이고 유리코는 그럴 마음이 없었다. 이것이 다이조가 만들어낸 상황이었다. 간자키가 체포되고 경찰이 유리코가 임신한 사실을 밝힐지도 모르지만 모른 척 잡아떼면 그만이라고 생각했다. 경찰도 범인이 하는 말을 곧이곧대로 신뢰하지 않을 테고, 무엇보다 유리코가 임신을 했든 아니든 간자키가 범인이라는 사실은 달라지지 않는다. 그 후에 은밀히 낙태시키고 하야마에게 증언하게 하면 경찰은 범인이 체포된 데 대한 분풀이로 거짓말을 했다고 판단할 것이다.

우에노와 모토키에게도 아까 유리코가 보인 추태에 관해서는 입을 다물라고 일러두었다.

"따님에게 직접 이야기를 듣고 싶습니다만."

다카마가 조심스럽게 요청했다. 다이조는 잠시 골똘히 생각하는 모습을 보이고는 "오늘은 좀" 하며 인상을 찌푸렸다.

"잠깐이라도 괜찮습니다" 하고 다카마도 쉽게 물러설 기색이 없었지만, 다이조는 고개를 가로저었다.

"많은 일이 있었다 보니 지금은 잠들어 있어요. 말할 수 있는 상황이 전혀 아닙니다. 내일 하시면 안 될까요?"

무리도 아니라고 생각했는지 다카마는 더 이상 요구하지 않았다. "그럼 내일 아침에라도" 하고 확인했을 뿐이었다.

그때 응접실에 놓인 전화가 울렸다. 요시에가 전화를 받아 몇 마디 하더니 "형사님을 찾는데요" 하며 다카마에게 수화기를 건네주었다.

"어, 나야."

수화기를 귀에 대고 상대의 말을 듣던 다카마의 안색이 차츰 바뀌어가는 것을 곁에 있는 다이조와 다른 사람들도 확실히 느낄 수 있었다.

유리코는 2층 방에 누워 있었다. 평소에는 손님용으로 사용하는 방에 요시에가 이불을 깔아주었다. 유리코는 방 안의 불을 끈 채 아까부터 줄곧 베개를 끌어안고 있었다.

톡톡 문 두드리는 소리가 어둠 속에 울려 퍼졌다. 유리코가 아무 대답을 하지 않자 조그맣게 삐걱거리는 소리가 나면서 문이 살짝 열렸다. 복도의 불빛이 실내로 흘러 들어왔다.

"깨어 있냐?"

아버지 다이조의 목소리였다.

유리코는 "왜?" 하고 물었다. 쉬고 갈라진 목소리가 나왔다.

다이조는 문을 더 열어젖히고 안으로 들어왔다. 그러고는 불은 켜지 않은 채 천천히 유리코에게 다가갔다.

"왜 그러는데?"

유리코는 화난 목소리로 물으며 다이조를 올려다보았다. 입구에서 새어 들어온 불빛을 받아 다이조의 얼굴이 빛나고 있다.

다이조는 깊이 숨을 들이쉬는 것 같더니 나지막하게 말했다.

"간자키가… 자살을 했다는구나."

7

간자키의 시체는 다카마로부터 지시를 받고 그가 사는 집으로 찾아간 관할서 형사에게 발견되었다. 초인종을 눌러도 아무 대답이 없자 부엌 창으로 안을 들여다보았다가 테이블 위에 엎어져 있는 간자키의 모습을 발견했다. 형사는 집주인에게 연락해서 열쇠로 문을 열게 했다.

간자키의 사인은 오른쪽 목 부분을 베인 데서 비롯된 과다 출혈이었다. 흉기로 추정되는 나이프는 축 늘어져 내린 오른손 아래에 떨어져 있었고, 나이프의 모양과 크기 등으로 보아 오하라 나오코를 살해한 칼과 동일한 것으로 판단되었다.

옷매무새가 흐트러져 있었지만 현장에서 다툰 흔적은 보이지 않았다.

"그리고 주저흔이…."

검시에 입회한 다카마가 나중에 온 형사들에게 설명했다.

"치명상 아래위로 얕게 베인 칼자국 세 개가 평행으로 나 있어. 용기가 나지 않아 여러 번 시도했다 실패한 거겠지. 피도 얼마 나지 않았어. 각오하고 자살한 걸로 봐도 될 것 같군. 부검할 필요도 없겠어."

"유서는 없는 것 같은데?"

상대 형사가 말했다.

"자살 동기는 마음대로 판단하라는 건가. 여자에게 차인 화풀이로 그 여자를 죽이려다가 착각해서 다른 여자를 죽이고 말았어. 모든 게 절망적인 상황이라 죽는 수밖에 없다고 생각했겠지."

"원래는 여자를 죽이고 자기도 목숨을 끊어서 동반자살하려 했던 걸 수도 있어. 같은 나이프를 사용했다는 게 드라마 같잖아."

"어느 쪽이든 상관없어. 어쨌든 사건은 해결됐으니까."

범인이 스스로 목숨을 끊는 바람에 맥이 풀리긴 했지만 사건 자체는 해결되었기에 다카마를 비롯한 형사들은 다소 안도했다.

8

사건이 일어난 지 일주일이 지났다.

와에이대학 유전공학 연구실로 전화가 걸려 왔다. 수화기를 집어 든 사람은 조교 모토키였다.

"우에노 씨 계신가요?"

젊은 여자의 목소리였다. 차분하면서 발음이 또렷했다.

"우에노는 출장 중이라 오늘은 들어오지 않습니다."

"그럼 모토키 씨는요?"

"전데요."

수화기 건너편에서 안도하는 듯한 기색이 전해져 왔다.

"저는 호쿠토대학의 다테쿠라라고 합니다. 실은 지난번 학회에 참석하지 못해서 꼭 발표 자료를 복사하게 해달라고 우에노 씨한테 부탁했거든요. 괜찮으시면 지금 찾아뵙고 싶은데요."

"그건 상관없지만, 발표 자료만이라면 책자에 게재되어 있는 것과 똑같습니다. 그 외의 자료를 원하시는 거면 저 혼자의 판단으로는 도와드릴 수가 없네요."

"아니에요. 발표 자료만 있으면 돼요. 책자에는 축소판으로 실려 있어서 도면을 읽기가 힘들어서요…."

확실히 그렇긴 하다. 모토키도 그 문제를 어떻게든 해결할 수 없을까, 하고 늘 불만스러웠으니까.

"그럼, 좋습니다. 점심때 지나서는 시간이 있거든요."

여자는 "잘 부탁드려요" 하고 전화를 끊었다.

그 후 여자는 딱 1시 정각에 안내대에서 전화를 걸어왔다. 모토키는 이공학부 전용 로비에서 여자와 만나기로 했다.

"이렇게 나오시게 해서 죄송합니다."

모토키는 인사하는 여자를 보고 눈이 휘둥그레졌다. 검고 멋진 머리칼을 어깨까지 늘어뜨리고 있었으며 일본인으로 보이지 않을 만큼 몸매가 좋았다. 또렷한 입술은 매력적인 데다 지적이기까지 했다. 안경을 쓰고 있지만 시원스레 트인 눈이 맑았다.

'우에노 자식, 대체 어디서 이런 여자를 알게 된 거야?'

모토키는 약간, 아니 상당히 질투를 느꼈다.

모토키는 잘 보이고 싶은 마음에 자신이 직접 자료를 복사해 여자에게 건네주었다. 생각지도 못한 친절에 여자는 한 장 한 장 확인하며 고맙다고 인사했다.

"그런데 우에노 씨한테 들었는데요."

여자는 우에노가 호텔에 도착해서 자료가 빠져 있다는 사실을 알아차렸던 일을 알고 있었다. 그녀와 조금이라도 더 이야기를 나누고 싶었던 모토키는 그 화제를 바로 잡아챘다.

"아, 그 일이요? 엄청 고생했죠."

모토키는 자기가 그 자료를 찾아 보내느라 얼마나 애썼는지를 역설했다.

"하지만 우에노 씨는 절대로 빠뜨렸을 리 없다면서 정말 이상하다고 하던데요."

"그건 맞아요. 우리도 다 확인했었거든요."

"없어진 부분은 대학교 안에서 잃어버린 건가요?"

"아뇨, 그게 또 이상해요. 결국 어디에도 없더라고요. 미리 몇 부 복사해 뒀기에 아무 문제는 없었지만, 분실된 자료는 끝내 못 찾았어요."

"어머, 정말 희한한 일이네요."

그 후 늘씬한 몸매의 여자는 다시 한번 고맙다는 말을 하고 자리에서 일어났다. 모토키는 더 이상 여자를 붙잡아둘 명목도 없고 데이트를 청할 용기도 없기에 가볍게 고개를 끄덕여 인사하고는 그녀를 배웅했다.

연구실로 돌아오자 우에노에게 전화가 와 있었다. 모토키는 입가를 찡그리며 다테쿠라라는 여자가 다녀간 일을 이야기했다.

"그런 미인을 알고 지내면서 여태껏 숨기다니, 너 뭐냐!"

"자, 잠깐만. 무슨 말이야? 난 그런 여자 모르는데."

"모른다고? 그럴 리가. 그쪽은 널 잘 안다고 했다니까."

"몰라. 이름이 뭐라고? 다테쿠라? 이름도 특이하네. 점점 더 모를 소리군."

"거참 이상하네."

모토키는 수화기를 내려놓고 고개를 갸웃했다.

'그럼 그 여자는 대체 누구지?'

9

나오코가 죽은 지 이레 만에 올리는 초재를 마치고 오하라가는 일단 평온을 되찾았다. 다이조는 서재에서 창밖을 바라보며 뱃속에서부터 깊은 한숨을 토해냈다.

'일단 추잡한 소문이 나는 건 막았다.'

유리코도 한동안 충격으로 누워 지냈지만 이삼일 전부터 조금 기운을 차린 듯했다. 젊으니까 얼마든지 다시 일어설 수 있다.

유리코는 먼저 아기를 지우겠다는 말을 꺼냈다.

그 일은 시기를 봐서 극비로 수습해 달라고 하야마에게 단단히 일러두었다. 하야마는 어떻게든 해보겠다고 대답했다. 다이조는 어떤 방법이 있는지는 잘 몰랐지만, 은밀히 해결해야 하는 만큼 어느 정도 비용은 각오하고 있다.

다이조는 문득 생각난 게 있어 인터폰으로 요시에를 호출

했다.

"유리코는 어디 갔지?"

"친구랑 쇼핑한다고 나갔습니다."

"그런가."

"무슨 일이라도?"

"아니야, 됐네."

다이조는 인터폰을 끊고 만족스럽게 고개를 끄덕였다.

다이조가 서재 책상 앞에서 깜빡 졸고 있는데 이번에는 요시에가 인터폰으로 연락해 왔다.

"클럽에서 오신 분이 만나 뵙고 싶다고…. 전에 왔던 분들입니다. 남자하고 여자."

다이조는 그들을 안으로 들이라고 지시했다.

"연락해야지, 하고 생각은 했네만… 이래저래 좀 바빠서 말이지."

다이조가 서재로 들어선 탐정과 조수의 얼굴을 번갈아 보며 말했다.

"상황은 잘 알고 있습니다. 그래서 저희도 오늘까지 기다린 거고요."

탐정이 시원스럽게 대답했다.

"배려해 줘서 고맙네. 그런데 의뢰한 건은 일단 해결되었으니까 중단해도 좋을 것 같아. 남은 건 사례금인데, 자네들 쪽에서 경비 목록을 보내주면 고맙겠어."

다이조는 오늘 탐정들이 찾아온 목적이 비용 때문일 거라고 지레짐작했다. 하지만 탐정은 그의 말을 듣지 못한 것처럼 아무 말 없이 가방에서 서류를 꺼냈다.

"조사 결과입니다."

탐정이 메마른 목소리로 말했다.

다이조는 보고서 용지 묶음과 탐정의 얼굴을 번갈아 보다가 마침내 "무슨 소린가?" 하고 험상궂은 눈으로 물었다.

탐정이 "말씀드렸듯이, 조사 결과입니다" 하고 반복해서 말했다.

"따님의 상대 남자에 관한 조사 결과를 기록해 놓았습니다."

"하지만 그건 이미 필요 없다는 걸 자네들도 잘 알고 있지 않은가. 유리코의 상대 남자는 간자키야. 그걸로 이미 다 정리되었네."

"그렇지 않습니다."

"뭐가 그렇지 않다는 거지?"

다이조는 보고서를 탐정 쪽으로 다시 밀었다. 탐정은 힐끗 서류로 시선을 떨어뜨리더니 다시 다이조를 쳐다보았다.

"유리코 씨의 상대는 간자키 씨가 아닙니다. 그래서 보고드리러 온 거고요."

다이조는 눈꼬리를 위로 치켜올렸다.

"뭐라고?"

탐정은 침착한 손놀림으로 보고서의 첫 장을 넘겨 다이조 앞에 내려놓았다. 거기에는 유리코가 어떤 아파트의 한 집으로 들어가려는 모습이 찍혀 있었다.

"이 아파트는…."

낯이 익었다. 다이조는 보고서를 움켜쥐었다.

"그렇습니다."

탐정이 차가운 시선으로 말했다.

"하야마 씨의 아파트입니다."

온몸이 부르르 떨리더니 멈춰지질 않았다. 관자놀이에서 턱으로 진땀이 흘러내렸다.

"이런 당찮은 일이 있을 리 없어."

다이조는 끙끙 신음하는 듯한 소리로 말했다.

"오해일 거야. 어쩌다 놈의 아파트에 간 것뿐이라고."

그러자 탐정이 표정 없는 채로 말했다.

"사진은 이것 말고도 있습니다. 이를테면 두 사람이 시티호텔로 들어가는 장면 같은 거죠. 물증은 얼마든지 더 확보할 수 있습니다."

"그… 그럼 간자키는 대체 뭐야? 나오코를 죽인 게 그놈이 아닌가?"

"아닙니다. 그도 살해당했습니다. 직접 손을 쓴 건 아마도 하야마겠지요."

"그렇다면 나오코도 하야마가…."

"그렇습니다. 결론을 말씀드리자면, 이번 사건은 전부 유리코 씨와 하야마 씨가 교묘하게 계획한 겁니다."

"무슨 소릴 하는 거야! 유리코와 나오코는 자매야."

탐정은 분노가 치민 나머지 자리에서 벌떡 일어난 다이조를 눈썹을 찌푸리며 슬픈 눈빛으로 올려다보았다. 이는 탐정이 드물게 보인 표정 변화였지만 이내 사라졌다.

"살해 동기는 나중에 말씀드리겠습니다."

탐정이 말했다.

"우선 이번 계획의 전모를 말씀드리지요. 저희 얘기를 들어 주십시오."

다이조는 주먹을 꽉 쥔 채 탐정을 내려다보았지만 할 말을 찾지 못하고 다시 의자에 주저앉았다.

"우선 연구실 조교들, 우에노 씨와 모토키 씨라고 하셨죠. 그들의 증언을 되짚어 보겠습니다. 증언에 따르면 사건이 있던 날 새벽 1시 반쯤, 우에노 씨가 간자키 씨에게 전화를 걸었지만 받지 않았다고 했지요. 그래서 간자키 씨가 의심받게 된 거였는데, 과연 간자키 씨는 정말로 방에 없었을까요?"

"있었다면 전화를 받았겠지."

"대개는 그렇습니다. 그리고 우에노 씨가 잃어버린 자료 한 장은 결국 발견되지 않았다고 합니다. 연구실에서 나올 때는 분명히 전부 가방에 넣었는데 호텔로 가서 보니 없어졌다, 그렇다면 어디서 없어졌는지는 명백합니다."

"이 집에서 식사하는 동안에 없어졌다는 건가?"

"정확히 말하면 식사하던 중에 유리코 씨가 빼낸 거지요."

다이조는 뭔가 이야기하려다 말았다. 확실히 우에노의 가방은 다른 방에 놓여 있었다.

다이조는 낮은 목소리로 "계속하게"라는 한 마디만 더했다.

"우에노 씨가 호텔에 도착한 시각은 예년의 경우에 비추어 추측할 수 있습니다. 새벽 1시에서 2시 정도입니다. 그는 먼저 자료를 확인합니다. 만일 그때 빠진 부분이 발견되면 반드시 간자키 씨에게 전화를 할 겁니다. 이는 몇 년 전에 똑같은 실수를 했을 때도 그랬습니다."

"다시 말해 그 시각에 반드시 우에노가 간자키에게 전화를 걸도록 조작해 뒀다는 거로군. 그런데 몇 번이나 말하지만, 만일 간자키가 방에 있었다면 전화를 받았을 것 아닌가. 우에노는 꽤 끈질기게 전화벨을 울렸다고 증언했거든."

"그 건에 대해서도 말씀드리겠습니다. 유리코 씨는 그렇게 자료의 일부를 빼내면서 필시 또 한 가지 장치도 마련했을 겁니다. 간자키 씨에게 수면제를 먹이는 거였죠."

"수면제?"

"그렇습니다. 사케나 맥주에 타 놓았다가 따라주면 되는 아주 간단한 일이니까요."

"간자키는 수면제를 먹은 탓에 전화벨이 울려도 깨어나지 못한 건가?"

"아닙니다. 그렇게 효과가 센 약을 먹였다간 간자키 씨가 집에 도착하기 전에 잠들어 버릴 염려가 있습니다. 게다가 아무리 잠이 들었다고 해도 전화벨 소리에 깨지 않으리란 보장도 없고요. 간자키 씨를 잠들게 한 목적은 하야마 씨가 그의 방으로 숨어들기 위한 준비였습니다."

"숨어들어? 방문을 잠가뒀을 텐데?"

"유리코 씨가 협력한다면 열쇠를 복제해 두는 건 그리 어렵지 않습니다. 간자키 씨는 평소에 이 집을 자주 드나들고 있으니 어떤 기회에 간자키 씨에게 열쇠를 빌려서 본을 떠두면 되지요. 그럼 이제 간자키 씨의 방에 숨어든 하야마 씨가 뭘 했느냐 하는 건데요…, 여기서 아까 그 질문에 대한 답이 나옵니다. 그건…."

탐정은 오른손을 가볍게 쥐고 선화 거는 시늉을 했다.

"여기서 전화를 걸어도 상대 쪽의 전화벨이 울리지 않는다면 그 사람은 수화기를 들 일이 없다는 거지요."

"…전화벨이 울리지 않게 장치를 해두었다는 말인가?"

"장치라고 할 만큼 대단한 일도 아닙니다. 요즘 전화기는 코드 끝이 플러그로 되어 있어서 전화선에서 뺄 수 있습니다. 빼놓기만 하면 전화벨이 울릴 리가 없습니다."

"상대 전화기에 플러그가 빠져 있어도 거는 쪽에 신호음이 들리는가?"

"들립니다. 실험해 보시겠습니까?"

"아니, 됐네…."

목소리에 힘이 빠져 있다는 걸 스스로도 알 수 있었다. 다이조는 이런 이치를 모르고 있었다.

탐정이 말을 이었다.

"그런 장치를 해놓고 하야마 씨는 자신의 방으로 돌아와 시간이 가기를 기다렸습니다. 그 사이 유리코 씨가 준비를 하고 있었을 테지요."

"나오코를 죽일 준비 말인가?"

다이조가 어두운 표정으로 물었다. 목소리가 떨렸다. 탐정은 잠시 사이를 두었다가 "그렇습니다" 하고 짤막하게 답변했다.

다이조는 얼굴을 돌리고 말았다.

"나오코 씨가 방을 잘못 들어가지는 않았겠지요. 범행이 일어났을 때는 자신의 침대에 누워 있었을 겁니다. 유리코 씨는 화장실 창으로 하야마 씨를 들어오게 하고 둘이서 나오코 씨를 살해한 다음 시체를 자신의 방으로 옮겼을 겁니다."

다이조가 어깨로 크게 숨을 몰아쉬며 말했다.

"피가 사방으로 튀었을 텐데."

"나이프로 심장을 찔려 쇼크사했을 경우, 출혈은 거의 없습니다. 칼을 뽑지 않는다면 더욱 확실하지요."

다이조는 침을 삼키려고 목젖을 아래위로 움직였다. 그러나 입안이 바짝 말라 있었다.

"일을 끝낸 다음 하야마 씨는 다시 간자키 씨의 방으로 들어가 전화기를 원래대로 되돌려놓고 자신의 아파트로 돌아갔습니다."

"하지만… 하지만 말이야, 간자키는 자살한 게 틀림없다고 하지 않았는가."

"상황으로 볼 때는 완전히 그랬습니다. 하지만 위장 자살일 가능성이 있습니다. 가령 하야마 씨가 복제한 열쇠를 사용해 간자키 씨의 방으로 숨어들었다고 해보겠습니다. 숨어 있다가 간자키 씨가 무방비 상태로 집에 들어섰을 때 클로르포름을 맡게 해서 의식을 빼앗은 다음, 자살로 꾸며 죽이는 겁니다. 상대는 아무런 저항도 하지 못하니까 무슨 짓이든 할 수 있습니다. 주저흔을 그럴듯하게 만들어 놓는 것쯤이야 의사인 하야마 씨라면 어렵지 않겠지요. 물론 이건 확증이 있어서

하는 말은 아닙니다. 다만 자살을 타살로 뒤집는 게 불가능하지는 않다는 걸 말씀드리고 싶을 뿐입니다."

다이조는 머리를 싸매고 탐정의 말을 듣고 있다가 손을 내리고 등을 쭉 펴며 의자에서 자세를 고쳐 앉았다. 그러고는 탐정의 얼굴을 정면에서 마주 보았다. 마음속에서 이제 겨우 각오가 선 것이다.

"말해보게. 대체 동기가 뭐란 말인가?"

다이조는 지금까지와는 달리 차분한 어조로 물었다.

탐정이 대답했다.

"저희 생각으로는 아마 유리코 씨와 하야마 씨가 먼저 죽이려 한 건 간자키 씨였을 겁니다. 그리고 나오코 씨는 그를 죽이기 위한 포석으로서 희생된…."

"말도 안 돼! 고작 그런 이유로 피를 나눈 자매를 죽일 리가 없어."

"아뇨, 그뿐만이 아닙니다. 유리코 씨에게는 나오코 씨를 죽이고 싶은 마음이 있었을 겁니다. 나오코 씨가 이 집에 들어온 이후 교수님의 애정은 거의 나오코 씨에게로 쏠렸습니다. 아마도 십몇 년 동안 고생하게 한 데 대한 죄책감과 보상 심리가 있어 그런 태도를 취하셨을 테지요. 나오코 씨는 교수님에게는 딸이지만 유리코 씨에게는 어디선가 느닷없이 나타나 아버지의 애정과 관심을 빼앗아 간 침략자였습니다. 유리코 씨는 아마도 몇 년 전부터 나오코 씨의 죽음을 바랐겠지요. 교수님은 나오코 씨를 잭나이프처럼 생각하셨을지 모르지만, 그 사이에 장미에서 가시가 돋아나기 시작했다는 사실은 알아차리지 못하셨던 겁니다."

"하지만… 피를 나눈 언니를….'

"그런 의문이 드시는 건 당연합니다."

탐정이 고개를 끄덕였다.

"저희도 생각해 보았습니다. 어떤 이유가 됐든 피가 이어진 사람을 죽일 수 있을까. 혈연이란 건 정말 불가사의한 위력을 갖고 있어서 아무리 미워도 자신과 같은 피가 흐르고 있다는 사실만으로 용서하는 일이 많습니다. 그래서 저희는 완전히 다른 방식으로 접근해 보았습니다. 다시 말해, 과연 유리코 씨와 나오코 씨가 피를 나눈 자매인가, 하고 말입니다."

"무슨 소릴 하는 거야. 피를 나눈 게 당연하지 않은가."

"교수님은 아버지입니다. 따라서 이런 경우 아무것도 단언할 수 없는 법이지요."

다이조는 말을 하려다 말고 그대로 삼켰다. 확실히 아버지에게는 단정할 근거가 없다.

"그렇다면 이해하실 수 있게 간단한 증거를 제시해 보겠습니다. 유전공학의 권위자이신 교수님에게 이런 말씀을 드리긴 부끄럽습니다만."

탐정은 그렇게 말하고 나서 보고서를 몇 장 넘겼다. 그리고 다이조에게 물었다.

"교수님은 혈액형이 A형이시죠?"

다이조는 고개를 끄덕이더니 바로 덧붙였다.

"나오코와 유리코는 B형이네."

"맞습니다. 그렇다면 나오코 씨 어머니의 혈액형은 알고 계신가요?"

"알고 있지. B형이야. 유리코 엄마는 AB형이고."

탐정은 보고서를 내려다보며 고개를 살짝 갸웃거렸다.

"그런데 그게 다릅니다."

"다르다고? 뭐가 다르지?"

"유리코 씨의 어머니는 AB형이 아니라 A형이었습니다. 이건 유리코 씨를 낳을 때 입원했던 병원에서 알아낸 사실이니 틀림없습니다."

"유리코가… 내 딸이 아니라는 말인가?"

A형과 A형 사이에서는 B형이 나올 수 없다. 이건 백 퍼센트 확실한 일이다.

"안타깝지만 그렇게 되겠지요."

"그럼 대체 누구의 딸이라는 건가? 그 애 엄마한테 다른 남자가 있었나?"

거기까지 말하고 다이조는 헉하고 놀랐다. 20년 전, 다이조는 친구의 애인을 가로채 결혼했다. 그 친구는 이미 세상을 떠난 기쿠이 조교수다.

"설마 기쿠이의…."

탐정은 고개를 끄덕이지 않았다. 대신 이 말만을 덧붙였다.

"기쿠이 조교수의 혈액형은 B형이었습니다."

다이조는 순간 마음속이 텅 비었다. 20년 전 아내의 모습이 눈에 어른거렸다가 금세 사라졌다. 유리코가 태어난 건 결혼한 지 1년이 지난 뒤였으니까 결혼한 후에도 아내와 기쿠이가 만났다는 말이 된다. 그러고 보니 유리코가 자신을 조금도 닮지 않았다는 걸 깨달았다.

"그랬어…. 기쿠이의 딸이었군."

"한 가지 덧붙인다면 간자키 씨는 기쿠이 조교수 밑에서 연구를 했다지요."

"…간자키는 유리코가 내 자식이 아니라는 사실을 알고 있었나?"

"그럴 가능성이 충분합니다. 그리고 그 사실을 유리코 씨한테 알리지 않았나 싶습니다. 물론 유리코 씨는 이미 자신의 출생에 얽힌 비밀을 알고 있었을지도 모릅니다. 어쨌든 간자키 씨는 그 비밀을 알리면서 유리코 씨를 협박했을 겁니다."

"협박?"

"추측입니다. 요구한 게 돈이었는지 몸이었는지 아니면 둘

다였는지는 모릅니다. 그러나 어느 쪽으로든 어떠한 압박을 가했을 걸로 보입니다. 그래서 유리코 씨에게는 간자키 씨를 죽여야 할 동기가 있었던 거지요. 이제 모든 것이 하나의 선으로 이어졌습니다. 유리코 씨는 교수님의 진짜 딸이 아니었다. 그래서 우선 그 사실을 알고 있는 간자키 씨를 죽이려 한다. 또 한편으로 유리코 씨는 나오코 씨를 미워했다. 이 두 가지 살의를 양립시키기 위해 나오코 씨를 살해하고 그 죄를 간자키 씨에게 덮어씌우는 수법을 생각해 낸 것입니다."

"그리고 하야마가 그걸 도왔다는 거로군…."

"유리코 씨와 하야마 씨가 언제부터 깊은 관계가 되었는지는 모릅니다. 아마도 최근은 아니겠지요. 하야마 씨 입장에서는 유리코 씨와 결혼해 막대한 재산을 손에 넣으려고 계획한 게 아닐까요. 하지만 그러려면 유리코 씨가 오하라 가문의 피를 이어받은 존재라야 하지요. 그런 의미에서 하야마 씨에게도 살인 동기가 있었던 셈입니다. 또한 이번 사건으로 인해 교수님도 유리코 씨도 결코 그를 거스를 수 없게 되었으니까 하야마 씨에게는 일석이조의 효과가 있었던 겁니다."

탐정의 긴 이야기가 끝났다. 다이조는 마른 목을 축이려고 식은 녹차를 들이켰다.

다이조는 여전히 의자에 앉아 있었고, 도저히 일어설 기력이 없었다. 참담한 신음 소리를 내지 않으려고 버티는 게 고작이었다.

"그렇다면…."

다이조가 간신히 입을 열었다.

"그렇다면 임신도 거짓말이었나?"

"그렇겠지요."

탐정의 말은 매우 건조하게 들렸다.

"유리코는… 지금 어디 있지?"

그러자 탐정은 보고서 첫 장을 다시 한번 다이조의 앞으로 내밀었다. 유리코가 하야마의 아파트로 들어가는 모습을 폴라로이드 카메라로 찍은 사진이다.

"전화를 걸어서 직접 확인해 보시는 게 어떻습니까?"

다이조가 전화기 버튼을 누르고 있을 때 유리코는 하야마의 침대에서 잠에 빠져들고 있었다.

요 며칠간 잠들지 못한 밤이 많았다. 누군가가 그 계획을 알아차리고, 내일이라도 경찰이 들이닥칠지도 모른다는 공포가 그녀의 가슴을 옭아매고 놓아주지 않았다.

그러나 어쨌든 모든 게 잘 된 것 같았다. 자신 앞에 나타난 사람들은 하나같이 동정으로 가득한 말을 해줄 뿐이었다.

후회는 하지 않았다.

간자키는 죽여야 했고, 나오코도 죽어 마땅했다.

장미와 나이프 **339**

아버지의 사랑을 송두리째 가로챈 나오코.

만일 아버지가 자신이 친딸이 아니라는 사실을 알게 된다면 자신 따위는 더더욱 거들떠보지도 않을 것이다.

자신이 한 일은 조금도 잘못이 없다.

유리코는 하야마의 가슴에 기댄 채 눈을 감았다. 규칙적으로 뛰는 그의 심장 소리가 들려왔다.

머리맡에는 전화기가 놓여 있다. 하지만 코드를 뽑아 놓았으니 전화벨이 울릴 일은 없다. 사랑을 나눌 때마다 늘 그렇게 해두었다. 설마 그 방법이 이번 일에 이렇게나 중요한 역할을 해줄 줄은 몰랐다.

다이조는 수화기를 귀에 댄 채로 있었다. 귓속에서는 계속해서 신호음이 울리고 있다.

그는 언제까지고 그렇게 있었다.

이미 그곳에 탐정들의 모습은 없었다.

옮긴이의 말

히가시노 게이고의 정통 추리 미스터리,
그 덫에 빠지다

 일본을 대표하는 국민 작가이자 추리소설계의 대가로 일컬어지는 히가시노 게이고가 2025년 9월에 작가 활동 40주년을 맞이한다. 1985년 《방과 후》로 에도가와 란포상을 받으면서 데뷔한 지 꼭 40년이 되었다. 이를 기념하여 현재 일본에서는 '히가시노 게이고 104권 1억 부 전 국민투표'가 진행되고 있다. 3월 21일에 시작되어 6월 30일까지 진행되는 이 투표는 독자들이 현재까지 출간된 그의 저서 104권(일본 내 누계 발행부수 1억 부) 중에서 자신이 가장 좋아하는 책 1위부터 5위까지 다섯 권을 골라 투표하는 형식으로 실시되며, 결과는 10월 15일에 발표된다.

 데뷔 25주년을 기념해 15년 전에 개최된 투표에서는 나오키상을 수상한 《용의자 X의 헌신》이 1위를 차지했다. 그때는 약 70권의 작품 중에서 실시되었지만, 총 104권이 자리다툼하는 이번 투표에서는 과연 어떤 책이 1위를 차지할지 주목이 쏠리고 있다. 우리나라에서도 단 몇 권을 제외하고 거의 다 출간된 만큼 그 결과가 흥미로울 수밖에 없을 것이다.

《장미와 나이프》는 히가시노 게이고의 저서 104권 중에서 14번째로 출간된 단편 추리소설이다. 정재계 VIP만을 고객으로 하는 회원제 조사기관 '탐정 클럽'에서 나온 남녀 두 명의 탐정은 자신들의 이름을 밝히지 않으며 어떤 상황에서도 표정 변화를 드러내는 법이 없다. 주로 탐정의 캐릭터를 중요시하는 미스터리 추리소설로서는 독특한 설정이지만, 이들은 경찰 수사보다 치밀하고 예리한 실력으로 자칫 그대로 묻힐 뻔한 어려운 사건의 진상을 파헤치고 그 속에 숨겨진 인간의 적나라한 본성과 얼룩진 욕망을 거침없이 밝혀낸다. 형사가 범인을 쫓는 것과는 또 다른 긴박감과 짜릿한 재미를 선사하는, 한마디로 탐정소설의 왕도라고 할 수 있는 소설이다.

희수연에서 돌연 자취를 감춘 사장, 그의 실종을 둘러싸고 각자의 잇속으로 엇갈리는 본심과 음모를 다룬 〈위장의 밤〉, 욕실에서 감전사한 부호의 죽음을 둘러싼 수수께끼를 그린 〈덫의 내부〉, 엄마가 살해당해 실의에 빠진 여고생이 가족들에게 의문을 품고 탐정에게 조사를 의뢰하는 〈의뢰인의 딸〉,

휴양지 이즈의 호텔에서 발생한 의문의 살인사건 속에 감춰진 뜻밖의 비밀을 그린 〈탐정 활용법〉, 그리고 딸의 임신을 알고 상대 남자를 알아내려는 명망 있는 대학교수에게 닥쳐온 충격적인 진실을 담은 〈장미와 나이프〉.

치밀한 트릭과 감동적인 반전까지 더했다는 평가를 받고 있는 이 다섯 편의 이야기는 히가시노 게이고의 초기 작품의 매력을 흠뻑 느낄 수 있는 정통 추리 미스터리의 진수이며, 의외로 독자들에게 많이 알려지지 않은 숨겨진 보석 같은 작품이다.

다섯 편 모두 이야기 설정은 물론, 구성이 기가 막히다. 어느 정도 읽어나갈 때까지 대체 무슨 일이 어떻게 일어난 건지 나름대로 한껏 머리를 굴리며 추리하게 되는데, 이때부터 사건의 진상이 드러날 때까지 숨죽이고 읽을 수밖에 없다. 그러고 나면 과연 누가 범인인지, 어디에 어떤 트릭이 숨어 있는 건지 흥미진진하게 읽어내리다가 서서히 하나씩 드러나는 반전 앞에서 그저 아무 소리도 못 내고 멍해져 있었다. 더구나 이 이야기들은 처음 읽었을 때보다 두 번, 세 번 읽으면 그 재미와 느낌이 더 진하게 다가온다. 상황과 배경은 물론, 인물들의 대사와 행동 하나하나가 그냥 쓰인 것이 아니었다. 별것 아닌 줄 알았던 한 마디, 표현 하나도 다 이유가 있고 세심하게 의미가 함축되어 모두 연결되어 있다는 사실에 짜릿한 전율을 넘어 감동마저 느끼게 된다. 초기 작품이니 만큼 오늘날과는 다른 소재와 장치 설정이 풍기는 레트로 감성도 이 소설의 매력이 아닐까 한다. 단편소설이 추리소설의 모든 요소를 응축하여 이렇게까지 촘촘히 짜인 농밀한 이야기를 만들어 내다니, '역시 히가시노 게이고!'라는 감탄이 나오지 않을 수 없다.

다양한 장르, 폭넓은 주제로 글을 쓰는 작가이지만 역시 추리소설이 가장 재미있고, 그중에서도 장편보다는 단편이 뛰어나다는 독자가 적지 않은 이유를 단박에 알 수 있는 작품이다.

히가시노 게이고의 팬이라면 오랜만에 그의 오리지널 추리 세계를 맛볼 수 있을 것이다. 또한 아직 히가시노 작품 세계를 접해보지 않은 학생이나 그의 이름은 익히 들어 알고 있지만 막상 어떤 책부터 읽어야 할지 몰라 머뭇거리는 독자가 있다면 주저 없이 이《장미와 나이프》를 집어들기를 적극 추천한다. 한 편씩 부담 없이 읽으면서 히가시노 미스터리의 정수를 만끽할 수 있는 귀한 첫걸음이 되리라 믿는다.

저자의 세심한 장치와 치밀한 의도까지 독자가 충분히 느끼고 즐길 수 있도록, 저자의 메시지와 작품의 분위기를 고스란히 전하는 데 주력하면서 옮겼다. 대개 번역할 때는 일단 집중해서 빨리 진도를 빼는 게 정석이거늘, 이 작품은 번역이 끝나가는 게 아쉬워 '아껴가면서' 작업하는 신기한 체험을 했음을 여담으로 밝힌다.

  일본어 번역가라면 누구나 한 번쯤은 꿈꿨을, 또는 꿈꾸고 있을 히가시노 게이고의 작품을 그의 데뷔 40주년이라는 뜻깊은 해에 번역하게 되다니, 후기를 쓰고 있는 이 순간에도 마치 꿈을 꾸고 있는 듯하다. 절실하게 바라면 꿈은 이루어진다는 말을 다시 한번 가슴에 담으며, 귀한 책의 번역을 믿고 맡겨주신 출판사와 편집자분들께 이 자리를 빌려 감사의 말씀을 올린다.

2025년 봄날에
일본어 번역가 김윤경

장미와 나이프

초판 1쇄 발행	2025년 6월 16일
초판 25쇄 발행	2025년 11월 10일

지은이	히가시노 게이고
옮긴이	김윤경

책임편집	이원지
디자인	studio forb
책임마케팅	최혜령, 박지수, 도우리, 양지환
마케팅	콘텐츠 IP 사업본부
해외사업	한승빈, 박고은
경영지원	백선희, 권영환, 이기경, 최민선
제작	제이오

펴낸이	서현동
펴낸곳	㈜오팬하우스
출판등록	2024년 5월 16일 제2024-000141호
주소	서울특별시 강남구 테헤란로 419, 11층 (삼성동, 강남파이낸스플라자)
이메일	info@ofh.co.kr

ⓒ 히가시노 게이고

ISBN 979-11-94930-13-6 (03830)

반타는 ㈜오팬하우스의 출판 브랜드입니다.

- 이 책은 저작권법에 따라 보호받는 저작물이므로 무단 전재와 무단 복제를 금지하며, 이 책 내용의 전부 또는 일부를 이용하려면 반드시 저작권자와 ㈜오팬하우스의 서면 동의를 받아야 합니다.
- 책값은 뒤표지에 표시되어 있습니다.
- 잘못된 책은 구입하신 서점에서 바꿔드립니다.